Antonia Michaelis

Das Blaubeerhaus

Zeichnungen von Claudia Carls

Verlag Friedrich Oetinger · Hamburg

Antonia Michaelis bei Oetinger (Auswahl)

Die geheimnisvolle Reise der Mariposa
Ella Fuchs und der hochgeheime Mondscheinzirkus
Ella Fuchs und das Rätsel des fahrenden Inseltheaters
Jenseits der Finsterbach-Brücke
Die Nacht der gefangenen Träume

MIX
Papier aus verantwortungsvollen Quellen
FSC www.fsc.org
FSC® C014496

Einband und Illustrationen von Claudia Carls
Satz: Dörlemann Satz, Lemförde
Druck und Bindung: GGP Media GmbH, Pößneck
Printed 2016/III
ISBN 978-3-7891-4300-7

www.oetinger.de

Für Alva (zum Selberlesen),
Lintje (zum Vorgelesenbekommen)
und ihre kleine Schwester (zum Eckenabkauen)

Das sind wir:

Leo – 10, wohnt in Berlin

Luke – 15, wohnt in seinem Smartphone

Mattis – 1, schmiert gerne mit Marmelade herum

Der Riese – ihr Vater, ist vor allem eines: riesig

Betti – ihre Mutter, trägt bunte Filzklamotten und hält gerne Krisensitzungen ab

Imke – 10, lebt für Sport, oder vielleicht doch nicht

Juni und Juli – 4 und 5, sind keine Zwillinge, auch wenn sie so tun, und manchmal gruselig

Ben – Bettis und Fees Bruder, wohnt mit seiner Familie in Hamburg, kann Computer, aber keine Spiegeleier (jedenfalls nicht ohne Internetrezept)

Flores – seine Frau, kommt aus Spanien, ist daher also eine Schönheit

Tante Fee – Bettis Schwester, wohnt in München, pendelt irgendwo zwischen Heilsteinen und energetisiertem Wasser

Teil 1

Der Schatten im Spiegel

1

Leo

Eine Menge Geschichten beginnen damit, dass jemand mit dem Auto irgendwohin fährt.
Diese Geschichte beginnt damit, dass jemand mit dem Auto nirgendwohin fährt.
Der Jemand waren wir, und das Nirgendwo begann um 17.34 Uhr, als wir von der Straße abbogen und der Weg nur noch aus Steinen und Sand bestand.
»Ach, du Himmel!«, sagte Betti und schaltete einen Gang runter, sodass der Motor aufheulte. Dann tauchte der gelbe VW-Bus in den Wald wie ein U-Boot in ein grünes Meer. Und ich spürte gleich, dass hier etwas passieren würde.
Ich bin übrigens Leo.
Und zu Beginn dieser Geschichte war ich zehn Jahre, drei Monate und fünf Tage alt.
Ich drückte meine Nase gegen die Scheibe, während draußen gelbe Sonnenstrahlen durch die Äste fielen, auf hohes Gras und moosbewachsene Wurzeln. Dies war ein wilder Wald voller Licht und Lücken, die Bäume wuchsen, wo sie wollten, und fielen von selber um, wenn sie keine Lust mehr hatten.

Der VW-Bus holperte und stolperte den Weg entlang, und wir stießen uns so ziemlich alle Knochen.
»Seht bitte nach, ob ihr noch ein Schlagloch findet«, sagte Betti. »Ich möchte keins auslassen, das wäre ungerecht.«
Neben Betti saß der Riese, der so heißt, weil er riesig ist und einen dichten rotblonden Bart hat. Betti ist mit ihm verheiratet und zufällig meine Mutter, weshalb der Riese mein Vater ist.
Neben mir saß Luke. Mein Bruder, schon 15 und so, na ja. Und neben Luke schlief Mattis in seinem Babysitz. Mattis ist der friedlichste Einjährige der Welt. Solange er kriegt, was er will.

Auf den Rückbänken klebte die Mädchenfamilie. Sie bestand natürlich aus Mädchen (drei Stück) und aus meinem Onkel Ben, der diese Mädchen fabriziert hat, und seiner Frau Flores. Ganz hinten in der Ecke lehnte Tante Fee in ihrem rot-gelben Seidenturban und meditierte vermutlich, wie meistens.
Die beiden kleinen Mädchen der Mädchenfamilie, Juni und Juli, hingen schlaff und dösend da wie müdes Gemüse. Gemüse in blassrosa Spitzenkleidchen. Ihre ältere Schwester, Imke, sah aus dem Fenster. Sie hatte kurze, rabenschwarze Haare wie ein Junge und tausend Sommersprossen. Imke war zehn wie ich.
Technisch gesehen waren die Mädchen meine Cousinen, weil ihr Vater und Betti, also meine Mutter, Geschwister sind. Aber wir kannten uns nicht so richtig. Betti hatte immer gesagt, unsere Familien wären zu unterschiedlich.
Imkes Familie wohnt in Hamburg und tut Dinge wie segeln oder Markenkleidung tragen. Wir wohnen in Berlin und tun Dinge wie gepresste Blüten sammeln oder sehr viele Leute zum Kochen einladen.
Tante Fee wohnt in München und tut Dinge wie eben Seidentücher um ihren Kopf wickeln oder meditieren. Ich merkte, dass Imke zu mir sah, und sah schnell weg. Ich hatte keine Lust, sie oder ihre Rüschenschwestern besser kennenzulernen. Ich glaube, sie hatten auch keine Lust, mich kennenzulernen. Und dass Luke jemanden kennenlernte, stand nicht zur Debatte, er lebte zusammen mit seinem Smartphone in einer eigenen Welt.

»Hey«, sagte mein Vater, der Riese. »Das Haus wartet auf uns. Was denkt ihr? Wie sieht es aus?«
»Alt«, sagten Imke und ich gleichzeitig, was mich ärgerte, weil ich nichts gleichzeitig mit Imke sagen wollte.
»Das auf jeden Fall«, sagte der Riese und streichelte seinen roten Vollbart. »Ich glaube, es wird wahnsinnig aufregend. Ich habe zwar immer noch nicht begriffen, warum wir es geerbt haben ... Ich meine, die alte Lene, die da gewohnt hat, die war ... was? Die Excousine eurer Adoptivgroßmutter?«
»Quatschkopf!«, sagte Betti und fuhr in ein weiteres Schlagloch. »Na ja, sie war nur ziemlich entfernt mit uns verwandt, stimmt schon. Wir haben das Haus geerbt, weil sie niemand anderen hatte, das habe ich dir schon tausendmal erzählt. Sie war ganz allein, die Lene Franzberger. Sagt jedenfalls der Anwalt. Sie kannte keinen.«
»Sie kannte uns doch auch nicht«, sagte ich.
»Eben«, sagte Imke, »warum müssen *wir* uns jetzt darum kümmern, dass es an die richtigen Leute verkauft wird?«
»Müssen wir nicht, wir *wollen*«, sagte Betti. »Weil es ein Abenteuer ist. Und weil es doch gerecht ist, dass sich wenigstens jemand um Lenes Haus kümmert, wenn sich schon niemand um Lene gekümmert hatte.«
»Sie wollte vielleicht gar nicht, dass sich jemand um sie kümmert«, sagte der Riese. »Sie war ein bisschen seltsam. Das hat dieser Anwalt auch erzählt.«
»Sie hatte ein Geheimnis, bestimmt«, flüsterte ich. Aber niemand hörte es.

Ich wachte auf, weil der VW-Bus hielt.
Um mich herum wachten auch alle anderen auf. Vielleicht war der gelbe VW-Bus mit uns über eine geheime Grenze gefahren, während wir geschlafen hatten, in eine wirklich andere Welt.
Er stand jetzt in einem kleinen Tal, und auch das Tal war von oben bis unten voll mit Wald. Mattis hatte aufgehört, ein friedliches Baby zu sein, und brüllte. Die kleinen blassrosa Mädchen quengelten, und Tante Fee stöhnte, weil sie bei all den Schlaglöchern gar nicht hatte meditieren können.
Wir entkrengelten uns aus dem Bus – und dann standen wir da, auf einer Auffahrt aus moosbewachsenen alten Steinplatten, und es wurde ganz still. Keiner quengelte mehr. Keiner sprach. Selbst Mattis auf Bettis Arm sah mit großen blauen Babyaugen still das Haus an.
Das Haus.
Es war fast nicht zu sehen.
Überall um es herum wucherten niedrige grüne Büsche; sie schäumten an den Mauern entlang wie flache fluffige Wolken, Büsche voller hellgrüner Kugeln: Blaubeerbüsche. In zwei Monaten würden sich die grünen Kugeln in kleine blaue, süße Juwelen verwandeln.
Das Haus selbst war auch blau, es war erstens blau gestrichen – in einem ganz undunklen Dunkelblau, so wie das Meer in der Dämmerung, ehe die Sonne ganz versinkt. Und zweitens war es überwuchert von Kletterpflanzen mit blauvioletten Blüten.
»Klematis«, sagte Betti.

»Klemi – *was?*«, fragte Onkel Ben.
»Aargh«, sagte Mattis und streckte die kleinen Hände nach dem Haus aus.
»Wisst ihr, wie es heißt?«, fragte ich.
»Nein«, sagte Betti, und ihre Stimme klang komisch, so wie wenn sie kitschige Filme anguckt. »Wie denn, Leo?«
»Blaubeerhaus«, sagte ich langsam und feierlich. »Es heißt *Das Blaubeerhaus.*«
Und da nickten sie alle, sogar Imke, denn es war vollkommen logisch, dass das Haus keinen anderen Namen haben konnte.

Die Vordertür des Blaubeerhauses klemmte. Sie war auch blau, mit weißen Kringelmustern. Erst als Onkel Ben und der Riese gemeinsam dagegendrückten, öffnete sie sich mit einem zögernden Quietschen, beinahe so, als hätte das Blaubeerhaus ein bisschen Angst davor, uns hereinzulassen.
Draußen stand die Luft sommerwarm im frühen Abend, kein Windhauch regte sich in dem kleinen Tal. Aber im Haus war es kühl.
Etwas huschte weg, als wir den Flur betraten. Wir gingen sehr vorsichtig, falls der Fußboden einbrach oder uns die Decke mit dem ersten und zweiten Stock auf die Köpfe fiel oder sonst was.
Der Riese ging voran. »Ich bin der Größte und Schwerste«, sagte er. »Wenn diese alten Dielen mich aushalten, könnt ihr auch drauftreten.«
Betti blieb trotzdem lieber mit dem kleinen Mattis draußen; für den Fall, dass doch irgendwie alles einstürzte.

Das Haus war voller Spinnweben. Ich erklärte beiläufig, dass Spinnen sehr schöne Tiere seien, damit Imke *igitt* sagte oder so. Sie sagte jedoch gar nichts, sie schlüpfte am Riesen vorbei und kletterte die steile Treppe mit ihren ausgetretenen Holzstufen hinauf. Ich kletterte ihr nach.

»Wartet!«, rief der Riese. »Nicht dort rauf! Das kann gefährlich …«

Doch da waren wir schon oben. Und ich hörte Onkel Ben sagen, dass schon nichts passieren würde.

Im ersten Stock gab es einen Flur und eine Reihe kleiner Zimmer, sogar ein Bad, ganz klein, mit weiß-blau gemusterten Fliesen. Das Bad besaß allerdings kein Waschbecken, sondern einen Waschtisch mit einer Waschschüssel aus Emaille. Wie in alten Filmen, nur rostiger und dreckiger. Im Fenster hing ein Mobile aus dünnem Draht und alten Löffeln.

Verrückt. Ein Löffelmobile, aber kein Klo.

Mein Blick fiel in den altersblinden Spiegel. Hinter den Flecken von Staub, Dreck und Zeit blickte mir mein Gesicht entgegen, etwas zu spitz, etwas zu mauseartig, umrahmt von den langen, etwas zu wirbeligen braunen Haaren. Luke hatte auch solche Kringelhaare gehabt, bevor er Rastalocken draus gedreht hatte. Und dann sah ich hinter meinem Gesicht im Spiegel eine Bewegung. Etwas wie ein Huschen, ein fliehender Schatten in dem schmalen Korridor.

Ich fuhr herum. Der Korridor war leer. Es war, als hätte es den Schatten nur im Spiegel gegeben.

»Imke?«, flüsterte ich.

Von unten drangen die Stimmen der Erwachsenen herauf,

als wären sie kilometerweit weg. Ich ging langsam den Korridor entlang. Welke Blätter lagen auf dem Boden, und eine dicke Staubschicht bedeckte die Bilderrahmen an den Wänden, in denen Zeichnungen von Pflanzen hingen. Auch in den Zimmern lag Laub, an den Wänden gab es große Schimmelflecke, die aussahen wie eigene Kunstwerke, und auf manchen Stuhlpolstern wuchs Moos.

Einmal glaubte ich, hinter mir wieder ein Huschen zu sehen, und wieder war nichts da, als ich mich umdrehte. Vielleicht war es nur das Spiel von Licht und Schatten auf dem Fußboden gewesen. Aber mir war doch etwas seltsam zumute.

Jemand – oder eigentlich das ganze Haus – schien mich zu beobachten, es war nicht einfach nur ein Haus; es *atmete*, ein und aus, wie ein großes Wesen voller Erinnerungen und Geheimnisse.

Ich fand ein Zimmer mit einem alten Schreibtisch und beschloss, dass es meins werden sollte. Meins für drei Wochen. Der Plan war nämlich, drei Wochen hier zu wohnen – na ja, im Haus oder in den Zelten, die wir mitgenommen hatten. Drei Wochen lang, hatte Betti gesagt, würden die Erwachsenen nachsehen, was am Haus gemacht werden musste, und danach würden wir zurückfahren und jemanden finden, der es kaufen wollte.

»Denk nicht«, flüsterte ich dem Haus zu, »wir lassen die Erwachsenen hier alleine irgendwelche Sachen erforschen und uns zum Spielen rausschicken! Nein, denk das bloß nicht!«

An einer Wand stand ein altes Bett, komplett mit Matratze.

Allerdings war die Matratze feucht wie ein Schwamm. Ich zerrte sie heraus, und als sie kippte und zu Boden fiel, quiekte etwas erschrocken.
Das lag daran, das ich jemandem sein Dach gestohlen hatte: In einer Ecke des Bettgestells klemmte ein Nest aus Gras und weichen Daunenfedern, und gerade floh die letzte von vier Mäusen daraus und sauste panisch über den Fußboden. Sie hatten ein Stück aus der Matratze genagt und dort eine Höhle gehabt. Jetzt waren sie allesamt unter dem Schrank verschwunden. Ich seufzte, nahm das Nest und schob es ebenfalls unter den Schrank. »Tut mir leid«, flüsterte ich. »Ich wollte nicht ... Ich leihe dieses Bett nur aus, okay? Für eine Weile.«
In diesem Moment fiel ein Schatten neben mir auf den Boden, und ich sah auf. In der Tür stand Imke.
»Mit wem ... äh ... redest du?«, fragte sie.
Ich zuckte die Achseln. »Geister.«
»Alles klar«, sagte Imke und nickte langsam. »In meinem Zimmer ... nistet ein Rotkehlchen.«
Sie hatte sich also auch ein Zimmer ausgesucht.
Ich wollte etwas über meine Mäuse sagen, doch da steckte der Riese seinen Kopf herein und sagte: »Du meine Güte!«, und hinter ihm tauchten Onkel Ben und Tante Flores und Betti auf.
»Was hast du mit der Matratze gemacht?«, fragte Betti.
»Sie ist feucht«, sagte ich. »Ich lege meine Luftmatratze auf den Lattenrost.«
»Leo«, begann der Riese vorsichtig. »Wir ... haben uns gerade überlegt, dass es besser wäre, im Garten die Zelte auf-

zubauen. Das Haus ist in einem ziemlich schlechten Zustand.«
»Noch sind wir nirgends durchgekracht«, meinte Imke. Sie hatte die Arme verschränkt und sah entschlossen aus. »Wir schlafen hier oben.«
Ich nickte. »Ganz genau. Wir haben jeder ein Zimmer. Ihr könnt im Garten ...«
»Kommt mal mit runter«, sagte Betti. »Wir machen ein kleines Krisentreffen in der Küche und es gibt Abendbrot, und dann sehen wir weiter.«
Betti macht gerne kleine Krisentreffen in Küchen: Krisentreffen der Schulmütter, Krisentreffen für Freundinnen oder Krisentreffen, weil der Nachbarshund weggelaufen ist (der Hund kam damals auch zu dem Krisentreffen, weil es aus unserer Küche so lecker nach Fleischbällchen roch, womit sich das Thema erübrigte).
Ich seufzte und folgte den Erwachsenen durch den Flur. In dem Zimmer bei der Treppe standen Juni und Juli am Fenster, mit dem Rücken zu uns. Sie sehen aus wie Zwillinge, obwohl Juli fast zwei Jahre älter ist als Juni, aber sie trugen beide die gleichen blassrosa Sommerkleidchen und hatten die schwarzen Haare zu Pferdeschwänzen zusammengebunden.
»Kommt mit runter«, sagte Imke. »Leos Mutter trifft gerade eine Krise.«
Da drehten sich Juni und Juli genau gleichzeitig um und sagten im Chor: »Draußen in dem Baum wohnen Elfen.«
»Sicher«, sagte Imke und verdrehte die Augen. Doch sie trat einen Schritt näher. Ich ging ihr nach. Vor dem Fens-

ter, dessen weiße Spitzenvorhänge erstaunlich heil waren, wuchs der dicke Ast einer Kastanie, und zwischen den explosiv grünen Blättern glitzerte etwas: die Scherben eines Spiegels. Jemand hatte sie mit Draht umwickelt und in die Zweige gehängt, und sie funkelten in der Abendsonne wie Juwelen. Noch so ein Mobile, dachte ich. Wie im Bad.

»Die Elfen kommen hier raufgeflogen, um sich zu spiegeln«, flüsterte Juli.

»Sie tanzen zwischen den Ästen«, wisperte Juni. »Immer wenn die Sonne untergeht.«

»Natürlich«, meinte Imke. »Wahrscheinlich hat die alte Lene die Spiegel extra für die Elfen aufgehängt. Und gleich kommen ein paar Kobolde und spielen Geige.«

Aber als sie mich ansah, lag in ihren Augen etwas Seltsames, Unsicheres. Die Spiegelscherben im Baum waren weder zerkratzt noch angelaufen, sie wirkten … neu. Und die alte Lene, das wussten wir beide, hatte die letzten vier Jahre im Altersheim verbracht. Das Haus stand seit vier Jahren leer.

»Das war nicht die Lene, das waren die Elfen selber«, sagte Juli zufrieden, und dann huschten sie und Juni an uns vorbei, die steile Treppe hinunter.

Imke

Elfen. In der Kastanie wohnten Elfen.
Wenn man Schwestern wie Juni und Juli hat, erwartet man solche Sprüche. So ziemlich alles in Junis und Julis Welt dreht sich um Elfen und Feen und andere unsichtbare Lebewesen. Ich blieb noch einen Moment stehen und sah die Spiegel an. Es war schon eine komische Sache, dass sie da hingen.
Okay, ich bin Imke – falls jemand nicht gemerkt hat, dass ich jetzt erzähle. Es kommt nicht infrage, dass Leo die ganze Geschichte erzählt, schließlich ist es auch meine.
Es ist die Geschichte von uns allen.
Und von einer Menge merkwürdiger Dinge, die in dem Moment mit den Spiegeln schon angefangen hatten zu geschehen.
Um es gleich vorwegzunehmen – ich hatte nicht mitgewollt. Ich hatte ins Segellager gewollt. Drei Wochen zelten und Regatten segeln. Und vielleicht hinterher mit Mama nach Barcelona, weil Mama ja von da kommt, also, sie ist eine richtige echte Spanierin.
Aber Papa wollte unbedingt diese Familiensache machen, weil das geerbte Haus so eine prima Gelegenheit wäre, sich mal kennenzulernen. Ich meine, mich kenne ich schon, und Leo und seine komische Familie wollte ich wirklich nicht kennenlernen.
Wenn er mich anguckte, standen die Gedanken deutlich auf seinem Gesicht. Er fand mich schrecklich, weil ich keine

Pullis aus Vollkornkleie anhabe und so ein böser Mensch bin, der Salami isst statt Tofuwurst. Und er fand Mädchen mit kurzen Haaren hässlich, das konnte ich genau sehen.

Im Übrigen kann ich Tante Betti sowieso nicht leiden, nämlich weil sie schuld ist, dass ich Imke heiße. Papa war damals nichts eingefallen, und Mama ging es nicht gut, und die Öko-Betti hatte gesagt, Imke wäre ein hübscher Name, und bums, hatte ich einen Ökonamen weg. Danke sehr.

Als Leo vor mir die Treppe runterging, dachte ich, vielleicht würde ich es schaffen, ihn einfach zu ignorieren. Andererseits hatte er bei der Sache mit den Elfen so komisch geguckt. Er hatte auch gemerkt, dass die Scherben nicht alt waren.

Unten in der Küche hatten sich alle um einen großen Tisch versammelt, nur Papa hockte neben dem uralten schwarzen Herd und schraubte daran herum. Neben ihm stand die große rote Gasflasche, die er unbedingt hatte mitnehmen wollen.

»Bitte sehr!«, rief er schließlich. »Ihr könnt Tee machen! Das Gas ist angeschlossen, der Herd geht!«

Er drehte an einem Knopf, hielt ein Feuerzeug an die Herdfläche – und sprang zurück, als eine grelle Stichflamme aufloderte. Mama schrie, Tante Fee kreischte spitz, und Tante Betti sagte: »Mein Gott, Ben.« Juni und Juli standen nur da und guckten Papa mit offenem Mund an. Es war ihm gelungen, die Flamme zu drosseln, nur waren seine Haare vorne jetzt kürzer. Es roch verbrannt. Alle sahen erschrocken aus, bis Mattis die kleinen Arme reckte und anfing, ein glucksendes Babylachen zu lachen, als hätte er noch nie etwas so Lustiges gesehen wie jemanden mit abgekokelten Haaren. Da tat Papa so, als würde er auch lachen, und Tante Betti stellte einen Topf auf den Flammenring, um Tee zu machen. Ich setzte mich neben den Riesen auf die alte Eckbank. Die Sitzkissen hatte jemand sorgfältig zu Fetzen zerschreddert und an einer Seite der Bank aufgehäuft.

»Das war ein sehr fleißiges kleines Tier«, bemerkte der Riese anerkennend. »Es hat noch nicht all seine Fetzen abgeholt.«

»Das bringt mich zum Grund unseres Krisentreffens«, sagte Tante Betti. »Fleißige kleine Tiere ... scheinen hier eine Menge zu wohnen. Ich habe im Hängeschrank eine Sammlung von Nüssen und Tannenzapfen gefunden, und jemand hat ein Loch in die Schranktür genagt, weil er sie nicht dauernd auf- und zumachen wollte. Es gibt ziemlich viel Arbeit im Haus. Morgen fangen wir an, das Gröbste zu erledigen, damit es wohnlicher wird. Heute schlafen wir in den Zelten, im Garten hinter dem Haus. Da ist es nachts windgeschützter als vorne.«

»In einem Zelt ist man der Natur auch näher«, fügte Tante Fee hinzu und fuhr sich nervös durch die flimsigen weißen Haare, von denen ich nie sicher bin, ob sie gebleicht sind oder echt weiß, denn so alt ist sie gar nicht. »Ich freue mich schon darauf«, murmelte sie, »in Verbindung mit den Schwingungen des Ortes zu treten ... Das ist das natürliche Bedürfnis unserer Seelen ...«

»Apropos natürliche Bedürfnisse«, sagte Papa. »Es gibt kein Klo.«

»Es gibt kein fließend *Wasser.*« Der Riese grinste. »Dafür steht eine Pumpe neben dem Haus. Wir werden das Wasser in Eimern holen, wie früher. Und wir haben einen Verschlag mit einem Plumpsklo.«
»Na prost Mahlzeit«, sagte Luke, der bis jetzt nichts gesagt hatte. Er hatte Stöpsel in den Ohren und stand nur in Verbindung mit den Schwingungen seines Handys.
»Ich mache jetzt Butterbrote«, verkündete Tante Betti, bemüht fröhlich. »Flores, hilfst du mir? Ihr Männer könntet ja inzwischen im Garten die Zelte aufbauen.«
Da stand Luke schweigend auf und öffnete die Hintertür, die die Küche mit dem Garten verband, der so schön windgeschützt war. Wir sahen hinaus in ein hüfthohes Meer aus grünem Gestrüpp. Es duftete nach Thymian und Oregano und Basilikum, doch es war ein ... *wiesenloses* Gestrüpp. An einigen Stellen ragten kleine, spitze Felsen heraus.
»Viel Spaß beim Zelteaufbauen«, sagte Luke und setzte sich wieder auf die Eckbank.

Als Papa und der Riese aufgehört hatten zu fluchen (was eine Weile dauerte), sagte Tante Fee leise: »Ich gehe mir wohl besser ein Zimmer suchen«, und wandelte aus der Küche.
»Nicht meins!«, rief Leo und stand auf, um ihr zu folgen, und ich folgte ihr sicherheitshalber auch. Aber Tante Fee ging gar nicht hinauf zu unseren Zimmern; sie glitt wie ein besorgter Geist durchs Erdgeschoss. Es gab dort noch ein Bad mit einer eisernen Badewanne und eine Art Wohnzimmer. Wohnen taten darin eine Menge Spinnen und ein

kleiner Baum, der zwischen den Dielen hervorwuchs. Außerdem ein Ledersofa und drei Sessel. Vielleicht schmeckte das Leder den Mäusen nicht, denn es war ziemlich heil. Ich fragte mich, ob im Kamin daneben ein Tier nistete oder ob man ihn benutzen konnte.
Neben dem Wohnzimmer fanden wir zwei weitere Schlafzimmer. Unter dem Bett des einen lag eine schimmelige Decke auf irgendeiner alten Kiste. Man würde eine Menge aufräumen und putzen müssen in diesem Haus, oh ja …
Aber warum, dachte ich, hatte die alte Lene so viele Schlafzimmer gehabt? Oben waren es vier und unten zwei. Die Betten unten schienen aus alten Brettern gezimmert worden zu sein, die nicht richtig zusammenpassten. Das war komisch.
Aus einer Strohmatratze wuchsen zwei violette Glockenblumen.
»Dies ist mein Zimmer«, raunte Tante Fee ehrfürchtig. »Das innere Chakra der Blumen stimmt zu fünfunddreißig Prozent mit meinem überein. Keine Wasseradern. Ihr wisst sicher, wie gefährlich es ist, auf einer Wasserader zu schlafen?«
»Da hätte man doch wenigstens fließend Wasser«, meinte ich.
Tante Fee schüttelte den Kopf. »Kleine Imke«, sagte sie ernst, »Wasseradern können grauenhafte Auswirkungen auf die Verdauung haben. Wenn man bei Vollmond …«
Doch was bei Vollmond mit der Verdauung über Wasseradern geschah, erfuhren wir nicht, denn in diesem Augen-

blick schrie jemand in der Küche, und wir stürzten alle dorthin zurück.
In der Hintertür stand Mama und starrte in die ungezähmte Kräuterwildnis, hinter der der Wald begann. Tante Betti stand am Küchentisch und starrte auch, ein Buttermesser in der erhobenen Hand. Den kleinen Mattis hatte sie in der Babytrage vor dem Bauch – was auch so ein Ökoding ist, ich meine, wir sind Menschen und keine Kängurus.
»Was ist *passiert*?«, fragte Papa in die Stille.
»Da!«, flüsterte Mama und zeigte. »Da hängt etwas … jemand … im Baum!«
Ich schlüpfte an ihr vorbei in den Garten. Wirklich, jenseits der Kräuterwildnis, am Waldrand, hing etwas in einer jungen Birke. Es war ein Mädchen. Nein. Es war ein Mädchen*kleid*.
»Es ist nur ein Kleid«, sagte ich, und wir wateten alle durch die dornigen Kräuterbüsche zu der Birke.
Das Kleid drehte sich leicht im Wind, es war ein altmodisches dunkelblaues Kleid mit weißem Matrosenkragen, und es hing ordentlich auf einem Bügel. Ich dachte an das Löffelmobile und die Spiegel und sah Leo an, doch wir hielten beide den Mund. Der kleine Mattis streckte die Ärmchen aus und lachte.
»Ga!«, rief er. »Ga, ga, ga!«
In diesem Moment huschte etwas durch die Büsche, Mama schrie wieder, und das Huschen tauchte vor uns aus einem Strauch auf. Es waren Juni und Juli, und sie hatten rote Backen und strahlten.

»Das Kleid, das wart ihr, was?«, fragte Mama. »Wo habt ihr das her?«

»Es lüftet«, sagten Juni und Juli im Chor. Und Juni fügte hinzu: »Das waren wir *nicht*. Das haben die Elfen aufgehängt.«

»Ja, die haben es gefunden«, sagte Juli. »In dem alten Schrank oben im Flur. Sie dachten, es wäre hübsch in der Birke.«

»Ach so«, sagte Papa. »Könnt ihr den Elfen bei Gelegenheit ausrichten, dass sie hier nicht durchgefüttert werden, wenn sie uns so erschrecken?«

»Wir richten es aus«, flöteten Juni und Juli im Chor.

Und dann aßen wir Butterbrote mit Leberwurst, und Leo und Luke guckten die Leberwurst komisch an. Sie aßen Brote mit Tofuaufstrich, und ich bemühte mich, genauso komisch zu gucken. Tante Fee aß einen kalorienreduzierten Feldsalat aus einer Plastikpackung.

Der Feldsalat guckte am komischsten.

2

Leo

Wenn der Nachmittag auf dem Blaubeerhaus lag, war es ein blau-grüner Juwel im Wald, ein schiefes und altes, aber blühendes Tor zum Paradies.

Doch wenn die Nacht darauf saß, wurde das Blaubeerhaus zu einem schwarzen Geheimnis unter den Sternen, und in seinen Ecken und Winkeln, unter seinen alten Bänken und Sofas begann es sich zu regen. Die Füße kleiner und kleinster Lebewesen huschten fleißig von hier nach dort, sammelnd, fliehend, jagend – oder vielleicht gingen sie auch nur spazieren. Das Haus atmete still, und wer darin schlief, träumte vermutlich anders als sonst.

Ich lag auf meiner Luftmatratze, die ich in das alte Bettgestell gequetscht hatte, und sah in die Dunkelheit und lauschte. Ich hätte bei Betti und dem Riesen schlafen können, im Schlafzimmer unten, aber ich hatte ihnen gesagt, dass ich schließlich zehn war und kein kleines Kind mehr.

Imke hatte so was Ähnliches gesagt, und Juni und Juli waren wortlos in das Zimmer gezogen, vor dem die Spiegel in der Kastanie hingen. So besaßen wir alle unsere Zimmer –

auf der einen Seite vom Flur JuniJuli, Imke und ich, auf der anderen Seite Luke und die Löffel. Also, das Bad mit den Löffeln.
Unten schlief Tante Fee im Glockenblumenzimmer, und Betti und der Riese schliefen auf dem Boden im Raum daneben, mit dem kleinen Mattis zwischen sich, weil sie nicht alle auf das schmale Bretterbett passten. Im Wohnzimmer schliefen Onkel Ben und Tante Flores auf dem Ledersofa, und draußen in der Nacht schlief das Matrosenkleid in der Birke.
Nur ich konnte nicht schlafen. Die Vorhänge vor dem Fenster bewegten sich leise, weil das Fenster vermutlich nicht ganz dicht war. Es war doch ein großes Wunder, dachte ich, dass niemand in den letzten Jahren die Vorhänge gegessen hatte. Meine Mäuse raschelten ein bisschen unter dem Schrank. Das beruhigte mich, weil es bedeutete, dass sie wirklich umgezogen waren. Ich habe nichts gegen Mäuse, aber ich hätte sie irgendwie ungern im Bett gehabt.
Das Haus knarzte. Es klang wie ein Seufzen.
»Hallo, Haus«, flüsterte ich, »hallo, Blaubeerhaus. Ganz schön viele ganz schön laute Leute hier, oder? Nach so vielen Jahren Stille? Also, ich bin Leo, das hast du wahrscheinlich schon mitgekriegt, und ich verspreche dir, dass ich nicht so viel Lärm mache wie die anderen.«
Es knarzte wieder. Eine Antwort. Ich dachte an Imke und ihren Jungshaarschnitt und ihre Segeljacke aus wind- und erdbebenfestem Angeberkunststoff. Und daran, was sie zu ihrer Mutter gesagt hatte, als sie gedacht hatte, es würde niemand hören.

»Die sind richtige Hardcore-Ökos, oder? Ich meine, die Jungs mit den langen Haaren ... bis zur Schulter ... Das sind irgendwie gar keine richtigen Jungs.« Ihre Mutter hatte gelacht und gesagt, sie fände die Klamotten von Betti ganz schön. Betti hatte das rote Filzkleid mit dem Kaffeefleck an, aus dem sie eine Sonne gemacht hat. Und obwohl Betti klein ist und pummelig und Tante Flores nicht, und obwohl Tante Flores aus Spanien kommt und wunderschöne braune Haut und schwarze Locken hat, ist Betti für mich hundertmal schöner. Vielleicht nur, weil sie meine Mutter ist, aber eigentlich auch so ganz objektiv betrachtet.

»Sei nett zu ihnen«, hatte Tante Flores gesagt, und Imke hatte gesagt, dass sie das doch gewesen war.

Ja, vorne rum, dachte ich. »Haha. Von mir aus bin ich hardcore«, flüsterte ich dem Blaubeerhaus zu. »Dann tue ich so, als ob ich nur Gras esse und mich nie wasche.«

Und ich fing direkt an, mich darauf ein bisschen zu freuen.

Ich wollte endlich einschlafen, aber es ging nicht. Unter dem Schrank raschelten die Mäuse. Draußen rauschten die Bäume. Jemand fauchte, vielleicht im Dachgebälk. Jemand trippelte im Flur vorbei. Und dann musste ich blöderweise aufs Klo.

Als ich daran dachte, dass das Klo draußen war und ein Plumpsklo und dass ich wirklich, wirklich nicht alleine da hinausgehen wollte, musste ich noch viel dringender.

Ich schälte mich aus meinem Schlafsack und suchte den Schalter der Nachttischlampe. Idiot, dachte ich dann, es gibt keine Nachttischlampe, es gibt keinen *Strom*. Zum

Glück hatte ich meine Taschenlampe im Rucksack, und ich wühlte ein bisschen und fand sie und war sehr froh. Die Tür quietschte, als ich sie öffnete. Der runde Lichtkreis der Taschenlampe wanderte vor mir her den Flur entlang. Die Treppe war nachts noch viel schräger. Ich krallte meine Finger um die Lampe, wanderte unten durchs Wohnzimmer und erschrak über den unförmigen Klumpen auf dem Ledersofa. Das waren natürlich nur Onkel Ben und Tante Flores, die eng beieinanderlagen, weil das Sofa sonst zu schmal gewesen wäre. Na, sie waren ja modern und sportlich schlank, was? Onkel Ben schnarchte ganz modern und sportlich.

Ich war ihm allerdings dankbar dafür, weil es ein so normales und un-unheimliches Geräusch war.

Leise schlich ich durch die Küche, öffnete die Hintertür und trat in die Kräuterwildnis.

Der Mond schien nicht.

Der Holzverschlag mit dem Plumpsklo war ungefähr tausend Kilometer entfernt.

Ich dachte, man könnte auch einfach in die Büsche pinkeln, aber was, wenn Imke zufällig an ihrem Fenster oben stand und genau in dem Moment der Mond hinter den Wolken vorkam?

»Eins, zwei, drei«, zählte ich und rannte los, den Pfad entlang, den unsere vielen Füße bereits ausgetreten hatten. Kurz darauf riss ich die Tür zum Kloverschlag auf – und blickte in kleine, gelbe, glühende Augen.

Auf dem Klositz saß eine dunkle, pelzige Gestalt und starrte mich an.

Ich glaube, ich habe noch nie eine Tür so schnell wieder zugeschlagen. Ich glaube, ich habe noch nie so sehr gezittert, und ich war noch nie so unfähig gewesen, mich zu bewegen.
Drinnen im Kloverschlag kratzte und rumorte es. Dann öffnete sich die Tür von selbst, und das Pelzige kam heraus und trottete an mir vorbei, durchs Licht meiner Taschenlampe. Da begriff ich, dass es ein Dachs war. Ich wollte lachen, aber ich zitterte noch immer. Keine Ahnung, warum ein Dachs nachts hier aufs Klo ging oder im Klohäuschen herumkletterte, und es war mir auch ganz egal. Ich benutzte doch lieber die Büsche.
Als ich wieder in der Küche war, atmete ich einen Moment tief durch. Auf dem Tisch stand ein vergessener Teller mit vergessenen Butterbroten.
Der Geruch nach Brot und Wurst mischte sich mit dem Geruch von Schimmel und wilden Kräutern und altem Holz, und auf einmal hatte ich das Gefühl, dass ich nicht alleine in diesem Geruch stand. Dass da noch jemand war, außerhalb des Taschenlampenlichts. »Imke?«, flüsterte ich. »Juli, Juni? Luke? Sonst wer?« Vielleicht war einer von ihnen in die Küche gekommen, weil er Hunger bekommen hatte oder auch aufs Klo musste.
»Im Klohäuschen arbeitet nachts ein Dachs«, flüsterte ich, damit der, der da war, sich nicht so sehr erschreckte wie ich, falls er den Dachs traf.
»Ich weiß«, flüsterte jemand kaum hörbar. Aber eine halbe Sekunde später war ich mir sicher, dass gar niemand geflüstert und ich mir die Sache eingebildet hatte. Es war alles

sehr seltsam, und deshalb rannte ich los, durch die Küche, die Treppe hinauf, den Flur entlang, und schlüpfte in das Zimmer, in dem Luke schlief.

Er schlief nicht.

Er saß wach im Bett und machte so etwas wie einen Satz vor Schreck, als ich hereinkam.

»Ich bin Leo«, sagte ich schnell, damit er nicht dachte, ich wäre etwas Gruseliges.

»Ja«, sagte Luke mit einem Grinsen. »Ich glaube, wir kennen uns.«

Dann rückte er ein Stück, und ich schlüpfte zu ihm ins Bett, knipste die Taschenlampe aus und wärmte meine eiskalten Füße an seinen. Er hielt das Handy in der Hand; das bläuliche Licht des Displays beleuchtete sein Gesicht wie ein komischer viereckiger Mond.

»Was denkst du?«, fragte ich. »Über … alles?«

»Ich weiß nicht«, sagte Luke leise. »Ich denke … dass sie sich ganz schön was vorgenommen haben. Betti und Onkel Ben und alle. Das hier geht nicht gut, Leo.«

»Ja«, flüsterte ich. »Zu viele seltsame Geräusche.«

»Nein«, sagte Luke. »Zu viele unterschiedliche Leute. Noch tun sie so, als würden sie sich alle wunderbar verstehen und wären total entspannt und alles. Na, ich gebe denen drei Tage, dann kriegen sie sich in die Haare. Und morgen stellen sie fest, dass es hier nichts gibt. *Nichts.* Das ist nämlich noch nicht zu ihnen durchgesickert, auch wenn sie drüber reden.«

»Ich finde, es gibt zu *viel*«, sagte ich. »Zu viele komische Dinge. Geraschel und Schatten und … ich weiß nicht … Erinnerungen? Als wäre hier etwas versteckt. Aber die Sorte Etwas, das man nicht anfassen kann.«

»Hm«, sagte Luke nachdenklich. Er rutschte im Bett nach unten, sodass er neben mir lag. Das Handy hatte er immer noch in der Hand.

»Wie lädst du das Ding auf, wenn der Akku leer ist?«, fragte ich.

Da seufzte Luke nur und machte das Handy aus, und es war ganz dunkel.

»Lara findet es romantisch, dass wir hier sind und es nichts gibt«, flüsterte er.

»Lara? Wer ist …?«

»Aus meiner Schule.«

»Schade, dass sie nicht hier ist«, sagte ich aufrichtig, denn dann hätte Luke jemanden zum Reden gehabt, der keinen Strom brauchte, um zu funktionieren. »Ist sie hübsch?«

»Ich glaube, wir schlafen jetzt mal«, sagte Luke.

Imke

Hier ist Imke, damit das allen klar ist.

Hier ist Imke, und das ist der erste Morgen im Blaubeerhaus.

Als ich aufwachte, war es erstaunlich laut. Vor dem Fenster zwitscherte und rauschte und summte der Morgen. Erwachsene sprechen gerne vom Morgenkonzert der Vögel.

Diese hier gaben kein Konzert. Sie *grölten*. Ich setzte mich auf und sah gerade noch, wie etwas übers Fensterbrett huschte und auf den Fußboden sprang. Es hatte eine sehr spitze Nase gehabt. Leo denkt garantiert, dass ich Angst vor Mäusen habe.

»Habe ich *nicht*«, sagte ich zu der Maus. »Guten Morgen. Ich sehe jetzt nach, ob es Frühstück gibt. Vielleicht bringe ich dir was mit.«

Es gab kein Frühstück, weil außer mir noch niemand wach war. Im Wohnzimmer lagen Papa und Mama auf dem Sofa und schliefen. Im Glockenblumenzimmer schlief Tante Fee, im Arm ein niedrigenergetisches Körnerkissen, und im nächsten Zimmer lagen Tante Betti und der Riese auf ihrer Luftmatratze. Zwischen ihnen träumte der kleine Mattis, der im Schlaf den roten Bart des Riesen umklammert hielt.

Es war kühl im Haus, doch meine Eltern und die Betti-Familie wärmten sich gegenseitig, und Tante Fee hatte ihr Körnerkissen und ihre Schwingungen.

Ich dachte, ich würde mich mit einem Kakao in die Küche setzen, doch dann fiel mir ein, dass es keine Mikrowelle und keinen Wasserkocher gab. Ich versuchte, den Gasherd anzumachen, aber irgendwie sträubte sich das blöde Ding. Vielleicht mochte es keine modernen Menschen. Ich glaube, ich fluchte, was egal war, weil es sowieso niemand hörte. Ich war die einzige Person im ganzen verdammten Blaubeerhaus, die wach war und fror.

Schließlich ging ich nach oben, schlüpfte in meine Fleecejacke und öffnete leise die Tür zum Zimmer von Juni und

Juli. Sie lagen im selben Bett, dicht aneinandergekuschelt. Auf der Kommode stand ihre Sammlung aus Plastikelfen in Glitzerkleidern. *Die Elfen kommen hier raufgeflogen, um sich zu spiegeln.*
Ich schloss die Tür leise und öffnete die Tür zum nächsten Zimmer, aus reiner Neugier. Da lagen Leo und sein großer Bruder ebenfalls im selben Bett.
Luke hatte den Arm im Schlaf um Leo gelegt, das braune Haar fiel ihnen beiden halb ins Gesicht. Ich schüttelte den Kopf. Ich hätte nie gedacht, dass Leo wirklich bei seinem großen Bruder im Bett schläft. Und dass der ihn auch noch lässt. So ein Baby.
Ich ging ein paar Schritte näher. Da sah ich zwischen den Haarsträhnen, dass Leo im Schlaf lächelte, wie jemand, der etwas Schönes träumt. Luke lächelte nicht, er sah ernst aus, beinahe ... angestrengt. Als gäbe es eine unsichtbare Bedrohung, die er von seinem Bruder fernhalten musste, selbst wenn er schlief.
Seine langen verfilzten Rastas kringelten sich übers Kissen wie große, fette Raupen, und es gab sogar bunte Perlen darin. Okay, die Perlen waren vielleicht hübsch. Nur – bei einem Jungen? Und Leo mit seinen Locken, wirklich, wie ein Wilder.
Ich schloss die Tür der beiden Wilden, und da merkte ich, wie etwas kleines Schweres sich in mir breitmachte. Ein bisschen so, wie wenn man gleich heulen muss. Die anderen hatten es alle warm, weil sie zusammen in ihren Betten lagen, nur ich stand hier frierend im Flur herum und gehörte zu niemandem.

Na ja, ich bin keine, die heult. Ich schluckte die Tränen hinunter, stand fünf Minuten später vor dem Blaubeerhaus und atmete die (kalte) Morgenluft ein. Und dann rannte ich los, weil rennen nämlich gegen fast alles hilft. Sport überhaupt. Ich bin eine richtig gute Sportlerin, Mama und Papa sagen das auch, ich mache Leichtathletik und Klettern in der Kletterhalle und Basketball und im Sommer natürlich Segeln ... Ich rannte einfach in den Wald hinein, auf so etwas wie einem Pfad. Er war ziemlich zugewachsen, und ich dachte beim Rennen, dass diesen Pfad seit vier Jahren kein menschlicher Fuß mehr betreten hatte.
Das Moos federte unter meinen Turnschuhen, die Sonne sickerte überall durchs Unterholz, und langsam löste sich das kleine Schwere in meiner Brust auf.
Dieser Morgen, dachte ich, gehörte gerade jetzt nur mir allein, weil alle anderen zu blöd waren, um früh genug aufzustehen. Sollten sie doch in ihren Betten liegen und es gemütlich haben!
Nein, ganz alleine war ich nicht. Im Augenwinkel bemerkte ich eine Bewegung, und als ich den Kopf drehte, liefen dort drei Rehe.
Sie liefen genau parallel zu meinem Pfad, und ich bemühte mich, mit ihnen mitzuhalten. Ich strengte mich so sehr an, dass das Blut in meinen Ohren sang, doch natürlich waren die Rehe schneller, und der magische Moment, in dem ich mit den Rehen gerannt war, ging vorüber. Schließlich blieb ich stehen, stützte mich mit den Armen gegen einen Baumstamm und atmete eine Weile nur.
Magisch? Ha! Die blöden Rehe sollten sich nicht einbil-

den, sie hätten mich irgendwie beeindruckt. Die ganze verdammte grüne Natur konnte mir gestohlen bleiben.
Dann sah ich zwischen den Bäumen etwas funkeln.
Und ich sagte mir, dass es nur ein blödes unwichtiges Funkeln war, vielleicht ein Tautropfen oder so, aber etwas brachte mich doch dazu, den Pfad zu verlassen und langsam darauf zuzugehen. Das Funkeln war geheimnisvoll und blau, als lägen tausend Edelsteine im grünen Moos, ein Elfenschatz. Ich dachte an Juni und Juli.
Doch als ich bei dem Schatz ankam, war er nichts als ein kleiner Bach voller funkelnder Lichtreflexe. Flache Felsen säumten den Bach, und ich beugte mich darüber, um sein Wasser aus der hohlen Hand zu trinken, eiskaltes, gutes Wasser. Dann setzte ich mich auf den größten und flachsten Felsen, und da merkte ich, dass ich nicht mehr fror. Ich zog die Fleecejacke aus und saß eine Weile einfach so da. Und ich dachte, dass es eigentlich ganz okay hier war.
Am Ufer des kleinen Bachs wuchsen gelbe Lilien. Ich entdeckte die goldenen Augen eines Frosches zwischen ihren Stielen und dann einen Fisch, der in dem klaren Wasser still stand und nur ab und zu mit der Schwanzflosse wedelte. Ich entdeckte auch winzige Wasserläufer, die am Rand des Bachs über die Wasseroberfläche staksten. Ganz oben in einem der Bäume sah ich einen Specht. Es war wie ein Suchbild, je länger man hinsah, desto mehr Dinge fand man, und fast war es ein bisschen unheimlich, weil ich wusste, dass noch viel mehr Lebewesen da waren, die ich *nicht* sah.
Auf einmal kam ich mir beobachtet vor.

Ich verließ meinen Platz und ging bachaufwärts, sprang von Stein zu Stein, und es war wie eine neue Sorte Sport, die ich erst lernen musste. Es gab vermutlich eine Menge Sorten von Sport, mit denen man sich in diesem Wald beschäftigen konnte. Nein, ich würde mich nicht von irgendeinem »Zauber der holden Natur« einfangen und betören lassen, sicher nicht, aber ich würde in diesem Wald rennen und springen und schwimmen und mich fit halten, während die anderen versuchten, das Blaubeerhaus zu reparieren, und so taten, als hätten sie sich alle furchtbar lieb.

Ich hatte übrigens einen Zettel hinterlassen, auf dem großen alten Küchentisch.

BIN IM WALD.

BIS NACHHER

IMKE.

Zettel beruhigen Erwachsene immer ungemein, du kannst quasi ans Ende der Welt oder in den Krieg aufbrechen, Hauptsache, du schreibst es ihnen auf einen Zettel. Bestenfalls mit der Telefonnummer vom Ende der Welt. Aber mein Handy lag im Blaubeerhaus.

Ich sprang und rutschte fast aus und sprang weiter, und dann teilte sich der Wald, und ich stand am Rand eines kleinen runden Sees. Na ja, eigentlich war er eher eiförmig, die Natur macht auch nichts so richtig genau.

An meinem Ufer gab es höhere Felsen; auf den höchsten von ihnen kletterte ich und stand da und sah auf den See hinab, und beinahe kam ich mir vor wie eine Eroberin.

Das Wasser des Sees war dunkelblau, irgendwie geheimnisvoll, die Schatten der Bäume verhedderten sich in ihren

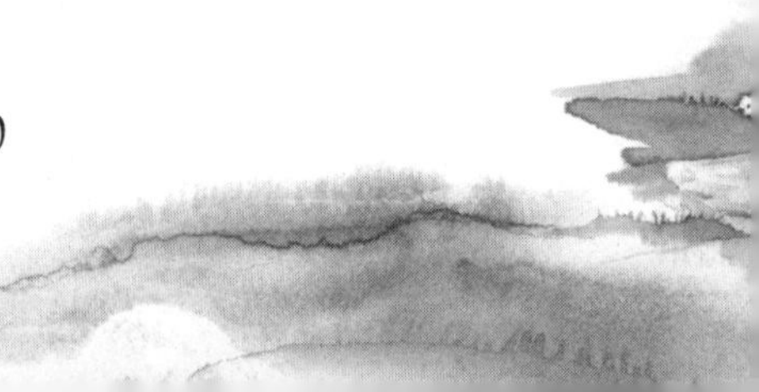

Spiegelbildern, und am anderen Ufer wippten zwischen grünen Tellerblättern drei weiße Seerosenblüten.
Und dann merkte ich, dass auf dem Grunde des Sees etwas glitzerte. Es war nicht das Wasser, etwas glitzerte *im* Wasser, in der Tiefe. Ich kniete mich auf den Felsen und kniff die Augen zusammen. Es gleißte und strahlte dort, grün und rot und blau, in kleinen Flecken, aber ich konnte nicht erkennen, was es *war*.

Metall, dachte ich. Und: Sicher nur Müll – Dosen oder Flaschenverschlüsse oder sonst was, das jemand in den See geschmissen hat. Ich kletterte hinunter zum Ufer, doch von dort aus sah man das Funkeln und Gleißen nicht mehr.
Dafür sah ich etwas anderes.
Am gegenüberliegenden Ufer saß ein Schatten und beobachtete mich.
Ich sah ihn eigentlich nicht richtig, da war viel zu viel Gestrüpp, vielleicht spürte ich den Schatten bloß. Und komischerweise spürte ich auch, dass er genau wusste, was das Funkelnde auf dem Grund des Sees war. Vielleicht bewachte er es.
Der Schatten war geduckt, verkrüppelt, seltsam verdreht. Wie ein Ding aus einer anderen Welt. Ich war mir nicht einmal sicher, wo er seinen Kopf hatte.
Dann begriff ich, dass er überhaupt keinen Kopf besaß. Und dass die verdrehten Arme und Beine keine Arme und Beine waren, sondern Wurzeln. Was mich beobachtet hatte, war ein Baumstumpf mit aus der Erde ragenden, knotigen Wurzeln.
»Imke«, sagte ich leise, »du bist eine Idiotin. Jetzt lässt du dich doch von der bekloppten Natur an der Nase rumführen.«
Vermutlich, dachte ich, lag es an Juni und Juli und ihren Bilderbüchern über Elfen und Gnome und Trolle. Dies hier war ein Wald und sonst überhaupt nichts.
Aber am Grunde des Sees funkelte es bunt, und in der Kastanie beim Blaubeerhaus hingen Spiegel.
Und dann legte mir jemand eine Hand auf die Schulter,

und ich fuhr herum und schlug zu, aus lauter Schreck. Der Jemand taumelte zurück, rutschte auf den Felsen beinahe aus und fing sich gerade noch. Dann starrte er mich feindselig an.
Es war Leo.
Er betastete vorsichtig seine blutende Lippe. »Verdammt, Imke«, sagte er. »Was soll das?«
Ich verschränkte die Arme. »Tut mir leid«, sagte ich, aber es hörte sich nicht so an, als täte es mir leid. »Ich dachte, du wärst jemand anders.«
»Wer denn?«
Ich zuckte die Achseln. »Irgendwer, der sich in diesem Wald rumtreibt.«
»Ich bin«, flüsterte Leo, »irgendwer, der sich in diesem Wald rumtreibt. Du übrigens auch. Wir sind alle Eindringlinge. Wir stören den Wald. Wir sollten nicht so laut reden, weißt du das?« Er flüsterte jetzt tatsächlich.
»Ja, logisch«, sagte ich. »Vielleicht verschlucken sich die Rehe aus Versehen an ihren Vollkornkeksen, wenn ich zu laut atme.«
Ich stand immer noch mit verschränkten Armen da. Ich wollte, dass er ging. Ich wollte allein am See sein. Es war *mein* See. Ich meine, nur so, aus rein sportlichen Gründen, weil man darin schwimmen konnte.
»Was machst du überhaupt hier?«, fragten wir beide gleichzeitig.
»Ich war laufen«, sagte ich. »Ihr habt ja alle noch gepennt, aber ich trainiere immer und überall.« Und damit er das kapierte, kletterte ich von den Felsen und ging zu einem

Baum, zog mich mit einem Klimmzug auf den untersten Ast und sah ihn von dort aus an.
»Ja, super, Sport«, sagte Leo verächtlich und blies sich eine der langen braunen Locken aus dem Gesicht. »Und die halbe Familie sucht dich. Deshalb bin ich hier. Damit sie nicht Amok laufen, weil sie glauben, dass du vom Blaubeermonster entführt worden bist.«
»Die suchen *mich*?« Ich ließ mich zurück auf den weichen Waldboden plumpsen. »Shit. Ich hab doch einen Zettel in die Küche gelegt.«
»Dann hat ihn wohl jemand aufgegessen«, sagte Leo, und man hörte genau, dass er mir nicht glaubte.
Wir gingen schweigend zurück, mit ein paar Metern Abstand.
Und plötzlich hatte ich Hunger und hörte zu viele unsichtbare Sachen im Farn rascheln. Natürlich waren es bloß kleine Tiere, aber ich fühlte mich trotzdem komisch, und plötzlich war ich direkt froh, dass ich zurück zum Blaubeerhaus musste, weil sie dort sonst Amok liefen.

3

Leo

Am zweiten Morgen im Blaubeerhaus wachte ich in meinem eigenen Bett auf, in meinem eigenen Schlafsack, nicht bei Luke. Es war kalt, aber ich konnte ja schlecht dauernd bei Luke schlafen. Ich zitterte mich in meine Kleider und hüpfte auf und ab, bis mir warm war, wobei mich mehrere Augenpaare von unter dem Schrank beobachteten. Vermutlich fragten sich die Mäuse, ob ich übergeschnappt war.

Im Bad klimperte das Löffelmobile im Luftzug: die Art des Blaubeerhauses, mit jemandem zu sprechen. Ich wünschte, ich hätte es verstanden.

Ich putzte meine Zähne mit Wasser aus der Kanne und spuckte das Spülwasser aus dem Fenster, weil es ja keinen Ausguss gab. Irgendjemand unten schrie, und als ich nachsah, saß dort Tante Fee auf einem Klappstuhl, oder sie hatte gesessen, jetzt war sie aufgesprungen und versuchte, die Zahnpastareste aus ihren gebleichten Haaren zu entfernen. Ich sah davon ab, sie zu fragen, ob sie wieder meditiert hatte, und verließ das Bad.

Im Flur standen zwei Kinder, die ich noch nie gesehen hatte.

Sie standen ganz still nebeneinander und starrten mich aus großen dunklen Kulleraugen an, zwei kleine Mädchen in gestärkten Kleidchen, das eine rot, das andere blau wie das Blaubeerhaus. Ihre geflochtenen Zöpfe waren mit großen Schleifen in der passenden Farbe zusammengebunden, und ihre Füße waren nackt und etwas dreckig, als wären sie gerade durch den Wald gelaufen. Im Arm hielt jede von ihnen eine altmodische Stoffpuppe mit Porzellankopf, und die Augen der Puppen waren irgendwie hohl und gruselig.

Ich war mir unsicher, ob ich in die Vergangenheit oder diese Mädchen aus der Vergangenheit heraus gerutscht waren – und dann erkannte ich sie und ärgerte mich. »Verdammt«, sagte ich, »wo habt ihr diese Kleider her? Und diese gruseligen Puppen?«

»Aus dem Schrank«, sagten die beiden im Chor und zeigten. Dann hoben sie gleichzeitig ihre Puppen hoch. »Die sind nicht gruselig. Die sind schön.«

»Na ja«, sagte ich. Neben dem Schrank hing ein großer Spiegel, nicht ganz so blind und angelaufen wie der im Bad, und als ich die Treppe hinunterrannte, drehten sich Juni und Juli mit ihren altmodischen Kleidern vor dem Spiegel. Ich hörte sie irgendwas von Elfen faseln, die ihnen das Tanzen beibringen würden.

Unten in der Küche roch es nach Kaffee und angebrannt, was daher kam, dass Onkel Ben versuchte, in der Pfanne Toastbrot zu toasten.

»Jetzt!«, rief er, als ich hereinkam. »Diese Scheibe kann man essen!«

Ich warf einen Blick auf den Teller voller nicht-essbarer

Scheiben, schnappte mir die am wenigsten verkohlte und trat durch die Hintertür in den Garten. Der Duft, der mir entgegenduftete, war … sehr duftig. Es musste nachts ein bisschen geregnet haben, die verholzten Kräuterbüsche glänzten feucht, und sie rochen wie fünfundzwanzig italienische Küchen auf einmal. Betti rief irgendetwas, aber ich tat so, als hörte ich es nicht. Wir hatten gestern den halben Tag mit Putzen und Entschimmeln verbracht, zur Musik aus dem Gettoblaster, und es war sicher lustig, Häuser zu Musik zu putzen, doch es gibt Grenzen.

Außerdem musste ich jetzt in den Wald.

Imke war vielleicht schon dort und entdeckte irgendetwas, als Erste und ohne mich, auch wenn sie gestern so getan hatte, als interessierte der Wald sie kein bisschen.

So begann ich also meine grüne, sonnendurchflutete Wanderung, und ich fand alles – ich fand Pilze und Wiesen und Polster von violetter Heide und einen Baumstamm, der über eine winzig kleine Schlucht führte. Aber ich fand nichts richtig Gutes, nichts Großartiges, nichts, was ich vor Imke geheim halten konnte.

Ich setzte mich auf den Baumstamm über der Schlucht und baumelte mit den Beinen, und da hörte ich etwas Merkwürdiges. Es war ein Klingen, beinahe wie Musik. Ich sah mich um, doch es war niemand da. Nur ein gelber Schmetterling gaukelte durchs Licht.

Da war es wieder – ein Ton, als schlüge jemand gegen eine Triangel, danach noch ein Ton und noch einer, als hätte der Jemand eine ganze Menge an Triangeln in allen Größen. Mir wurde ein bisschen seltsam, so wie nachts.

Ich stand auf meinem Baumstamm auf und drehte mich um die eigene Achse, vorsichtig, wie ein Seiltänzer auf einem Hochseil, drehte und drehte mich, um den zu finden, der musizierte. Dann rutschte das Moospolster weg, auf dem ich stand, und ich fiel zusammen mit dem Moos in die Schlucht.

Zum Glück war sie nicht tief, mehr wie ein Graben, und ich landete in noch mehr Moos. Sehr feuchtem Moos. Hier hatte sich das Wasser vom nächtlichen Regen gesammelt; und in dem saß ich jetzt.

Als ich mich aufrappelte, sah ich gerade noch, wie etwas ins Dickicht floh, rotbraun mit weißer Schwanzspitze: ein Fuchs. Aber ich war mir ziemlich sicher, dass der Fuchs nicht Triangel gespielt hatte.

Imke

Als ich an unserem zweiten Tag in der Wildnis von meiner morgendlichen Laufrunde zurückkam, saß Luke auf der verfallenen Bank vor dem Blaubeerhaus, hielt sein Handy in der Hand und starrte ins Nichts. Ich blieb neben ihm stehen, ließ meine Arme nach unten schlenkern und atmete tief ein und aus, wie man das so macht als Sportler.

»Morgen, Luke«, sagte ich nach einer Weile.

»Imke«, sagte Luke, mehr nicht. Dann starrte er wieder ins Nichts.

»Ist … was passiert?«, fragte ich vorsichtig. »Ich meine, diesmal wussten doch alle, dass ich nur laufen bin?«

Luke hielt das Handy hoch. »Akku alle«, sagte er. Ungefähr so, als würde er mir mitteilen, seine Katze wäre gestorben. Aus dem Blaubeerhaus drangen Stimmen, jedoch keine Musik. »Sind die … Batterien vom Gettoblaster auch alle?«, fragte ich.

Luke zuckte die Schultern.

»Dann also heute putzen ohne Musik«, stellte ich fest. »Wo ist Leo?«

Aber Luke antwortete nicht.

In der Küche im Blaubeerhaus war es eigentlich ganz gemütlich, auf den beiden Bänken lagen zusammengefaltete Wolldecken, auf dem großen Tisch standen Glockenblumen und Löwenzahn in einem Wasserglas, und an ein paar Stellen, wo Lehm aus der Wand bröckelte, hingen jetzt

große, bunte Tücher. Die Tücher waren ziemlich vollkorn und von Tante Betti, aber sie waren besser als kaputte Wände.
Ich setzte mich mit einer Scheibe Toast zu Papa, der über seinem aufgeklappten Laptop brütete. Daneben lag sein Handy, über das er offenbar mit dem Netz verbunden war. Er tippte ab und zu etwas und machte das Internetgesicht, und ich wusste, dass er irgendwelche Fußballergebnisse nachguckte oder was wegen seiner Firma und dass ich ihn besser nicht störte. Schließlich schlug er mit der flachen Hand auf den Tisch und knurrte. Er begann, auf dem Handy herumzudrücken, schüttelte es, legte es wieder hin und stützte den Kopf in die Hände.
»Akku alle«, stellte ich fest.
»Woher weißt du das?«, fragte er.
»Och«, sagte ich und schmierte Marmelade auf den Toast. »War nur geraten. Papa …« Ich legte ihm vorsichtig eine Hand auf den Arm. »Weißt du, dass … dass der Laptop auch irgendwann leer ist?«
»Ist mir durchaus bewusst«, knurrte er und stand auf, um zum Fenster zu gehen und hinaus in die Wildnis zu sehen. Er atmete tief ein, krempelte seine Ärmel auf und verkündete:
»Da kommt man doch mal dazu, was an diesem Haus zu machen! Anpacken ist alles. Und wir brauchen eine Liste an Sachen, die angeschafft werden müssen …«
In diesem Moment kam der Riese in die Küche, mit dem kleinen Mattis auf dem Arm, der schrie. »Ja, ja, ja«, sagte er beruhigend. »Gleich finden wir die Mama … So ein Är-

ger, dass die Lieblings-CD mit den Schlafliedern nicht mehr geht … Ja, ja, ja …«

Tante Betti kam von der anderen Seite in die Küche, bedeckt mit grauem Staub, und knallte die Bohrmaschine auf den Tisch. »Der Akkubohrer ist auch alle«, sagte sie grimmig. »Jetzt hätte ich beinahe das Bücherbord im Schlafzimmer wieder richtig angeschraubt … Nun hängt es schief, und vielleicht fällt es uns heute Nacht auf den Kopf.«

Gleichzeitig stürzten Mama und Tante Fee herein. Mamas schwarze Locken standen feucht in alle Richtungen, weil sie offenbar versucht hatte, sie unter der Pumpe zu waschen. Tante Fee hielt ein komisches metallisches Ding in der Hand.

Mama sagte: »Der Föhn geht nicht«, was logisch war, und Tante Fee sagte: »Ich kann ohne Strom den Schwingungs-Endsummen-Generator nicht aktivieren, wie soll ich da mein Trinkwasser energetisieren?«

Mattis schrie immer noch, und da reichte es mir. Ich hielt meine Ohren zu und schrie auch, so lange, bis ich sah, wie die anderen ihre Münder zuklappten. In diesem Moment fiel mir etwas ein.

Ich nahm die Hände von den Ohren und sagte sehr deutlich, falls die Erwachsenen vielleicht ohne Strom nicht gut hören konnten: »Wir haben ein Auto. Mit einer Autobatterie. Da kann man doch irgendwas anschließen.« Ich wusste nicht, ob das wirklich ging oder ob man einen komplizierten Adapter brauchte, aber es war immerhin eine ziemlich geniale Idee.

Nachdem ich die geniale Idee ausgesprochen hatte, ging

ich zum Riesen, weil ich mich gerade unbesiegbar fühlte, nahm ihm sein Baby ab und fing an zu singen – *O Tannenbaum*, weil mir nichts anderes einfiel. Es funktionierte, Mattis sah mich mit seinen großen Babyaugen an und wurde still.

»Dann lade ich jetzt zuerst die Bohrmaschine«, sagte der Riese.

»Nein, der Schwingungs-Endsummen-Generator ist wichtiger!«, rief Tante Fee sofort.

»Bohrmaschine«, knurrte der Riese.

»Aber der Föhn …«, begann Mama.

»Mein Gott, es ist doch egal, ob du geföhnt bist oder nicht«, sagte Tante Fee aufgebracht.

»Und du wirst vermutlich ohne energetisiertes Wasser nicht verdursten«, fauchte Mama.

»Hört. Auf. Zu. Streiten«, sagte ich. »Ihr seid ja schlimmer als ein ganzer Kindergarten! Übrigens, Tante Fee, energetisiert sich das Wasser hier selbst«, bemerkte ich beiläufig. »Durch funkelnde Edelsteine auf dem Grund eines Sees im Wald.«

Ich kam nicht dazu, das näher zu erklären, denn gerade da erschienen Juni und Juli vor dem Küchenfenster.

»Wir haben ein Elfenhaus gebaut«, sagten sie im Chor und hielten etwas Kastenförmiges hoch, das ein Dach aus Rindenstückchen hatte und mit Blaubeerzweigen und kleinen weißen Blüten verziert war. »Wir stellen es jetzt auf einen Felsen im Garten, damit die Elfen einziehen können.«

Damit verschwanden sie, auf ihre lautlose und manchmal geisterhafte Art, und es war einen Moment seltsam still.

Schließlich sagte der Riese: »Tja. Dann gehe ich mal zum Bus. Wegen der Autobatterie. Das ist eine ziemlich gute Idee von Imke.«

Wir folgten ihm alle und blieben vor dem Blaubeerhaus stehen.

Als der Riese mit einem Kabel in der Hand in den gelben VW-Bus stieg, drehte ich mich um und sah zum Haus. Und ich dachte, dass es am besten wäre, die anderen würden einfach alle mit dem Bus wegfahren, um irgendetwas einzukaufen, weil ich dann alleine wäre mit dem Blaubeerhaus. Nicht dass mich die Natur hier interessierte oder die schimmeligen Wände, aber zum ersten Mal fragte ich mich, was eigentlich unter dem Dach war. Es musste doch einen Dachboden geben. Ich hatte keine Treppe gesehen, keine Leiter, nichts. Vielleicht wollte jemand nicht, dass man auf den Dachboden stieg.

»Imke?«, fragte jemand neben mir, und blöderweise war es Leo. Er hatte Blätter und Blüten in seinem Haar, so als wäre er gerade irgendwie panisch durch den Wald gerannt. Auf der Flucht vor etwas, dachte ich. »Imke, was machen die da?«

»Melken die Autobatterie«, sagte ich. »Oh. Oder eher nicht.«

Der Riese machte von drinnen seltsame Gesten, und jetzt drehte er den Schlüssel im Schloss, um den Motor anzulassen. Der gelbe VW-Bus gab ein dumpfes, krankes Röhren von sich. Und verstummte.

Der Riese stieg aus.

»Da stimmt was mit der Batterie nicht«, sagte er. »Angeblich ist sie leer, aber das Licht war gar nicht an … Radio auch nicht …« Er kniete sich hin und sah unter den Bus. »Hier tritt Flüssigkeit aus«, knurrte er. »Und es hängen lauter Gummifetzen rum. Waren wohl mal Kabel.« Er öffnete die Motorhaube, schüttelte den Kopf, murmelte etwas von »noch mehr kaputten Kabel« und atmete tief durch. Nach einer Weile sagte er betont ruhig: »Wir wollten einen Urlaub in der Natur, oder? Jetzt kriegen wir einen Urlaub in der Natur. Ein Marder hat sämtliche Schläuche durchgenagt. Dieses Auto lädt keine Akkus mehr auf und bringt uns nirgendwohin. Und wir sind sicher mehrere Tage Fußmarsch vom nächsten Dorf entfernt.«

4

Leo

Einen Moment lang standen wir alle da wie erschlagen, nur der kleine Mattis gluckste mal wieder fröhlich in sich hinein.

Endlich fragte ich vorsichtig: »Kommen wir nie wieder hier weg?«

Das war eine dumme Frage, weil wir natürlich zu Fuß gehen konnten, das hatte der Riese ja gesagt. Aber es kam mir vor, als könnten wir nur im gelben VW-Bus zurück über die unsichtbare Grenze fahren, weil wir auch so gekommen waren.

Betti kam herüber und nahm mich in den Arm, und sie roch gut nach den Kräutern des Gartens und Kakao und Schafsmilchseife. »In ein paar Tagen kommt Frieda her«, sagte sie. »Also, eine Freundin von mir. Sie hat versprochen, uns zu besuchen. Frieda kann den Bus mit ihrem Auto abschleppen. Und sie bringt auch lauter Sachen mit. Essen und sonst was. Mach dir keine Sorgen, Leo.«

»Okay«, sagte ich und löste mich aus ihrer Umarmung, weil Imke schon zu uns guckte. Und auch weil ich mich erwachsener und abenteuerlicher fühlte, seitdem wir hier waren.

»Ich gehe noch eine Runde laufen«, erklärte Imke und gab mir Mattis, den sie auf dem Arm hatte. »Ihr könnt ja versuchen, Strom aus Tofuwürstchen herzustellen.«
»Ja«, sagte ich zu ihr. »Und ich werde mal meine Hanfwolle holen und ein bisschen stricken.« Ich nahm Mattis mit, der mich ansah, als hätte ich sie nicht mehr alle, und holte eine Decke aus dem Blaubeerhaus. Der Riese hatte ein Stückchen Kräuterwildnis gerodet, dort legte ich die Decke hin und setzte Mattis darauf, wo er begann, Thymianzweige abzurupfen.
»Diese Imke«, sagte ich zu ihm, »ist wirklich selten blöd. Wenn die dich nächstes Mal auf den Arm nimmt, kannst du sie ruhig richtig doll ansabbern.«
Aus dem Haus drangen die Stimmen der Erwachsenen, die wieder ein Krisentreffen hatten.
Ich kitzelte Mattis mit einem Zweig, und er lachte, doch in meinem Kopf verwandelte sich sein Lachen in die seltsamen schwebenden Töne des Waldes. Meine Hosen waren noch immer voller Schlamm, weil ich von dem Baumstamm gefallen war. Die Sonne trocknete den Schlamm, sodass die Hosen komisch hart wurden, aber was im Wald Musik machte wie auf Triangeln, wusste die Sonne auch nicht.
Ich kam mir schon wieder beobachtet vor.
Ich fragte mich, ob die alte Lene hier so hinter dem Haus gesessen hatte und ob sie es war, die mich beobachtete.
In der Birke hing noch immer der Kleiderbügel, aber war das Kleid daran nicht dunkelblau gewesen? Komisch, jetzt hing dort ein grünes Kleid. Offenbar hatten Juni und Juli und die

Elfen es ausgetauscht. Das grüne Kleid bewegte sich sacht hin und her, obwohl es völlig windstill war, es schaukelte, und da war eine Bewegung oben neben dem Kragen. Ein kleiner Schatten saß dort. »Eine Elfe«, flüsterte ich.

»Aargh?«, sagte Mattis.

»Die Elfen von Juni und Juli«, wisperte ich. »Gibt es die doch? Nee, das glaube ich nicht …«

Doch die kleine Gestalt auf der Schulter des Kleides war ganz eindeutig da. Und dann kletterte sie an dem Kleid hinunter, sprang zu Boden und verschwand zwischen den Kräuterbüschen. Ich saß ganz still. Die Kräuterbüsche wackelten und zitterten. Die Gestalt kam ganz offenbar durch die Sträucher genau auf uns zu.

Gleich, dachte ich, gleich würden winzige Füße die Decke betreten, ich würde die Flügel der Elfe im Sonnenlicht flirren sehen …

Das Etwas sprang aus einem Busch neben der Decke – und war ein Eichhörnchen. Fuchsrot und mit lauschend aufgestellten Pinselohren. Vorsichtig sah es sich um, kam mit einigen Trippelschritten näher, die Nase vorsichtig gereckt, und beäugte mich misstrauisch. Ich griff in Zeitlupengeschwindigkeit in meine Tasche, fand jedoch nur ein paar Bonbons, die ich dem Eichhörnchen auf der flachen Hand entgegenhielt. Es war mehr eine Geste der Höflichkeit, denn natürlich wusste ich, dass Eichhörnchen keine Bonbons essen. Mattis saß ganz still, während es näher kam, Zentimeter für Zentimeter.

Dann griff es mit seinen kleinen Pfoten zu, versuchte zu meinem Erstaunen, alle Bonbons an sich zu raffen, was

ihm misslang, und raste schließlich mit einem davon den nächsten Baum hinauf.
Der nächste Baum war die Kastanie, die ihre Äste vor die Schlafzimmerfenster der Mädchen streckte. Die Kastanie mit den Spiegelscherben.
Das Eichhörnchen interessierte sich nicht für Spiegel. Es drehte und wendete den quietschgelben Bonbon zwischen seinen Pfoten und schien zu überlegen, was das für eine seltsame Nuss war und wie man sie knacken konnte. Nach einer Weile beschloss es, die Gelbnuss erst mal zu verstecken, und hüpfte höher in die Kastanie.
Dann sprang es mit fliegendem Steuerschwanz und wehenden Pinselohren hinüber aufs Dach des Blaubeerhauses und verschwand.

Es verschwand durch ein kleines Fenster in der Dachschräge.
Ich atmete tief durch. Dieses Fenster hatte ich bisher gar nicht bemerkt, es lag gut verborgen zwischen den Kastanienästen.

Zwei Sekunden später stand ich in der Küche, wo Betti mit beiden Armen in einer riesigen alten Steingutschüssel voller Kuchenteig steckte.

»Mattis wollte unbedingt zu dir«, sagte ich, setzte ihn auf eine Bank und rannte zurück in den Garten. Mattis wollte überhaupt nicht zu Betti, er wollte zu dem Eichhörnchen, er schrie jetzt, aber ich konnte ihn ja schlecht mitnehmen, wenn ich auf die Kastanie kletterte. Das Eichhörnchen hatte mir einen Weg zu einem ganz neuen Teil des Blaubeerhauses gezeigt, ich war mir sicher: Es hatte mir sagen wollen, ich sollte mir den Dachboden ansehen. Keiner von uns hatte das bisher getan, wir hatten schlicht und einfach vergessen, dass es ihn gab.

Ich dachte wieder daran, wie ich am ersten Tag geglaubt hatte, ein Huschen im Flurspiegel zu sehen, und wie dann nichts da gewesen war. Konnte sich jemand oder etwas blitzschnell auf den Dachboden zurückgezogen haben …? Aber warum gab es im Flur keine Treppe oder Leiter nach oben oder wenigstens eine Luke in der Decke? In jedem Fall würde ich der Erste sein, der den Dachboden entdeckte.

Ich und nicht Imke.

Und vielleicht hing das Geheimnis dort auf irgendeine seltsame Weise mit dem Geheimnis der Musik im Wald zusammen.

Der Schlamm bröckelte von meiner Hose, als ich die Kastanie hochkletterte. Sie hatte erst ziemlich weit oben Äste, aber überall wuchsen kleine Blätterbüschel aus ihr heraus, auf die man treten konnte, sodass es einigermaßen ging.

Als ich mich auf den Ast hochzog, an dem die Spiegelscherben hingen, klimperten sie leise. Ich kletterte weiter hinauf, bis zu dem Fensterchen in der Dachschräge.
Und dort saß das Eichhörnchen. Als hätte es auf mich gewartet. Jetzt keckerte es leise und hüpfte nach drinnen, ins Dunkel.
Es gab kein Fensterglas.
Ich holte tief Luft, stieg hinüber aufs Dach und kroch ebenfalls durch das kleine Fenster. Dann ließ ich mich in die Dunkelheit des Dachbodens fallen und saß einen Moment still. Ein Geruch von Staub und Holz hüllte mich ein. Der

Geruch nach Erinnerung. Es war, als wäre ich im Kopf des Blaubeerhauses angekommen.

Ich stand vorsichtig auf und klaubte Staubflusen und Spinnweben aus meinen Haaren. Das Nachmittagslicht fiel in schrägen Strahlen herein; Staubkörner tanzten golden und grün zwischen alten Möbeln.

»Hallo«, sagte ich leise. »Jemand hier?«

Daraufhin fiel etwas um, ich schrie, und ein Schatten huschte panisch davon und blieb auf einem Schrank sitzen. Natürlich, das Eichhörnchen.

»Oje«, sagte ich zu ihm. »Ich glaube, wir erschrecken uns heute noch irgendwann gegenseitig zu Tode. Bist du … bist du der Geist von irgendwem?«

Aber vermutlich war es einfach nur ein Eichhörnchen. Ich stieg über eine Kiste und wollte weiter über den Dachboden gehen, doch dann blieb ich stehen. Die Kiste war vollgestopft mit staubigen Büchern. Ich nahm eines heraus und las den Titel: *Robinson Crusoe.* Na, das passte doch.

Die alte Lene hatte also Abenteuerbücher gelesen. Lesen, dachte ich, ging immerhin ohne Strom …

Dann fand ich zwischen den Büchern ein uraltes Schulheft, blau wie das Blaubeerhaus, nur sehr verblasst. Innen stand in schönen altmodischen Buchstaben etwas, das ich erst beim fünften Mal Lesen verstand, weil die Schrift so ungewöhnlich war.

LENE FRANZBERGER. TAGE- UND NACHT-BUCH.

Ich merkte, wie ich lächelte. Doch meine Hände zitterten vor Aufregung, als ich die erste Seite umblätterte. In den altmodischen Kringeln stand da:

Ich bin zehn Jahre alt. Und weil jetzt alles passiert, muss ich es aufschreiben. Das Blaubeerhaus war bis gestern leer, da waren nur wir. Jetzt ist es auf einmal voll wie eine Keksdose nach dem ersten Weihnachtsbacken, und das ist komisch, weil Sommer ist.

Ich ließ das Heft sinken. *Das Blaubeerhaus.* Die alte Lene hatte das Haus genauso genannt wie ich.

Wir bauen zusätzliche Betten aus Brettern, alle helfen und sind sich gegenseitig im Weg, und sie machen ernste Gesichter und versuchen, sehr leise zu sein, als könnte da draußen im Wald jemand hören, was hier los ist. Nur der stille Junge saß ganz alleine auf einem der Felsen zwischen den Kräuterbeeten. Er heißt Avi. Ich habe ihm vom Wald erzählt und dass man tausend Sachen da erleben kann, und er hat mir von dem schönen, riesengroßen Haus beim Dorf erzählt, in dem sie gewohnt haben, mit hunderttausend Zimmern und Bediensteten. Seine Mutter sagt, er darf nicht in den Wald gehen. Sie ist noch blasser und dünner als er und hat von allen am meisten Angst. Aber ich weiß etwas, was sie nicht weiß, nämlich dass wir schon im Wald waren, weil ich Avi dorthin mitgenommen habe. Ich habe ihm meinen Fuchsbau gezeigt und den See. Er kann nicht schwimmen, ist das zu glauben? Ich muss es ihm wohl beibringen. Er und ich sind die einzigen Kinder im Blaubeerhaus, und es bleibt ihm nichts übrig, als damit aufzuhören, blass und ängstlich zu sein. Aber

Was dann noch kam, war nicht mehr lesbar, weil ein Wasserfleck die Schrift weggewaschen hatte.
»Leo! Leo, wo bist du?« Mist. Unten riefen sie nach mir. »Leeeeeeeeeeeo!«
Ich steckte das blaubeerblaue Heft unter mein T-Shirt, in den Hosenbund, und kletterte durchs Fenster zurück und an der Kastanie hinunter. Das letzte Stück fiel ich leider, und noch leiderer landete ich vor Imkes Füßen. »Was machst du denn da oben in der Kastanie?«, fragte sie.
»Ich? Oh«, sagte ich, »was man in Kastanien eben so macht …«
Sie hatte das Dachbodenfenster nicht gesehen. Zum Glück. In diesem Moment flog etwas durch die Luft, landete auf meiner Stirn und klebte dort fest: ein quietschgelbes Bonbon. Ich sah hoch in die Äste, wo das Eichhörnchen saß.
»Es gibt hier … Eichhörnchen, die mit Bonbons werfen?«, fragte Imke verwundert.

Imke

Ich muss sagen: Leo sah mit dem gelben Bonbon auf der Stirn ziemlich dämlich aus.
Aber er hatte angefangen, ein Eichhörnchen zu zähmen. Ein eigenes Eichhörnchen. Na ja, bitte, wenn es Bonbons nach ihm warf.

Ich war im Wald gewesen, an meinem See. Diesmal hatte ich einen flachen Stein gefunden, wo man sitzen und die Füße ins Wasser hängen konnte. Also – wenn man k. o. war vom Laufen. Man konnte auch auf dem Stein in der Sonne liegen und den Wind in den Baumwipfeln tanzen sehen … obwohl ich manchmal das Gefühl hatte, beobachtet zu werden.

Der Hunger hatte mich schließlich zurückgetrieben, und ich war direkt losgeschickt worden, um Leo zu suchen. Als müsste ich wissen, wo er steckte, nur weil wir beide gleich alt sind.

»Ich glaube, die Erwachsenen wollen Kuchen essen«, sagte ich zu Leo. »Sie haben etwas hergestellt, das zumindest ein bisschen aussieht wie ein Kuchen. Ohne Rezept aus dem Internet war es sicher schwierig.«

Leo folgte mir widerstrebend, irgendwie ging er komisch, als hätte er Angst, seine Hose zu verlieren.

Die Erwachsenen hatten einen kleinen Gartentisch gefunden und ihn in die Sonne auf das gerodete Fleckchen Garten gestellt, sie hatten sogar noch etwas mehr gerodet, um Stühle aufzustellen. So saßen wir auf einer Insel zwischen den grünen, kratzigen Wolken aus Oregano und mannshohem Rosmarin und aßen, tatsächlich, Blaubeerkuchen.

»Flores hat nämlich eine Entdeckung gemacht«, sagte Papa, und Mama lächelte bescheiden. »Ich habe den Vorratsschrank der alten Lene gefunden«, sagte sie. »Man glaubt gar nicht, was da alles drin ist! Und alles in Dosen, gut verschraubt. Mehl und Nüsse und Zucker und eingemachte Blaubeeren für Jahre.«

»Der Anwalt hat ja gesagt, sie war komisch«, sagte Papa. »Sie ist wohl in den letzten Jahren nicht mehr ins Dorf gegangen. Und davor auch nur ziemlich selten. Da brauchte sie Vorräte.«

»Irgendwo unter den verwilderten Kräutern müsste es eigentlich Gemüsebeete geben«, meinte der Riese. »Das wird alles wunderschön, wenn man es auf Vordermann bringt. Vielleicht könnte man ein kleines Hotel hier aufmachen und …«

»Ehe wir uns falsch verstehen, ich mache *kein kleines Hotel in der Wildnis auf*«, sagte Tante Betti ziemlich knurrig. »Ich wohne zufällig sehr glücklich in Berlin.«

»Ich meinte ja nur, *irgendwer* könnte das tun«, sagte der Riese. »Sei doch nicht immer gleich so. Kann ja auch jemand sein, dem man das Haus verkauft, oder was.«

Dann war es eine Weile auf angespannte Art und Weise still, weil Tante Betti vielleicht anfing, sauer auf ihren Mann und ein noch nicht eröffnetes kleines Hotel zu sein, und dann gellte ein Schrei durch den Garten.

Vom Haus her kamen Juli und Juni angestürzt, in wehenden Kleidern, wild mit den Armen rudernd. »Wer von euch … wer von euch hat …«, begann Juni, als sie bei uns waren.

»… das … Elfenhaus …«, keuchte Juli.

Ich sah mich um. Das Elfenhaus hatte auf einem Felsen ganz in der Nähe gestanden. Es stand nicht mehr dort.

»Jemand hat es auf den Baum vor dem Haus gestellt.« Juni verschränkte beleidigt die Arme in ihren Rüschenärmeln. »So weit oben, dass man überhaupt nicht mehr rankommt!«

Wir sahen uns an. »Keiner von uns hat euer blödes Elfenhaus irgendwohin gestellt«, sagte ich schließlich.
Und wir unterbrachen unser Kuchenessen und gingen um das Blaubeerhaus herum.
Neben der Auffahrt wuchs ein großer Ahornbaum, und hoch oben in einer Astgabel stand das Elfenhaus. Sehr ordentlich, als gehörte es genau da hin. Die kleine Eingangstür aus geflochtenem Gras befand sich genau zwischen zwei großen grünen Ahornblättern.
Die Äste des Baums lagen weit auseinander, um da hinaufzukommen, musste man ziemlich lange Arme und Beine haben. Oder wahnsinnig gut klettern können.
»Luke«, sagte der Riese nach einer Weile. »Ist das zufällig … ein Scherz von dir?«
»Ich war zufällig bis eben joggen«, sagte Luke.
Joggen?
»Komisch«, murmelte ich. »Ich dachte, ich bin die Einzige hier, die laufen geht. Warum hab ich dich nicht gesehen?«
Luke zuckte die Schultern und strich sich eine Rastalocke aus dem Gesicht. »Weil der Wald ziemlich groß ist?«
Damit wandte er sich ab und schlurfte ins Haus zurück, die Hände in den Taschen vergraben. Ich fragte mich, ob er in dem ziemlich großen Wald etwas gefunden hatte, das er für sich behalten wollte. Leo war auch mal wieder verschwunden. Seit wir hier waren, schien jeder ein Geheimnis zu haben.

5

Leo

An diesem Abend hängte ich zwei neue Löffel in das Löffelmobile. Ich hatte das Gefühl, die alte Lene würde sich darüber freuen. Falls sie es von irgendwo sah.
Dann wusch ich mich mit dem kalten Wasser aus der Waschschüssel, ging auf das Plumpsklo, wo zum Glück nicht immer ein Dachs war, und zog mich mit dem blauen Heft in mein Bett zurück. Das Eichhörnchen war auf eigenen Pfaden unterwegs.
Betti kam herein, weil wir noch etwas zusammen lesen wollten, wir machen das immer abwechselnd zu Hause. Aber ich sagte, ich müsste selber lesen, mein Buch wäre gerade so spannend, und da freute sie sich, glaube ich, weil sie nach unten zum Riesen gehen und Wein mit ihm trinken konnte. Ich holte das blaue Heft aus dem Schlafsack und zog die Kerze auf dem Nachttisch dichter heran.
Und dann blätterte ich so lange weiter, bis ich eine Stelle fand, die nicht verlaufen oder verblasst war. Ich sah mir jetzt auch die Daten genauer an, die vor den Einträgen standen. Der erste war am 5. März 1940 geschrieben wor-

den, der zweite lesbare Eintrag am 26. Mai. Es war alles waaahnsinnig lange her. Ich rechnete. Mehr als siebzig Jahre.
Ich fing an zu lesen.

Heute waren wir bei meinem Fuchsbau. Avi lernt langsam, wie man im Wald gehen muss, damit einen nicht alle Tiere hören und sich über einen totlachen. Wir haben lange die jungen Füchse beobachtet, die da spielten, sie sind herumgekugelt wie Katzenkinder, und Avi hat gesagt, er will den Dachsbau unbedingt auch sehen. Die Erwachsenen sind immer noch sehr nervös, obwohl sie abends im Wohnzimmer Karten spielen. Weil sie so viele sind, merkt keiner, wo Avi und ich stecken.
Ich glaube, ich habe noch gar nicht über sie alle geschrieben. Da gibt es natürlich Avis Eltern, Jente und Elia, und dann die Eltern seiner Mutter, die alte Rosel und ihren Mann Benjamin, der früher mal Richter war und sich jetzt damit beschäftigt, Löffel zu schnitzen. Es ist irgendwie lustig, dass er Benjamin heißt, wie der jüngste der Brüder in der Bibel, obwohl er der Älteste hier ist und schneeweißes Haar hat. Dann sind da Jakub und Esther und ihr erwachsener Sohn Samuel, der Sarah mitgebracht hat, seine Verlobte. Sarah ist furchtbar hübsch und genauso schreckhaft, sie ist die Nervöseste von allen. Während also all diese Leute im Haus herumwerkeln, haben Avi und ich neulich angefangen, ein

Da brach der Eintrag wieder in Flecken und Schatten ab, und ich fluchte leise. Ich blätterte. Die alte Lene, die damals noch eine junge Lene gewesen war, hatte nicht nur geschrieben, sie hatte die jungen Füchse auch gezeichnet. Ein paar Seiten weiter fand ich mehr Bilder; Bilder von Blättern, Ranken und Blüten, und daneben standen lateinische Namen in einer anderen Schrift. Vielleicht hatte Avi sie geschrieben; vielleicht hatte er aus dem großen Haus ein Buch mitgenommen, in dem man die Pflanzennamen nachgucken konnte. Aber warum wohnten er und all die anderen jetzt im Blaubeerhaus? Es musste doch schrecklich voll gewesen sein …

Ein paar Seiten später tauchten die Buchstaben wieder aus den Flecken auf.

sind wir mit dem Baumhaus in der Buche fertig geworden. Wir waren den ganzen Tag dort, weil im Blaubeerhaus alle schrecklich aufgeregt sind, es war nämlich Besuch da, zwei Herren in Anzügen und einer mit Uniform, die Mama ausfragten wegen unserer Landwirtschaft und was und wie viel wir auf den beiden Lichtungen hier draußen anbauen. Keine Ahnung, wozu sie das alles wissen wollten. Ich musste am Küchentisch sitzen und so tun, als wäre alles normal, und Socken stopfen, und meine Haare mussten zu Zöpfen geflochten sein, so ein Unsinn. Aber ich habe mir große Mühe gegeben, und Mama hat Kaffee gekocht, obwohl wir nur noch ganz wenig Kaffee haben, und das Blaubeerhaus war so leer und so still, richtig komisch. Als die Herren gegangen waren, sank Mama erschöpft auf einen Stuhl und sagte: »Ein Glück, dass sie nicht nach oben und sich umgucken wollten.« Und da hab ich die Socken hingeschmissen und Avi vom Dachboden geholt, wo er und seine Familie und Jakub und Esther und alle gewartet hatten. Dann sind wir zu unserem Baumhaus und haben es also fertig gebaut. Avis Mutter hat uns in den letzten Tagen geholfen, zwei kleine Glockenspiele aus alten Metallstücken zu machen, die haben wir oben in die Buche gehängt. Von unten sieht man das alles gar nicht, wegen der vielen Äste, man hört nur das Glockenspiel glocken. Das Baumhaus ist ab jetzt unser Geheimversteck, und wenn es irgendwann gefährlich werden sollte, verstecken wir uns da, und keiner findet uns.

In diesem Moment blies ein Windstoß die Kerze aus. Ich lag im Dunkeln und fühlte, wie es in mir kribbelte vor Aufregung. Das Baumhaus. Ich hatte Lenes und Avis Baumhaus gefunden, ohne es zu wissen. Das also war der Klang im Wald gewesen. Lene hängte einfach gerne Dinge in Bäume.
Sie und Avi mussten es wunderbar gehabt haben damals, mit all den Erwachsenen, die gar nicht merkten, wo sie gerade waren. Sie hatten den ganzen Tag machen können, was sie wollten. Eigentlich, dachte ich, war es bei uns ganz ähnlich …
Aber warum hatte Lene für den Besuch so brav am Küchentisch sitzen müssen? Und warum waren die anderen zu diesem Zeitpunkt auf dem Dachboden gewesen? Ich wollte darüber nachdenken, aber ich ging jetzt durch den Wald,

mit Lene an meiner Seite, ich war ganz altmodisch angezogen, und ich begriff, dass ich träumte.
Im Traum war ich Avi, der blasse Junge aus dem großen Haus. Lene brachte mir im See das Schwimmen bei, und ich sah meine Arme und Beine an und war gar nicht mehr so blass, weil ich den ganzen Sommer mit ihr draußen verbrachte, und alles war ein Durcheinander aus glitzerndem Wasser und Sonnenstrahlen.

Nachts stand ich einmal auf, um im Bad Wasser aus der alten Emaillekanne zu trinken, und als ich zurückkam, sah ich am Ende des Flurs einen Schatten. Ungefähr bei dem Spiegel, der neben dem alten Kleiderschrank hängt. Vielleicht war der Schatten auch wieder nur geträumt.
»Imke?«, flüsterte ich. Doch der Schatten schüttelte den Kopf.
Und da ahnte ich, wer es war, ging zurück ins Bett und träumte weiter von Lenes Sommer 1940.
Als ich aufwachte, kam das davon, dass schon wieder jemand schrie. Aber es war ein Jubelschrei.
Ich fuhr hoch und sah aus dem Fenster. Dahinten stand Onkel Ben unter der Birke und hatte gerade seine Kleider ausgezogen. In der Birke hing jetzt statt eines alten Kleides ein Metalleimer, und von dort lief ein Strick einen der Äste entlang bis zum Stamm, dann über eine hölzerne Rolle und anschließend hinunter.
Ich stieg aus dem Bett, trat fast auf zwei der Mäuse, die nicht mehr sehr scheu waren, und öffnete das Fenster. »Onkel Ben!«, rief ich. »Was machst du da?«

»Ich dusche!«, schrie Onkel Ben triumphierend, und dann hakte er den Eimer von einem Haken ab. Der Eimer besaß einen Deckel, den Onkel Ben vermutlich selbst gebastelt hatte. Er klappte ihn auf und füllte ihn an der Pumpe. Danach schloss er den Deckel sorgfältig, hakte den Eimer an der Birke fest und zog an dem Seil. Da kippte der Eimer. Das Wasser floss aus vielen kleinen Löchern im Deckel, und Onkel Ben brüllte: »Es funktioniiiert! Uaaah, ist das kahahalt!«

Ich applaudierte, aber in diesem Moment löste sich der Deckel und klappte auf, und der Rest des Wassers ergoss sich in einem eisigen Schwall auf einmal über Onkel Ben, woraufhin er noch viel lauter schrie.

»Soso!«, rief ich, während er sich schüttelte. »Jetzt bist du wohl geduscht.«

»Oh ja!«, schrie Onkel Ben. »Und meine Kleider sind wohl auch geduscht!« Denn die hatte er nicht weit genug weggelegt.

Damit Onkel Ben in der Sonne trocknete, frühstückten wir alle draußen.

Das Eichhörnchen saß in der Nähe auf einem großen Stein, und ich warf ihm etwas Müsli zu, was es lieber mochte als gelbe Bonbons. Juni und Juli flüsterten darüber, dass nachts Elfen in das Elfenhaus gezogen wären, bis Imke genervt sagte: »Und woher wisst ihr das?«

»Sie haben Vorhänge angebracht«, sagten Juni und Juli im Chor.

»Vorhänge?«, fragte Tante Fee und schmierte vorsichtig Diätmargarine auf eine Scheibe Toast.

Juli nickte. »Vorhänge aus weißem Stoff. Man sieht es nicht so gut von unten, aber ich glaube, sie haben dazu eine von den heilen Gardinen zerschnitten.«
»Zufällig die aus eurem Zimmer?«, fragte Tante Flores. Darauf antworteten Juni und Juli nicht. Aber Juni und Juli hatten bestimmt keine Gardinen im Elfenhaus angebracht, denn da wären sie nie hinaufgekommen.
Ich dachte, dass ich als Einziger wusste, wer das Elfenhaus auf den Baum getragen und wer die Gardinen angebracht hatte. Obwohl es natürlich unmöglich war.
Lene war hier. Sie beobachtete uns. Sie war es, die nachts durchs Haus geisterte. Sie hatte auch das Kleid in die Birke gehängt und das Elfenhaus auf den Ahorn gestellt.
Sie war eigentlich nicht böse, aber sie wollte, dass wir weggingen. Deshalb tat sie Dinge, die uns erschreckten. Es schien so, als wolle sie weiter allein sein mit dem Blaubeerhaus und der Musik in den Bäumen.
Wenn ich sie nur verstanden hätte! Wenn ich nur gewusst hätte, warum sie so allein gewesen war als alte Frau! Warum niemand bei ihr geblieben war! Ich würde es herausfinden.
Ich nahm mein zweites Toastbrot mit und machte mich auf den Weg in den Wald.

Imke

Als Leo verschwunden war, verschwand auch das Eichhörnchen, und danach verschwand Luke, angeblich um wieder laufen zu gehen. Ha! Der hatte ja keine Ahnung vom Laufen! Tante Fee saß auf einem Felsen zwischen den Kräutern und meditierte, der Riese sagte, er würde Brot backen, weil der Toast alle war, Papa wollte »die Dusche optimieren«, und Juni und Juli hatten sich in Luft aufgelöst.

Ich war die Letzte, die blieb. Und die dumm genug war, das Geschirr abzuwaschen.

»Das ist aber lieb, dass du hilfst, Imke«, sagte Tante Betti. »Hilfst du uns auch gleich mit den Fensterläden im Schlafzimmer? Wir wollten sie reparieren, und jemand muss die Bretter festhalten …«

Aber ich hatte keine große Lust, mit dem Hammer auf den Daumen gehauen zu werden, und ich murmelte etwas von »mal aufs Klo« und machte, dass ich ebenfalls in den Wald kam.

Ich rannte bis zu meinem See, und dort war mir so warm geworden, dass ich meine Kleider abstreifte und hineinsprang. Ich schwamm, bis mich die Kälte vergaß, um mich ein Durcheinander aus glitzerndem, spritzendem Wasser und Sonnenstrahlen. Es war gut, eigentlich sogar besser als im Schwimmbad zu Hause. Irgendwo unter mir leuchteten die unerklärlichen bunten Flecken.

Und da holte ich tief Luft und tauchte.

Der Grund des Sees war sehr, sehr weit weg, nur wenige Sonnenstrahlen fielen bis ganz hinunter. Ich schwamm so lange abwärts, bis ich das Gefühl hatte, mein Kopf und meine Lungen müssten bersten. Ich sah, dass die bunten Flecken kein Teil von irgendeiner Dose waren; es waren einzelne, annähernd runde Gegenstände. Dann musste ich umdrehen und hochschwimmen, um zu atmen.
Ich versuchte es vier Mal. Doch der See war einfach zu tief.
Als ich mich schließlich auf den flachen Felsen zog, war mir schwindelig vom langen Tauchen. Ich ließ mich in der Sonne trocknen und konzentrierte mich eine Weile nur aufs Atmen. Am anderen Ufer des Sees hoppelten zwei Kaninchen herum, ohne mich zu bemerken. Eine Hirschkuh kam, um zu trinken. Ziemlich kitschig, wie auf einer Postkarte, wirklich. Ein paar Enten landeten auf dem See; Libellen schwebten wie blaue und rote Diamanten über der Wasseroberfläche.
Ich dachte gerade darüber nach, ob ich noch einmal tauchen sollte, da hörte ich Schritte im Unterholz. Ich saß ganz still und lauschte. Die Schritte gingen hinter mir vorüber ... und entfernten sich. Es war wohl Luke oder Leo, dachte ich, und ich fragte mich, welche Sorte von Geheimnis sie hatten.
Weshalb ich mich anzog und den Schritten folgte.
Ich wanderte ihnen lange nach, quer durch den Wald, vorbei an entwurzelten Bäumen, an kleinen Lichtungen mit rosa und lila Heidekraut und einem riesigen, turmartigen Ameisenhaufen. Ich hatte Nüsse und Rosinen in der Ta-

sche, für den Fall, dass ich ein zähmbares Eichhörnchen fand. Es war ja auch nicht einzusehen, dass nur Leo ein Eichhörnchen hatte. Jetzt schenkte ich den Ameisen eine Rosine. Sie trugen sie zu fünft weg, stritten sich aber so lange um die richtige Richtung, bis sie die Rosine alle losließen und beleidigt in verschiedene Richtungen davonliefen. Als ich aufhörte zu lachen, waren die Schritte vor mir nicht mehr zu hören.

Aber ein paar Meter hinter dem Ameisenhaufen öffnete sich eine Art Gang mit Wänden aus Haselnusssträuchern, ein Gang, der steil aufwärtsführte. Die Haselzweige verwoben sich zu einem dichten, gewölbten Dach, und winzige blaue Sternblumen säumten den Weg durch diesen Gang. Okay, es war schön hier. Und es kann sein, dass ich den Wald und den Haselnussgang irgendwie mochte. Sein Boden bestand aus flachen Steinen und Sand; jemand hatte dafür gesorgt, dass kein Farn und kein Gestrüpp ihn überwucherte. Jemand, dachte ich, pflegte diesen Gang.

Er wirkte ein wenig wie eine Eintrittspforte zu einer anderen Welt.

Oben lachte jemand, ein leises, leichtes Lachen – irgendwie unwirklich. Dorthin also waren die Besitzer der Schritte gegangen. Ich zögerte. Aber dann ging ich ihnen nach, aufwärts, zwischen den blauen Sternblumen entlang.

Als der Gang endete, stand ich auf einem Hügel, dessen Gras mir bis zur Hüfte reichte. Es gab nichts hier außer Gras, und es tanzte und wogte im Wind wie Wellen.

Da war es wieder, das Lachen … Und jetzt tauchte ein Arm

in einem altmodischen Rüschenärmel aus dem Grasmeer auf und verschwand wieder.
Vorsichtig watete ich hinein in das Meer aus Gras.
»Der Sonnenhügel«, flüsterte ich dabei vor mich hin. »So muss er heißen.«
Ich fand die Besitzer der Stimmen nicht. Ich stolperte über sie und fiel. Und ich erschrak so sehr, dass ich schrie. Die Gesichter in den altmodischen Rüschenkragen, die sich gleich darauf über mich beugten, sahen nicht erschrocken aus.
»Hallo«, sagten Juni und Juli im Chor.
»Ihr seid die furchtbarsten kleinen Schwestern, die jemand haben kann«, fauchte ich und rappelte mich hoch. »Ich dachte schon, ihr seid Geister. Was macht ihr hier?«
»Wir tanzen«, sagte Juni. »Mit den Elfen«, sagte Juli.
»Das machen wir jeden Tag«, sagte Juli. »Sie sind unsichtbar. Man kann sie nur als Windhauch fühlen.«
»Auf der Haut«, ergänzte Juni.
»Alles klar«, sagte ich. »Und woher wisst ihr, dass es nicht einfach ein Windhauch *ist*, den ihr fühlt?«
»Oh, ganz einfach«, meinte Juli. »Einmal haben die Elfen die Reste von ihrem Picknick vergessen, übergestern oder so. Deshalb wissen wir, dass das ihr Tanzplatz ist.«
»Ja«, sagte Juni und zog ein schmutziges weißes Stofftaschentuch aus ihrem Ärmel. »Hier war es reingewickelt.«
»Ein Stück Brot, ganz hart«, erklärte Juli, »und ein winzig kleines Koch-Ei und ein paar Himbeeren. Lag alles hier. Auf dem Sonnenhügel.«
Da lächelte ich und war ihnen nicht mehr böse, weil sie

den gleichen Namen für diesen Ort hatten wie ich. Gleichzeitig fragte ich mich ernsthaft, wer das Picknick auf dem Sonnenhügel vergessen hatte. In Wirklichkeit.

»Kann ich zugucken, wenn ihr weitertanzt?«, fragte ich.

»Nee«, sagten sie, wieder im Chor. »Das mögen die Elfen nicht.«

Sie wirbelten davon, und ich rief: »Wer will schon zugucken, wie seine blöden kleinen Schwestern durchs Gras tanzen?« Aber das hörten sie gar nicht mehr.

Als ich zurück zu dem Haselnussgang ging, hatte ich etwas Feuchtes im Auge. Ich wischte es weg, weil es mich nervte. Einen Moment lang hatte ich das Gefühl, dort im Durcheinander aus Schatten und Licht, zwischen den Haselnüssen, stünde noch jemand und beobachtete mich. Vielleicht jemand, der Picknicke an komischen Orten vergaß. Aber als ich den Gang betrat, war niemand da.

Ich rannte ihn alleine hinunter und trat nach den blauen Blumen.

Alle, alle, alle verschwanden ständig. Aber bitte, sollten sie, ich brauchte sie nicht! Oh nein. Und ich weigerte mich, mir Angst von einem Picknickvergesser machen zu lassen, der womöglich nur Leo gewesen war. Ha! Ich würde jetzt ganz alleine etwas Sportliches tun.

Ich wollte zurück zum See rennen, aber irgendwie erwischte ich eine falsche Richtung, denn der See kam nicht. Auch der Bach nicht.

Und dann hörte ich ein seltsames Klingen zwischen den Bäumen und blieb stehen.

Vor mir lief ein Graben durch den Wald, mit einem Baumstamm darüber, und unten im Graben entdeckte ich etwas wie die Abdrücke von Schuhen, als wäre jemand von dem Baumstamm dort hinuntergesprungen.
Ich stand ganz still und lauschte. Da war es wieder – ein Klingen, als schlüge jemand gegen eine Triangel.
Es kam von oben. Ich hob den Kopf. Außer dichtem Blattwerk war nichts zu sehen, doch die Buche neben dem Graben wirkte, als könnte man hinaufklettern. Ich fing also an zu klettern, bis ich merkte, dass weiter oben auf einer langen Strecke überhaupt keine Äste waren. Beinahe wäre ich zurückgeklettert – da entdeckte ich ein kleines Holzstück, das jemand an den Stamm genagelt hatte. Weiter oben gab es mehr davon. Man konnte sich an ihnen festhalten wie an den Vorsprüngen einer Kletterwand, und sie führten bis dorthin, wo ich den Kopf durch das Blätterdach stecken konnte und in die Krone der Buche hineinsah wie in ein grünes Zimmer.
Und in dem grünen Zimmer hing ein wild zusammengenageltes Gerüst aus Brettern, die beängstigend morsch aussahen. Mitten aus dem Gerüst heraus blitzten mir zwei grüne Augen entgegen.
Es war Leo.
Über ihm hingen ein Dutzend oder mehr Glockenspiele aus den komischsten Metallteilen. »Hast du … dieses Ding gebaut?«, fragte ich.
Er schüttelte den Kopf, und seine braunen Locken flogen dabei wie Hundefell. »Das«, erklärte er feierlich, »war Lene.«

»Die … alte Lene?«

»Nein«, sagte Leo, »die junge.« Und dann seufzte er und sagte etwas sehr Erstaunliches. Er sagte: »Wenn du schon hier bist, komm rein.«

6

Leo

Imke kletterte in das Baumhaus wie das Eichhörnchen es getan hätte: ein Imke-Eichhörnchen mit kurzem schwarzem Stoppelfell. Sie war wirklich nicht schlecht im Klettern. Eine Weile stand sie dann neben mir und sah sich alles an – die Glockenspiele, die ab und zu ihre geheime Musik machten, den grünen Raum des Baumhauses und den Himmel zwischen den Ästen, und schließlich sagte sie: »Die junge Lene.«

Da wusste ich, dass ich nun alles erklären musste. Aber Lenes Tagebuch ging Imke eigentlich überhaupt nichts an. Oder?

»Sie hat das gebaut, als sie ein Kind war«, sagte ich zögernd. »Glaube ich.«

»Das ist doch eine Ewigkeit her«, sagte Imke. »Dann wäre es inzwischen zerfallen.« Sie fuhr mit der Hand ein morsches Brett entlang. »Na ja. Es fängt damit an. Zu zerfallen. Man müsste es reparieren. Woher weißt du, dass Lene es gebaut hat?«

»Ich … ist doch egal. Ich weiß es eben.«

Imke setzte sich hin und ließ ihre Beine aus einer Baumhaus-Lücke hängen, und ich setzte mich neben sie. Eine ganze Weile sagte keiner von uns etwas. Ein grüngoldener Käfer ging über das Brett vor uns, er ging von mir zu Imke, stieg auf ihre Hand und flog von da aus weg.

»Glaubst du, wir kommen hier irgendwie wieder weg?«, fragte ich schließlich. »Mit dem kaputten Auto und allem?«

»Findest du es so schlecht hier?« Imke sah mich an, und in ihren Augen spiegelten sich die Blätter der Buche und ein bisschen Himmel.

»Ich nicht«, sagte ich. »Aber ich dachte, du denkst, es ist blöd hier. Ich dachte, du wärst lieber segeln. Oder in Spanien, mit deiner Mutter.«

Imke sah mich einfach weiter an, lange und nachdenklich. Schließlich zuckte sie die Schultern. »Du hast ja keine Ahnung, was ich denke. Keiner hat eine Ahnung.«

Ich nickte. Am allerwenigsten, dachte ich, Imke selbst. Sie wollte den Wald hassen und die Natur und alles hier, aber es gelang ihr nicht.

»Ich … habe diesen See«, fuhr sie leise fort. »Und auf dem Grund liegt etwas.«

Um uns glockten die Glockenspiele, und es war alles ganz anders als sonst. Als könnte man hier, in Lenes Baumhaus, andere Dinge sagen.

»Auf dem Grund liegt etwas«, wiederholte ich, und ich dachte, dass das nicht nur für Imkes See galt. Es galt auch für das Blaubeerhaus und für so ziemlich die ganze Welt. Etwas war unter der Oberfläche verborgen – eine geheime Wahrheit.

Imke war gar nicht die Imke, die ich kannte. Und ich war gar nicht der Leo, den sie kannte, und nichts war das, was man sah. Es war ein bisschen unheimlich, das zu denken. Wenn ich nur genau hinsehe, dachte ich, entdecke ich vielleicht plötzlich eine Person in den Zweigen der Buche.

»Es glitzert«, sagte Imke. »Das im See. Aber ich weiß nicht, was es ist.«

»Hat es … hat es etwas mit dem Schatten im Blaubeerhaus zu tun?«, fragte ich. »Auf irgendeine Weise? Vielleicht hängt das alles zusammen, obwohl ich nicht verstehe, wie …«

»Ist da denn ein Schatten?«, flüsterte Imke.

»Wer hat die Bremsschläuche kaputt gemacht?«, flüsterte ich. »Wirklich ein Marder?«

Und ich glaube, da wurde uns beiden so unheimlich, dass wir etwas dagegen tun mussten. »Ich weiß, wo ein Dachsbau ist«, sagte ich, denn Dachse sind etwas ganz und gar Anfassbares, Begreifbares. Und Imke sagte: »Lass uns hingehen«, und wir kletterten aus dem Baumhaus, so schnell wir konnten.

Der geheimnisvolle Klang der Glockenspiele blieb hinter uns zurück. Ich summte eine Melodie, während wir durch den Wald gingen, weil ich nicht hören wollte, ob es irgendwo verdächtig raschelte.

Imke summte mit, eine völlig andere Melodie, aber das war egal, Hauptsache Gesumme.

Die alte Lene hatte in ihrem Tagebuch aufgezeichnet, wie man vom Baumhaus zum Dachsbau kam, und ich hatte es mir genau eingeprägt. Man musste an einem riesigen umgefallenen Baum vorbei, der inzwischen eingewachsen war mit Schlingpflanzen, und dann zwischen zwei mannshohen Felsen durch, die im Wald standen wie ein Denkmal. Sie waren hellgrün bemoost, und Imke strich ganz vorsichtig mit einer Hand darüber, als würde sie ein Tier streicheln.

Schließlich standen wir zwischen hohen Wildkirschbäumen, die Lene auch gezeichnet hatte, und dann fanden wir am Fuß der größten Kirsche den Bau.

Er war nicht mehr als ein schwarzes Loch, nur hatte vor diesem Loch jemand die Erde freigekratzt und den Farn geknickt. Also benutzten die Dachse ihn noch immer. Wir knieten uns vor das Loch, und ich stellte mir vor, wie wir hineinkrochen und ganz woanders herauskamen. Dort, wo der Schatten wohnte, den ich manchmal im Flur sah.

»Dachse sind nachtaktiv«, sagte ich. »Nur falls du hoffst, dass wir jetzt welche sehen.«

»Ach so, nachtaktiv?«, fragte Imke. »Ich hab ja von Natur keine Ahnung. Nur damit wir uns richtig verstehen … Dachse sind die Blauen mit den Puschelohren und dem langen Rüssel?« Sie grinste. Ich glaube, sie machte nur Witze, damit es nicht mehr so unheimlich war. »Leo. Natürlich weiß ich, dass Dachse nur nachts rauskommen. Ich hab einen auf dem Klo getroffen.«

Du auch?, wollte ich fragen, doch in diesem Moment raschelte es hinter uns.

Wir machten beide einen Satz zur Seite vor Schreck. Und dann kamen aus dem Unterholz zwei behäbige, ziemlich tagaktive Dachse gewackelt. Sie waren kleiner als der Dachs vom Klo-Verschlag, sie mussten noch ziemlich jung sein; Dachskinder, und sie schnüffelten auf dem Boden herum, als suchten sie nach etwas, was sie verloren hatten.

Ich hielt mir die Hand vor den Mund, um nicht laut zu lachen. Die Dachskinder bemerkten uns nicht, sie wackelten hierhin und dorthin, und vielleicht hatten sie einfach vergessen, wo sie wohnten. Aber schließlich erinnerten sie sich und krabbelten in das Loch.

Unten hörte man sie noch einen Moment schnaufen und kratzen, danach war alles still.

Imke und ich krochen gleichzeitig zurück zu dem Loch, um hineinzuspähen. Von Dachsen war nichts mehr zu sehen. Dafür sah ich jetzt etwas anderes, das mir vorher nicht aufgefallen war. Etwas Helles. »Die Dachse haben Post«, flüsterte ich.

»Bestimmt nur Müll«, sagte Imke.
Sie streckte ihren Arm in das Loch, angelte eine Weile darin herum – und zog die Hand wieder heraus. Ich starrte das an, was sie in der Hand hielt. Es war eine Seite aus einem altmodischen Schulheft. Und ich kannte die Schrift darauf.

Imke

Leo machte ein seltsames Gesicht, als ich das alte Stück Papier aus dem Dachsbau zog.
Ich meine, Leo hat sowieso ein seltsames Gesicht – wie das Gesicht einer entschlossenen Maus. Aber als er das Papier sah, guckte er wie eine Maus, die Schluckauf hat. Die Schrift auf dem Papier war verwaschen und verschmiert, doch nach einer Weile bekamen wir das, was darauf stand, so ungefähr zusammenbuchstabiert. Es hörte sich an wie ein Stück aus einem Roman.

Heute habe ich Avi mein Himbeerlabyrinth gezeigt. Ich finde allein das Wort schön: Himbeerlabyrinth. Auch wenn es wirklich schwer zu schreiben ist. Es ist übrigens genauso schwer, sich darin zurechtzufinden. Die Dachse haben es mir gezeigt, schon vor Jahren, da bin ich ihnen nachgegangen. Es beginnt in der Nähe ihres Baus mit einer Kette aus einzelnen Himbeersträuchern, die Kette einer Königin. Und wenn man dieser Kette folgt, einer Kette voller leuchtend roter und grüner Juwelen, dann kommt man zu einer Gegend, wo es noch mehr Himbeeren gibt: zur Schatzkammer der Königin. Sie hat ihre Schätze in einer Gegend mit hohen Felsen verwahrt, das sind wohl die Wände der Schatzkammer. Man darf beim Himbeerenpflücken nicht vergessen, sich zu merken, welchen Weg man gekommen ist;

An dieser Stelle war die Seite abgerissen.

»Das ist von der alten Lene«, flüsterte Leo. »Ich meine, von der jungen Lene. Es ist … Imke, es ist eine Seite aus ihrem Tagebuch. Ich habe das Heft gefunden und … egal … Warum hat sie diese Seite im Dachsbau versteckt?«

»Hat sie nicht«, sagte ich. »Das Ding wäre längst zerfallen, wenn sie es vor Jahren da versteckt hätte. Die ist da erst vor Kurzem reingeraten.«

Leo nickte langsam. »Aber …«

»Dieses Labyrinth klingt gut«, sagte ich. »Ich hab Hunger. Die Erwachsenen haben es garantiert nicht geschafft, was Anständiges zu kochen. Meine Mutter kann Himbeeren *auftauen*, das ist alles. Wir können eine ganze Masse Himbeeren sammeln und zum Blaubeerhaus mitnehmen und …«

Ich merkte, dass sich das anhörte, als wären wir alte Freunde, und fügte schnell hinzu: »Ich meine, *ich* gehe Himbeeren sammeln. Du kannst ja machen, was du willst.«

Leo sagte gar nichts, er starrte noch immer das Papier an. Ich gab es ihm, damit er es weiter anstarren konnte, dann ging ich los. Es dauerte nicht lange, bis ich die ersten roten Königinnen-Juwelen entdeckte, ich fand die ganze Kette aus Büschen, und eigentlich hätte das ausgereicht, um genug Himbeeren für fünfzehn Familien zu pflücken. Aber ich wollte den Rest finden, die Schatzkammer der Königin. Der Ehrgeiz hatte mich gepackt. Ich ging an der Kette entlang, und kurz darauf ragten aus dem wogenden Hellgrün der Himbeerranken die ersten Felsen.

Ich schlüpfte zwischen ihnen hindurch und befand mich in einem Meer von Himbeeren. Leider war es auch ein Meer von Stacheln. Zum Glück entdeckte ich einen schmalen Pfad darin, eher einen Wildwechsel, den die Füchse und Rehe und Schweine benutzten, wenn sie Himbeeren holen kamen.

»Warte, Imke«, sagte Leo hinter mir. »Wir sollten das lieber lassen. Wenn wir uns verlaufen …«

Ich drehte mich um, und da stand er und sah so besorgt aus, dass ich lachen musste.

»Wir sollten lieber anfangen zu pflücken«, sagte ich, zog meine Softshelljacke aus und verknotete die Ärmel zu einer Art Tasche. Dann begann ich, die roten Juwelen der Königin von ihren Stängeln zu lösen. Sie waren winzig, ganz anders als die Himbeeren aus dem Supermarkt, und man musste wohl eine ordentliche Menge davon essen, um zu merken, dass man etwas im Magen hatte.

»Imke, ich …«, begann Leo.

Doch ich beachtete ihn nicht mehr, sondern pflückte mich quer durch das Labyrinth zwischen den Felsen. Erst als keine einzige Himbeere mehr in meine Taschen-Jacke oder

in meinen Bauch passte, blieb ich stehen. Und ich setzte mich auf einen flachen Felsen, um auszuruhen und auf Leo zu warten.
Aber Leo tauchte nicht mehr auf.
Ich wartete lange mit meinen Himbeeren, die Sonne schien auf meinen Felsen und machte mich schläfrig, und irgendwann musste ich eingenickt sein, denn als ich aufwachte, war es viel später. Die Sonne war weitergewandert, und die Schatten hatten eine ganz andere Farbe. Die Juwelen der Königin schimmerten jetzt violett.
Mein Magen knurrte. Auf die Dauer kann man wohl doch nicht von Himbeeren leben.
Hatte nicht irgendwer im Blaubeerhaus gesagt, dass er Brot backen wollte? Auf einmal sehnte ich mich nach der leicht schimmeligen Küche des Blaubeerhauses und den schiefen Bänken. Ich sprang von dem Stein und lief auf dem Wildwechsel zurück, und dabei stellte ich mir vor, wie Lene nach Hause gelaufen war, mit Himbeeren in einem Beutel und hungrig wie ich.
Ich ging um den letzten Felsen herum, hinter dem der Wald wieder beginnen würde.
Er begann nur nicht.
Ich stand noch immer mitten in den Himbeeren. Es musste mehrere Wildwechsel geben, und ich war dem falschen gefolgt.
Na ja, egal, ich würde zurückgehen, den flachen Stein finden und den richtigen Wildwechsel nehmen … Doch auch der flache Stein war nicht mehr da. Es war, als hätte jemand das ganze verdammte Himbeerlabyrinth verzaubert,

während ich geschlafen hatte, auf einmal gab es überall viel zu viele kleine Pfade, ich rannte hierhin und dorthin und kam mir bescheuert vor, aber gleichzeitig wurde mir ganz kalt vor Angst. Und dann hörte ich die Schritte. Vor mir im Gebüsch. »Leo?«, rief ich. Niemand antwortete.

Ich versuchte, die Schritte einzuholen, und zerkratzte mir Arme und Beine dabei, aber die Schritte liefen vor mir her, immer gleich weit entfernt. »Bleib stehen!«, hörte ich mich selber rufen. »Das ist nicht lustig! Du weißt, wo es rausgeht, oder? Jetzt warte mal!«

Aber Leo wartete nicht. Ich hörte ihn weit entfernt über mich lachen.

Ich folgte seinen Schritten weiter, ich schrie ihn an, doch die Felsen machten meine Stimme komisch und ließen eine Art halbes, unfertiges Echo durch die Luft schweben. Und plötzlich war ich mir nicht mehr sicher, ob es ein Echo war. War da nicht noch eine andere Stimme, die rief und mich lockte? »Ko-ooomm«, rief sie. »Ko-ooomm …«

»Wenn das Juni und Juli sind, bringe ich sie um«, knurrte ich, um mir selber Mut zu machen. »Wenn die hier wieder Geister spielen und herumsäuseln … Ich *bring* sie um. Falls ich sie finde.«

Ich rannte weiter, und dann waren die Schritte auf einmal ganz nah. Die Person, der sie gehörten, schien *umgedreht zu haben*. Jetzt kam sie auf mich zu.

Auf einmal dachte ich, dass es vielleicht keine so gute Idee war, dieser Person zu begegnen. Und ich machte kehrt und floh.

Die Angst saß mir im Nacken, eisig und kratzig wie ein

erkälteter Igel, ich raste durch die Himbeeren, stieß mit jemandem zusammen und fiel. Auf der Erde roch es … nach Erde. Es war ein schwerer und eigentlich guter Geruch, und einen Moment lang lag ich nur mit geschlossenen Augen da und wollte nicht wissen, mit wem ich zusammengestoßen war. Vielleicht war es Lene. Die Lene, die noch jung war, in ihrem altmodischen Kleid. Oder ihr Freund. Avi.
Jemand schüttelte mich, und ich schlug die Augen auf.
Über mir hing Leos spitzes Mausegesicht.
»Mann, ich dachte schon, dir ist was Ernstes passiert«, sagte er. »Du hast dagelegen wie tot.«
»Warum hast du nicht gewartet?«, knurrte ich. »Was war das für ein blödes Spiel?«
»Gewartet?«, fragte Leo. »Ich bin dir nachgerannt. Ich … okay, ich hab mich in diesem blöden Labyrinth verlaufen, und dann habe ich gehört, wie du irgendwas über Juni und Juli gesagt hast, und war froh, dass ich dich gefunden hatte. Aber du bist losgerast, von mir weg. Und dann hast du gewendet … und mich umgerannt. Warum?«
Ich antwortete nicht.
Wenn Leo die Wahrheit sagte und hinter mir gewesen war, wer war dann vor mir gewesen? Wem hatten die Schritte gehört, denen ich zu Anfang gefolgt war?
»Wir sollten hier endlich raus«, sagte ich. »Man wird ganz wirr im Kopf von diesen Felsen und den Büschen, das sieht alles gleich aus. Wir gehen einfach geradeaus, bis wir wieder im Wald sind, und dann außen um das ganze Labyrinth. Auf die Weise finden wir den Baum mit dem Dachsbau garantiert wieder. Komm.«

Leo half mir hoch, und ich sah, dass er so viele blutige Dornenkratzer hatte wie ich. Und dachte, dass ich mein Lebtag keine Himbeeren mehr sehen wollte.
Das Geradeausgehen klappte gut, wir erreichten den Wald wieder und ließen die Felsen hinter uns. Aber nach einer Weile stießen wir auf eine Hecke, die zu dicht war, um durchzukommen. Wir wanderten also daran entlang, und als sie zu Ende war, fanden wir irgendwie gar nichts wieder, weder die Felsen noch den Dachsbau.
Leo trat nach einem Stein. »Herzlichen Glückwunsch, verlaufen«, knurrte er.
»Das Blaubeerhaus liegt da«, sagte ich und zeigte ihm die Richtung, aber er schüttelte den Kopf. »Quatsch. Die Sonne steht da drüben, guck, und das heißt, wir müssen hier lang.«
Die Sonne stand, ehrlich gesagt, schon beunruhigend tief. Die Schatten waren lang geworden, der Abend rückte näher. Eine Weile ging ich ihm schweigend nach, aber natürlich kam kein Blaubeerhaus. »Versuchen wir es vielleicht doch mal mit meiner Richtung?«, fragte ich sauer.
Wir versuchten es. Es war eine prima Richtung.
Leider waren wir nach einer Stunde immer noch nirgends angekommen. Wir befanden uns in einem Stück Wald, das keiner von uns je gesehen hatte. Um uns begann es zu dämmern.
Schließlich setzten wir uns auf einen bemoosten Baumstamm, um eine Pause zu machen, und ich legte die Jacke mit den gesammelten Himbeeren neben mich. Inzwischen hatten sie sich zu einer weichen roten Masse verwandelt.

»Besser als nichts«, sagte Leo. »Darf ich?«
»Hast du einen Löffel mit?«
»Nein«, sagte Leo. »Ich hab meine Hände mit.« Und dann aß er die Himbeermatsche mit seinen schmutzigen Fingern. Äste und Blätter hingen in seinen Locken, sein Gesicht war zerkratzt und blutig, und er sah aus wie ein Urmensch. Ein Urmensch, mit dem ich die Nacht im Wald verbringen würde, wenn wir das Blaubeerhaus nicht bald fanden.
Der Himmel über den Ästen war vom gleichen Dunkelblau wie manchmal abends das Meer. Ich dachte an meine Freundinnen, die jetzt von der letzten Regatta des Tages zurückkehrten oder Beachvolleyball spielten oder mit ihren Eltern Krabbenbrötchen aßen. An meine Freundinnen in ihrer Welt aus Promenaden und Restaurants, in der man sich unmöglich verlaufen konnte. Sie hatten nie in einem Haus ohne Strom gelebt und würden nie in einem Wald übernachten, in dem alle Wege verschwanden.
Leo schob die Jacke mit dem Himbeerzeug zu mir herüber, strich sich die Haare aus dem Gesicht und lächelte ein Mauselächeln. »Na los«, sagte er. »Oder willst du hier verhungern?«
Und da aß ich den Rest der Beerenmatsche, auch mit den Fingern, und leckte sie hinterher sorgfältig ab.

7

Leo

Es wurde dunkler und dunkler, und wir wanderten weiter und weiter. Ich verfluchte mich im Stillen dafür, dass ich Imke nicht gehindert hatte, das verdammte Himbeerlabyrinth überhaupt zu betreten. Am Himmel schoben sich Wolken ineinander, der Mond war dort verloren gegangen wie wir hier unten. Und es wurde kühl. Unangenehm kühl. Im Blaubeerhaus, dachte ich, war es jetzt warm und gemütlich. Ich fragte mich, ob wir je wieder dorthin zurückkehren würden.

Als es so dunkel war, dass man die Dunkelheit nicht mehr von den Bäumen unterscheiden konnte, gaben wir auf. Wir legten uns einfach ins Moos, und Imke wickelte sich in ihre Jacke, obwohl die voller Himbeermus war.

»Morgen früh finden wir das Haus«, sagte ich.

»Klar«, sagte Imke.

So ziemlich jedes andere Mädchen, das ich kannte, hätte geheult. Imke heulte nicht, sie war ganz still. In den Bäumen über uns sang eine Nachtigall. Oder ein Sprosser. Und ich dachte an den Riesen, der immer versucht hatte, mir den Unterschied zu erklären, wenn die Dinger in unserem

Stadtpark sangen, obwohl er ihn selbst nicht begriff. Ich atmete den Geruch des Waldes tief ein und versuchte, ganz ruhig zu werden.

Der Wald beschützte uns wie eine grüne, lebende Decke.

Der Wald war freundlich und nicht böse und nicht unheimlich.

Der Wald …

Etwas raschelte, Äste brachen, und ich fuhr hoch. Die Nachtigall sang nicht mehr.

»Imke?«, flüsterte ich. »Schläfst du?«

»Glaub nicht«, flüsterte Imke. »Das eben war nur ein Tier, oder?«

»Klar«, flüsterte ich.

»Leo?«, fragte Imke nach einer Weile. »Die Schritte, die ich gehört habe. Bei den Himbeeren. Vor mir. Wenn das nicht deine waren … von wem waren sie dann? Und … Leo … da war eine Stimme. Ganz leise. Sie hat etwas gesagt wie *Komm*, sie hat mich gelockt. Glaubst du, das war sie? Die alte Lene? Wollte sie, dass wir uns verlaufen?«

Ich holte tief Luft. Dann erzählte ich Imke von Lenes Tagebuch, obwohl ich es nicht hatte tun wollen, ich erzählte ihr von allem, was ich darin gelesen hatte, und meine Worte klangen in der Nacht wie die Worte eines Märchens. Am Ende schwiegen wir lange.

»Sie will uns verwirren«, sagte ich schließlich leise, und es tat seltsam weh, das zu sagen. »Sie will uns Angst machen, damit wir weggehen. Es ist ihr Haus, verstehst du? Es sind ihre Dachse und ihre Mäuse und ihre Eichhörnchen. Wir haben hier nichts zu suchen.«

»Aber dann muss sie uns erst mal zum Haus zurückführen«, flüsterte Imke, »damit wir die anderen unter den Arm nehmen und abhauen können. Und am besten repariert sie auch den Bus, sonst hat sie uns noch eine Weile an der Backe, was?«
Da lachten wir zusammen, was sich gut anfühlte, und dann schliefen wir ein.
Einmal wachte ich auf. Es war noch immer dunkel, und der Wind, der über mein Gesicht strich, war kalt. Aber eine Seite von mir war warm, weil Imke sich im Schlaf an mich gekuschelt hatte wie ein kleines Tier. In den Ästen der Bäume hingen Sterne.
Ich hatte wieder das Gefühl, dass uns jemand beobachtete.
»Hey!«, flüsterte ich. »Wir gehen ja! Wir fahren wieder nach Hause! Aber zuerst will ich wissen, was hier passiert ist. Damals. Warum du dein ganzes Leben lang allein im Blaubeerhaus gewohnt hast. Dann gehen wir, versprochen.«
»Dann gehen wir«, wisperte das Echo zwischen den Baumstämmen, als wollte es diese Tatsache bekräftigen »Versprochen. Versprochen. Versprochen.«
Eigentlich hörte sich das Echo eher an wie eine Kinderstimme.

Und auf einmal war Morgen, und es war hell. Jemand zog mich auf die Beine und drückte mich so fest an sich, dass es wehtat. Es war Luke.
Er sagte ein paarmal »Leo«, und ich sagte ihm, dass das mein Name war, weil er sehr unsicher klang, und da schrie

er: »Ich hab sie!«, so laut, dass ich dachte, meine Ohren müssten platzen.
»Du kannst mich jetzt loslassen«, sagte ich zaghaft. Luke nickte und schob sich ein paar Rastalocken aus dem Gesicht, und da sah ich, dass sein Gesicht ganz nass war. Er heulte. Mein großer Bruder, der meistens so tut, als hätte er nur Gefühle für sein Smartphone, heulte.
»Wir haben euch die ganze Scheißnacht gesucht!«, sagte er und umarmte auch Imke.
»Wir hatten uns nur ein bisschen verlaufen«, sagte sie. »Kein Grund zur Aufregung.«
»Ja, alles easy«, sagte ich. »Ist schön, im Wald draußen zu schlafen.«
Als ich das gesagt hatte, stürzte eine Meute aufgeregter Erwachsener durchs Gebüsch und fiel über uns her, sie weinten und lachten, und man konnte wirklich nicht vernünftig mit ihnen sprechen.
Am Ende hob der Riese mich auf seine Schultern, und Onkel Ben hob Imke auf seine Schultern, wobei er im Gegensatz zum Riesen ziemlich keuchte. So wanderten wir los in die einzige Richtung, in der ich das Blaubeerhaus auf keinen Fall vermutet hätte.
»Wenn wir euch jetzt nicht gefunden hätten«, sagte der Riese, »wären wir zum Dorf gegangen, um von da die Polizei zu holen. Wobei ... zu Fuß zum Dorf ... das dauert vermutlich zwei oder drei Tage.«
»Tante Fee sitzt übrigens im Blaubeerhaus und meditiert«, erzählte Luke. »Sie versucht, eure Schwingungen aufzunehmen. Sie sitzt *auf* dem Schrank, weil wir gerade eine

kleine Ameisenplage haben. Flores und Betti haben nämlich Brot gebacken, aus Uraltmehl und etwas zu viel von Bettis mitgebrachter Hefe. Der Teig ist aus der Schüssel gekrochen und hat sich in den Ritzen zwischen den Holzdielen verteilt.« Er grinste. »Das fanden die Ameisen klasse. Außerdem hat Onkel Ben eine Handsense gefunden und den Garten gesenst, daher der Verband an seinem Bein …«

»Wir sollten uns nicht mehr verlaufen, Leo«, sagte Imke. »Man kann diese Erwachsenen wirklich nicht allein lassen mit dem Blaubeerhaus.«

Einmal sah ich mich um bei unserem Ritt auf den Schultern unserer Väter.

Und da glaubte ich, in dem flirrenden Sommermorgenlicht einen Schatten zu sehen. Einen kleinen Schatten wie von einem Kind. Wir zogen alle zusammen nach Hause, und der Schatten blieb alleine zurück.

Lene.

Ich dachte wieder daran, dass sie ihr ganzes Leben alleine gewesen war, und ich fragte mich, was mit all den Leuten im Blaubeerhaus passiert war. Mit Avi und Lenes Eltern und den anderen Erwachsenen. Wann hatte Lene begonnen, allein zu sein?

Imke

An diesem Abend gab es ein Kaminfeuer im Blaubeerhaus, nachdem Tante Betti ein Vogelnest und eine Kellerasselfamilie höflich aus dem Kamin entfernt hatte.
Draußen pfiff der Wind durch die Blaubeerbüsche und zerzauste die Klematisranken. Die Luft war abgekühlt, der Himmel hing voller Regenwolken. Auf der Fensterbank saß das Eichhörnchen und versuchte, einen Kaugummi zu essen, den ich ihm nach einer Weile wegnahm, da das sicher nicht gesund war.
Ich selbst saß neben Leo.
Seit wir im Wald übernachtet hatten, schien es nur natürlich, dass ich neben Leo saß. Ich meine, er hat diese komischen Haare und diese Mausenase und trägt seltsame Wollpullis, aber eigentlich ist er ganz in Ordnung. Wir hatten zusammen Holz für den Kamin gesammelt, und natürlich hatte der Kamin erst mal nur Rauch gespuckt, sodass wir alle rochen wie Räucherfische.
Jetzt brannte das Feuer, und es war warm. Die Ameisen hatten sich in der Küche zu ordentlichen Straßen organisiert, wodurch es einfacher geworden war, nicht auf sie zu treten. Das Brot konnte man auch essen, wenn man es sehr gut kaute. Und Tante Fee war vom Schrank heruntergekommen. Sie saß jetzt auf dem Sofa und trank in kleinen Schlucken Wasser aus einem alten Glas.
»Ich habe es drei Stunden im Ostfenster mit den richtigen Energiesteinen ziehen lassen«, sagte sie seufzend, »das geht

zur Not auch ohne Strom. Zu Hause in München mache ich das zusätzlich, da stehen meine Fensterbretter voller Wasserkannen mit Steinen. Es ist dort auch nicht so räucherig.«

»Arme Tante Fee«, sagte Leo und legte ihr eine rußige Hand aufs Knie. »Du vermisst deine Wohnung, oder?«

»Oh nein«, sagte Tante Fee spitz. »Ich komme sehr gut hier in der Natur klar. Ich hätte nur gerne im Netz nachgesehen, welche Kristalle bei der morgigen Sternenkonstellation ins Wasser müssen.«

In diesem Moment tauchte der Riese in der Tür auf und sagte: »Die Brote ... Da waren noch drei Brote, oder? Sie sahen aus wie Kuhfladen, aber sie waren *da*. Und jetzt sind sie weg.«

»Tiere?«, fragte Tante Betti.

Leo sah das Eichhörnchen an. Es machte ein unschuldiges Gesicht.

»Welches Tier klaut drei ganze Brote?«, fragte Mama.

»Das waren die Elfen«, flöteten Juni und Juli im Chor. Sie saßen zusammen in einem der abgewetzten Sessel, in eine alte Decke gekuschelt, und ihre Gesichter glänzten goldrot vom Widerschein des Feuers.

»Die Elfen bringen das Brot zu ihrem geheimen Schloss im Wald«, erklärte Juni.

»Wir müssen es ihnen schenken«, sagte Juli. »Damit sie keine bösen Dinge tun. Sie können machen, dass Leute sich im Wald verlaufen.«

»Woher wisst ihr, dass das die Elfen waren?«, fragte Papa, etwas unbehaglich.

»Sie reden mit uns«, antworteten Juni und Juli im Chor. »Auf dem Sonnenhügel, wo wir tanzen.«
»Unsinn«, murmelte ich, doch ich dachte einmal mehr, dass meine kleinen Schwestern unheimlich waren.
»Habt ihr die Elfen denn *gesehen*?«, fragte Leo.
»Wo denkst du hin, die sind natürlich unsichtbar«, knurrte ich. »Praktischerweise.«
Aber Juni und Juli zuckten nur die Schultern und machten geheimnisvolle Gesichter.

In dieser Nacht konnte ich nicht schlafen. Unten beratschlagten die Erwachsenen, oder sie buken vielleicht wieder Brot für die Ameisen und die Elfen, keine Ahnung. Ich wollte nicht noch mal aufstehen, denn der Korridor war randvoll mit Schatten, und ich mochte den großen alten Flurspiegel neben dem Kleiderschrank nicht, wenn es Nacht war. Irgendwie hatte ich immer Angst, darin ein Spiegelbild zu sehen, das nicht dorthin gehörte.
Als es klopfte, erschrak ich so sehr, dass ich dachte, mein Herz würde rückwärts weitergehen. Die Tür öffnete sich mit einem leisen Quietschen.
»Imke«, flüsterte Leo. »Kann ich ...?«
»Klar«, flüsterte ich erleichtert und rückte ein Stück.
Leo zündete die Kerze auf dem Nachttisch an, legte ein altes zerfleddertes Schulheft auf mein Kopfkissen und kroch unter die Decke.
»Ist das ... Lenes Tagebuch?«, fragte ich.
Er nickte. »Ich dachte, wir könnten zusammen weiterlesen.«

Dann schlug er das Schulheft auf und blätterte darin. Da waren eine Menge Zeichnungen von Blättern und Blüten, und auf einer Seite blickte uns ein junger Dachs entgegen. Die meisten Bilder und der Großteil der Schrift waren allerdings verblichen oder verwischt. Schließlich schlug Leo das Heft ungefähr in der Mitte auf. »Hier ist das Nächste, was man lesen kann«, wisperte er und begann zu lesen.

8. Februar 1941.
Mama und Papa haben gestritten, weil sie Papa eingezogen haben und Mama nicht wollte, dass er geht. Sie haben herumgeschrien, und sie hat gesagt, er soll sich hier verstecken, und er hat gesagt, dann kommen sie ihn suchen, das ist ja wohl das Letzte, was wir wollen, weil sie dann hier herumschnüffeln und ganz andere Dinge herausfinden. Aber Mama meinte, das Letzte, was sie will, ist, dass er da hingeht. Jetzt ist er weg, und Mama läuft herum und guckt keinen an, und alle Erwachsenen haben Gesichter wie aus Stein, und Sarah hat geweint, auch wenn sie so tut, als hätte sie nicht.
Avi sagt, es ist ein einziger Irrsinn mit den Erwachsenen auf der Welt. Er und ich, wir sitzen abends zusammen und reden, und es ist ein Glück, dass ich nicht alleine bin mit den Irrsinnigen.

15. April 1941
Wir haben Jungfüchse! Der Bau ist ganz in der Nähe

des Blaubeerhauses, östlich zwischen den Wurzeln der alten Esche. Avi und ich gehen jeden Tag hin, wir sitzen ganz still im Gebüsch, und wir werden versuchen, die Füchse richtig zu zähmen. Von Papa haben wir nichts gehört, aber ich werde ihm einen Brief schreiben und Bilder von den kleinen Füchsen hineintun. Hoffentlich geht es ihm gut an der Front. Wenn es einem da gut gehen kann.

Leo blätterte um. Die ganze nächste Seite war voller Zeichnungen von den Fuchskindern, die herumtobten und sich balgten und übereinanderkugelten. Es mussten noch mehr Bilder gewesen sein, doch die folgenden Seiten waren herausgerissen.

Danach konnte man wieder lange gar nichts lesen, und ehe wir den nächsten entzifferbaren Eintrag gefunden hatten, verlosch die Kerze, weil sie heruntergebrannt war. Leo fluchte. »Wir brauchen eine neue«, flüsterte er.

»Wir können morgen weiterlesen«, sagte ich. »Es ist ja nicht eilig.«

Eine Weile lagen wir nur so nebeneinander im Dunkeln, dann sagte Leo: »Das mit Lenes Vater. Ist dir klar, was das heißt? Die Jahreszahl! Ich hab bis jetzt gar nicht dran gedacht. 1941.«

Ich wollte ihn nicht fragen, weil offenbar jeder wusste, was 1941 gewesen war.

»Und die ganze Sache mit den nervösen Erwachsenen«, fuhr Leo fort. »Da war Krieg, Imke. Der Zweite Weltkrieg. Du weißt schon, das verrückte Nazideutschland gegen fast

alle anderen. Der Vater von Lene ist in den Krieg gegangen. Sie nennen es *eingezogen werden*, wenn man in den Krieg muss und kämpfen. Wir hatten mal so ein Projekt darüber, an meiner Schule. Wir machen dauernd Projekte, weil, das ist ja Montessori. Ziemlich anstrengend.«
»Klar, wir hatten auch so ein Projekt«, sagte ich, was nicht stimmte, weil wir null Projekte machten und in Geschichte noch bei den Griechen und den Römern waren. Ich meine, natürlich wusste ich, dass es den Zweiten Weltkrieg gegeben hatte, das war dann aber auch schon fast alles.
»*Avis* Vater war nicht im Krieg«, sagte ich. »Eingezogen, meine ich.«
»Nein«, sagte Leo nachdenklich. »Ich glaube, ich fange an, etwas zu verstehen.«
»Was denn?«, fragte ich und biss mir auf die Zunge, weil es so klang, als hätte ich wirklich keine Ahnung. Was ich in dem Moment auch nicht hatte.
Doch Leo antwortete nicht, er sagte, er müsste erst darüber nachdenken, und kletterte aus meinem Bett, um zurück in sein eigenes Zimmer zu gehen. Da fand ich ihn wieder blöd. »Dein schlaues Getue kannst du dir sonst wohinstecken!«, zischte ich, obwohl er mich nicht mehr hörte. »Montessori-Schule und so 'n Quatsch! Geh doch Vollkornkekse träumen!«
Er hatte das Schulheft vergessen. Lenes Tagebuch. Ich legte ganz vorsichtig meine Hand darauf. »Lene«, flüsterte ich. »*Warum* klaust du unser Brot? Und was war los, 1941?«
Als ich einschlief, wanderte sie vor mir her durch den

Wald, ein Mädchen mit geflochtenen blonden Zöpfen und einem altmodischen Kleid mit Schürze. Sie führte mich vom Blaubeerhaus weg, doch sie wollte diesmal nicht, dass ich mich verirrte. Sie wollte mir etwas zeigen. Aber ehe wir irgendwo ankamen, glitt ich hinüber in einen tiefen, traumlosen Schlaf.

8

Leo

Es war schon ein komischer Zufall, dass wir am nächsten Tag den Fuchs fanden.
Aber zuerst fand ich etwas anderes.
Ich wachte davon auf, dass sich in meiner Hand etwas bewegte, und als ich vorsichtig hinsah, hatte sich dort ein kleines pelziges Tierchen zusammengerollt und schlief fest. Wirklich, in meiner Handfläche. Das Tierchen musste nachts durchs offene Fenster geschlüpft sein. Es sah aus wie eine Maus mit einem sehr buschigen Schwanz, und jetzt schlug es die runden schwarzen Augen auf, blickte mich an, erschrak fürchterlich und war mit einem Satz auf dem Fensterbrett.
Ein Siebenschläfer.
Bisher kannte ich die nur aus Büchern.
Der Siebenschläfer tauchte hinaus und war verschwunden, und ich schüttelte den Kopf.
Wie konnte man sich so sehr im Schlafplatz irren? Oder war dieser Siebenschläfer es gewohnt, in jemandes Hand zu schlafen? War ich nur der falsche Jemand gewesen?
Im Bad klingelte das Löffelmobile. Ich putzte mir die Zähne

über der Waschschüssel, ging unten auf das Plumpsklo und dachte, dass das alles schon ganz normal geworden war.
In der Küche saßen die anderen auf der Eckbank und frühstückten. Obwohl sie wieder mal so taten, als wären sie völlig entspannt, hatte ich das Gefühl, dass die Erwachsenen sich bis jetzt leise über irgendetwas gestritten hatten.
»Ist das Brot von selber wiedergekommen?«, fragte ich beiläufig.
»Komischerweise ja«, sagte Betti und nahm Mattis ein Glas Blaubeermarmelade weg. »Aber nur eins. Als wäre jemandem eingefallen, dass es nicht nett ist, alle drei Brote zu klauen. Ich backe nachher neue. Mehl gibt es genug im Blaubeerhaus. Zucker übrigens auch, und ein paar andere Sachen, alles in großen verschlossenen Töpfen. Die alte Lene hatte für eine Sintflut vorgesorgt.«
»Wie ich eben schon sagte, das kann auf Dauer keine gesunde Diät sein«, bemerkte Tante Fee. »Ich werde nach dem Frühstück Salat suchen gehen. Irgendwo hier im Garten wächst sicher auch Gemüse … Jemand sollte mal umgraben.«
Der Riese nickte ihr freundlich zu. »Nur zu. Beim Klohäuschen steht ein Spaten.«
Tante Fee betrachtete ihre blassen, mageren Hände. »Ich? Ich glaube nicht, dass ich mich für solche Arbeiten besonders eigne …«
»Ich kümmere mich in der Zeit darum, das Gebüsch weiter zu roden«, sagte der Riese, »damit sich Ben nicht wieder mit der Sense ins Bein schneidet. Er hat beschlossen, statt-

dessen die Möbel im Haus zu reparieren, damit er sich mit dem Hammer auf den Daumen hauen kann.«
Onkel Ben knurrte. »Als könntest du es besser«, murmelte er und stand auf.
»Flores und ich rücken den Wänden zu Leibe«, verkündete Betti, bemüht fröhlich. »Ich habe weiße Wandfarbe gefunden. In einem Karton unter der Treppe. Frieda wollte doch längst hier sein. Ich habe so ein Gefühl, dass sie heute kommt, und da soll das Haus hübsch sein, was?«
»Ich geh laufen«, sagte Imke, die mich an diesem Morgen ansah, als hätten wir nie zusammen in Lenes Tagebuch gelesen. Keine Ahnung, was schon wieder los war.
»Du gehst nirgendwohin«, sagte Onkel Ben, der immerhin Imkes Vater ist. »Das mit dem Verlaufen passiert uns nicht noch mal.«
»Mann, ich will nur zu meinem See, schwimmen«, fauchte Imke. »Irgendwie muss man doch im Training bleiben. Und wenn ihr mir jetzt verbietet, zu laufen und zu schwimmen … na super.«
Aber mir konnte sie das nicht erzählen. Ich wusste, dass sie aus ganz anderen Gründen zu ihrem See wollte. Aus Gründen, die am Grund lagen. Und funkelten. »Was ist eigentlich, wenn Frieda uns *nicht* besucht?«, fragte Luke. »Ich meine: gar nicht? Wenn ihr was dazwischengekommen ist?«
Eine Weile war es sehr still in der Küche.
Dann standen Juni und Juli gleichzeitig auf und verkündeten im Chor: »Die Elfen wollen nicht, dass Frieda kommt. Sie wollen ungestört bleiben.«

»Papperlapapp, Elfen«, schnaubte Tante Fee. »Wenn diese unzuverlässige Freundin von euch nicht kommt, muss einer zu diesem Dorf wandern und endlich jemanden holen, der den Bus repariert. Wir können nicht ewig ohne Brot und Wasser hier herumsitzen.«

»Brot und Wasser«, sagte Betti, »sind das Einzige, was wir haben.«

Sie sprach sehr sanft mit Tante Fee. Man hörte, dass sie eigentlich sauer war. »Aber es ist nett, Fee, dass du dich bereit erklärst, den Marsch auf dich zu nehmen und Hilfe zu holen. Schon als wir Kinder waren, hast du dich immer geopfert und Ben und mir großzügig den Abwasch und die Hausarbeit überlassen. Ich erinnere mich ziemlich genau.«

Ihr säuerliches Lächeln hing noch eine Weile in der Luft, nachdem sie aus der Küche gerauscht war.

»Ich weiß nicht, was sie hat«, sagte Tante Fee beleidigt. »Wir hatten eine sehr idyllische Kindheit. Ich als Älteste habe mich immer um euch gekümmert ...«

»Indem du uns immer aus dem Kinderzimmer geschmissen hast«, sagte Onkel Ben. »Der Spaten, Fee, du weißt schon. Er steht draußen und wartet, dass du mit ihm den Garten umgräbst. Vielleicht erinnerst du dich, wie ich früher immer deinen Teil der Gartenarbeit mit erledigt habe, weil ich es nicht sehen konnte, wie die Beete verkamen ...«

»Alles Lügen«, zischte Tante Fee und sah aus, als wollte sie ihn beißen.

Tante Flores legte Onkel Ben die Hand auf den Arm, als müsste sie ihn notfalls verteidigen. Und da war klar, dass die idyllischen Erwachsenen jetzt anfangen würden, richtig zu streiten. Wir ergriffen die Gelegenheit und schlüpften aus der Küche – Imke, Juni und Juli, Luke und ich. Nur der kleine Mattis blieb und begann, mitten im Streit der Onkel, Tanten und Eltern genüsslich die Blaubeermarmelade auf dem Tisch zu verteilen.

An diesem Tag wanderte ich zum ersten Mal mit meinem Bruder durch den Wald. Wir gingen einfach nebeneinanderher, ohne zu wissen, wohin, und ich glaube, wir dachten beide über die Eltern nach, die sich stritten. Ab und zu zog Luke sein totes Telefon aus der Tasche, warf einen Blick darauf und steckte es wieder ein.
»Frieda kommt nicht«, sagte er schließlich. »Wetten? Und die Erwachsenen drehen langsam echt am Rad. Wenn sie jetzt anfangen, sich Kindheitsgeschichten vorzuwerfen …«
Er blieb plötzlich stehen und legte den Finger an die Lippen. Ich lauschte. Da war ein Heulen, ein Jaulen, ein Winseln, hoch und unmelodisch und gar nicht weit weg. Luke griff nach meinem Arm und zog mich langsam in die Richtung, aus der das Winseln kam, über Moospolster, durch Farn und Brombeerbüsche. Die Sonne schien, doch mit einem Mal fror ich, als wäre tiefste, schattigste Nacht. Das Winseln war jetzt näher.
Dann traten wir auf eine kleine Lichtung hinaus, an deren Rand eine uralte Esche stand. Zwischen ihren Wurzeln lag der Eingang zu einem Bau, und ein Stück weit entfernt wand sich etwas Rotes im Gras.
Es war ein Fuchs. Ein rotgold glänzender, wunderschöner

Fuchs, vielleicht ein Jahr alt, kräftig und mit buschiger Rute, aber er kam nicht von der Stelle. Luke ging näher, langsam, Schritt für Schritt, und der Fuchs wand sich panisch. Er hörte auf zu winseln und fauchte stattdessen. Ich sah die weißen Zähne hinter seinen schmalen schwarzen Lefzen, sah die Angst in seinen aufgerissenen Augen, und endlich sah ich auch, was den Fuchs am Boden festhielt: Er war mit der Vorderpfote in ein Fangeisen geraten. Ich hatte nicht gewusst, dass es diese Dinger außerhalb von Westernfilmen noch gab. Ganz bestimmt waren sie verboten. Das Eisen war halbkreisförmig und biss mit scharfen Zähnen in den Knöchel des Fuchses, wo Blut das Fell dunkel verfärbt hatte.
Mir wurde schlecht. »Luke«, flüsterte ich. »Wir müssen ihn da rausholen.«
Mein Bruder nickte, doch der Fuchs ließ ihn nicht an sich heran, er zischte und schnappte nach Luke.
»Ganz ruhig«, sagte ich zu dem Fuchs. »Wir tun dir nichts.«
Ich dachte, dass Lene sicher auch mit dem Fuchs gesprochen hätte und dass sie es geschafft hätte, ihn zu beruhigen.
In diesem Moment raschelte es hinter mir. Ziemlich laut.
»Imke?«, fragte ich, doch niemand antwortete. Dafür entfernten sich jetzt rasche Schritte durchs Dickicht.
»Komisch«, murmelte Luke, und wir gingen ein Stück in die Richtung, in der die Schritte verschwunden waren. Vielleicht, dachte ich, läuft da der Typ herum, der Fangeisen auslegt, und vielleicht hat er auch ein Gewehr, und wir sollten ihm lieber nicht begegnen. Doch wir begegneten sowieso niemandem. Schließlich gingen wir zurück zu

der Lichtung, um noch einen Versuch mit dem Fuchs zu machen.

Das Fangeisen war leer. Nur das Blut des Fuchses klebte noch daran.

Ich griff nach Lukes Arm. »Das ist … unheimlich«, flüsterte ich.

Luke nickte. Und plötzlich zeigte er auf die Esche. Einen knappen Meter entfernt von seinem Bau, halb verborgen von den alten Wurzeln, lag der Fuchs und atmete flach. Auch an seiner Flanke klaffte eine Wunde, wahrscheinlich hatte er sich bei seinen Befreiungsversuchen an der Kante des Eisens verletzt. Als wir näher traten, sah ich, warum er nicht in den Bau gekrochen war. Er war noch immer oder wieder gefangen. Ein Streifen Stoff hielt seinen unverletzten Hinterlauf an einer der Wurzeln fest. Jemand hatte einen sehr festen Knoten hineingemacht. Neben der Wurzel lag ein Zettel auf der Erde, beschwert mit einem Stein. NEMT IHN MIT ZUM BLAUBERHAUS, stand darauf. In einer Schrift, die ich kannte. IR MÜST DIE FOTE VERBINDEN SONST STIRBT ER VIELLEICHT WEGEN DEM ROST.

Luke schüttelte den Kopf und hob den Fuchs hoch. Der Fuchs zerkratzte ihm zum Dank das Gesicht und die Arme und versuchte zu beißen. Ich löste den Knoten im Stoff, während Luke den Fuchs eisern weiter festhielt. Und so machten wir uns auf den Weg in Richtung Blaubeerhaus. Ich hatte die streitenden Erwachsenen und den kaputten Bus vollkommen vergessen. Zum ersten Mal, dachte ich, hatte der Schatten im Wald uns geholfen. Und zum ersten Mal brauchte der Schatten im Wald unsere Hilfe.

Imke

Das Wasser meines Sees war klar und kalt, und es war tröstlich, hineinzutauchen.
Das rote, grüne und blaue Funkeln unter mir lag so geheimnisvoll in der Tiefe wie immer. Diesmal würde ich es erreichen.
Leo konnte ruhig weiter schlau tun mit seinem Weltkrieg und seinem blöden Projekt in seiner bekloppten alternativen Schule. Ich würde es sein, die hinter Lenes Geheimnis kam. Und gewisse blöde kleine Schwestern konnten sehen, wo sie blieben mit ihrer Wichtigtuerei und ihren unsichtbaren Sonnenhügel-Elfen.
Diesmal tauchte ich so lange, bis ich sicher war, es nicht zu überleben. Der Sauerstoff in meinem Gehirn war vermutlich längst verbraucht, aber ich schwamm weiter abwärts. Noch einen Zug, noch einen … Das Funkeln lag genau vor mir. Ich streckte die Hand aus und schloss meine Finger um etwas Hartes, Glattes. Dann ließ ich mich zurück an die Oberfläche tragen.
Nie war es so wunderbar gewesen, zu atmen. Eine Weile trat ich nur Wasser und trank die Luft in mich hinein, dann schwamm ich langsam ans Ufer. Und erst dort – erst als ich mich auf den Felsen zog, sah ich mir an, was mein See mir geschenkt hatte: Es war ein Stück Glas. Eine rubinrot leuchtende Scherbe. Zuerst war ich enttäuscht.
Dann sah ich sie mir genauer an. Die Scherbe besaß eine Rundung und Verzierungen am Rand. Es sah aus, als wäre

meine Scherbe ein Stück eines altmodischen Trinkglases. Ein Trinkkelch, wie man ihn im Museum findet.
Avi, dachte ich. In Lenes Tagebuch stand etwas davon, dass Avi in einem schönen, riesengroßen Haus gewohnt hatte, ehe sie alle ins Blaubeerhaus gekommen waren. Leo hatte erzählt, dass es da stand. Stammte das Glas aus dem großen Haus? Hatte Avis Familie es mit ins Blaubeerhaus genommen? Aber wie war es auf den Grund des Sees geraten? War Avi eine Art geheimer Prinz gewesen, den Lene hatte verstecken müssen? Ein geheimer Prinz mit einem Schatz? Nein, das klang zu sehr nach Elfen und Feen und Märchen und Juni und Juli. Trotzdem …
Ich drehte die Scherbe zwischen den Fingern und merkte, dass ich fror, es war noch immer windig und eigentlich gar nicht warm genug zum Baden. Ich wandte mich vom See ab, um mich anzuziehen.
Aber meine Hosen und der Pullover lagen nicht mehr auf dem Felsen am Ufer. Ich stand auf und suchte das Ufer nach Leo oder Luke oder meinen Schwestern ab, die mir einen Streich gespielt hatten. Es war niemand da. Am anderen Ufer spielten nur wieder die beiden Hasen.
So machte ich mich splitterfasernackt auf den Weg zurück zum Blaubeerhaus. Und ich hasste den Schatten im Wald zum ersten Mal aus vollem Herzen.

Als ich das Blaubeerhaus betrat, war mir wieder warm, denn ich war den ganzen Weg gerannt.
In der Küche bot sich mir ein interessantes Bild: Auf dem großen alten Tisch lag ein junger Fuchs, den der Riese fest-

hielt, während Papa und Luke mit einer Flasche Rum und einer weißen Binde hantierten und offenbar versuchten, eine Wunde zu desinfizieren. Auf Papas Schulter saß das Eichhörnchen und sah zu. Die Wände waren jetzt nicht mehr schimmelig, sondern hellblau und frisch gestrichen, und Tante Betti war auch hellblau und sah ebenfalls frisch gestrichen aus. Der kleine Mattis hockte auf dem Fußboden zwischen drei leeren Gläsern Blaubeermarmelade und zwei Eimern, in denen einmal weiße Farbe gewesen war. Offenbar hatte er beides gemischt und dadurch das Hellblau erzeugt. Es war sehr hübsch, vor allem in Tante Bettis Haaren.

Leo war der Einzige, der mich bemerkte. Verdammt. Gerade Leo.

Er starrte mich einen Moment an.

»Du bist nackt«, stellte er dann fest.
»Schön, dass es dir auffällt«, sagte ich giftig und versuchte, nicht rot zu werden, obwohl ich garantiert genau das wurde. »Jemand hat meine Kleider geklaut, als ich im See schwimmen war. Das warst nicht zufällig du?«
Leo sah mich nur an und hob eine Augenbraue. Dann streifte er seinen Wollpullover ab und gab ihn mir. »Zieh den über. Und komm mit raus, hier wird man wahnsinnig.«
Ich schnappte mir eine Unterhose von der Wäscheleine, die Tante Betti quer durch den Flur gespannt hatte, und ließ mich von Leo in den Garten ziehen. Er redete unaufhörlich, es ging um den Fuchs und darum, dass Luke und er ihn gefunden hatten, aber jemand anders den Fuchs aus einer Falle befreit hatte, und ich nickte und schüttelte den Kopf und war froh über den Wollpullover, weil der Wind immer noch kühl war. Der Pullover ging mir fast bis zu den Knien. Er roch gar nicht nach Öko oder Schaf, sondern nach Waschmittel, was mich beinahe enttäuschte.
»Wo sind eigentlich Juni und Juli?«, fragte ich. »Ich könnte mir auch vorstellen, dass gewisse Elfen meine Kleider mitgenommen haben. Wenn ich die erwische …«
»Sie waren eben noch hier«, sagte Leo. »Im Garten. Vor zwei Minuten.« Er sah sich um. Doch nirgends war der Schimmer eines altmodischen Kleides zu sehen. Zwischen den Kräuterstauden hockte nur Tante Fee, halb verborgen von wildem Oregano und noch wilderem Rosmarin. Das, was man von ihr sah, war in leuchtendes Orange gekleidet und stocherte zaghaft in der Erde herum.

»Sie gräbt jetzt wirklich den Garten um, um Gemüse zu finden«, erklärte Leo. »Allerdings mit einer Silbergabel, die sie im Haus gefunden hat. Sie sagt, das ist besser für die Erdmetalle als der Spaten.«

»Silbergabel«, wiederholte ich. Und ich dachte an die Scherbe des alten, wertvollen Glases, die ich am See in einer Felsspalte versteckt hatte. Und ich dachte daran, dass Juni und Juli meine Sachen nicht gestohlen haben konnten, wenn sie bis eben hier gewesen waren.

Es war wohl jemand anders gewesen, der im Wald herumlief und Füchse rettete, aber keine Menschen mochte. Der vielleicht anderer Leute Gläser in Seen versenkte und Mobiles in Bäumen baute und uns die ganze Zeit über beobachtete.

»Wir sollten diese verrückten kleinen Schwestern von mir suchen«, sagte ich. »Ich habe das Gefühl, sie wissen viel mehr als wir.«

Und so begannen wir, Juni und Juli zu suchen. Im Garten, im Haus und um das Haus herum. Sehr, sehr lange. Luke machte dem Fuchs ein Bett auf der Eckbank, und wir suchten. Tante Betti kochte Reste-Suppe zum Mittagessen, und wir suchten. Der kleine Mattis kuschelte sich an den erschöpft schlafenden Fuchs … und wir suchten. Der Riese und Onkel Ben und Leo ging mit mir bis zum See und bis zum Sonnenhügel, wir wanderten sogar zum Himbeerlabyrinth und suchten und suchten Juni und Juli.

Doch wir fanden sie nicht.

9

Leo

Als an diesem Abend die Sonne unterging, saßen Imke und ich auf dem Dach des gelben VW-Busses und sahen in den Wald, der sich wie ein grüner, rätselhafter Gürtel um das Blaubeerhaus legte. Der Himmel glühte verboten rosa und orange. Die Erwachsenen waren drinnen in der Küche mit einer ihrer Krisensitzungen beschäftigt.

Diesmal ging es darum, dass Frieda wohl tatsächlich nicht käme, und darum, wer loswandern sollte, den Schlaglöcherweg entlang, in die richtige Welt zurück. Die anderen würden weiter nach Juni und Juli suchen, das war klar, aber jemand musste endlich gehen, um Hilfe zu holen.

Tante Flores weinte, und Onkel Ben war gar nicht bei der Krisensitzung, weil er alleine weitersuchte. Ich konnte mir gut vorstellen, wie es gewesen war, als Imke und ich kurzzeitig verschwunden waren.

»Hoffentlich ist ihnen nichts passiert«, sagte Imke leise. »Nicht, dass ich das glaube, aber trotzdem … Wenn sie irgendwo runtergefallen sind? Blöd genug sind sie ja, diese kleinen Schwestern, die man so hat.«

Ich legte einen Arm um sie. Das Dach des gelben VW-Busses war noch warm von der Sonne des Tages, trotz des kühlen Windes. »Ach, die Elfen haben sie irgendwo hingeführt«, sagte ich. »Jedenfalls spielen sie das. Es ist nur ein Spiel. Und sie sind ein bisschen zu weit weggegangen, weshalb es einfach dauert, bis sie zurückkommen.«
»Die Elfen«, wiederholte Imke, »haben sie irgendwo hingeführt ...«
Da klang der Satz auf einmal unheimlich, und ich fragte mich, was er bedeutete. Und ob Junis und Julis Elfen gut oder böse waren.
Mein Arm lag noch immer um Imkes Schultern. Sie nahm ihn nicht weg.
»Wir müssen auch noch mal los, suchen«, flüsterte sie. »Vielleicht sind sie irgendwo ... ich weiß nicht ... eingesperrt. Oder ... lach nicht ...«
Ich lachte nicht.
»Verwandelt«, sagte Imke. »Glaubst du, das geht?«
»Wenn es geht, dass Lene hier rumläuft«, sagte ich leise, aber ich glaubte es eigentlich überhaupt nicht.
Ich griff in meine Tasche und zog das speckige alte Schulheft heraus. »Wir sollten den nächsten lesbaren Eintrag suchen.«
»Meinst du, Lene hat vor siebzig Jahren aufgeschrieben, wo wir meine Schwestern finden, falls sie verloren gehen?«, fragte Imke genervt.
»*Ich meine*, vielleicht hat sie *irgendetwas* aufgeschrieben, was hilft«, sagte ich. »Man weiß nie.«
Im letzten orange-rosafarbenen Abendlicht fand ich den Eintrag, den wir zusammen gelesen hatten, und dann fand

ich nur noch unleserliche Seiten. »Da!«, sagte Imke auf einmal und zeigte.

7. Dezember 1942

Es ist so leise im Haus. Es ist genauso leise wie kalt. Alle schleichen bloß herum, als würde es etwas nutzen. Gestern, als wir die Nachricht wegen Papa bekommen haben, dachte ich, ich muss das ganze Blaubeerhaus mit meinen Fäusten kurz und klein schlagen. Jetzt tut es mir leid, dass ich Mama angeschrien habe und Avi, der natürlich auch nichts dafürkann. Leute fallen an der Front, das ist so. Das ist der Krieg. Der verdammte Krieg. Es ist so ungerecht, dass Avis Vater noch lebt! Auch wenn er furchtbar aussieht und zu viel Angst hat. Ich denke immer, dass ich Papa im Wald sehe, er steht hinter irgendeinem Baum und winkt mir, aber da steht er natürlich nicht. Ich frage mich, was er zuletzt gesehen hat. Bevor es vorbei war für ihn. Irgendein vereistes russisches Grasbüschel wahrscheinlich, oder nur vereisten russischen Matsch. Aber bestimmt hat er an das Blaubeerhaus gedacht und daran, wie schön es war, hier mit uns zu wohnen und alles selber zu machen und nur ein Bauer zu sein und kein Kämpfer. Beim Schachspiel fallen die Bauern als Erste. Avis Familie hat bei ihren ganzen Sachen in den Koffern ein Schachspiel aus wunderschönem gemasertem Holz. Ich habe die Bauern alle aus dem Spiel genommen und in die Schublade an meinem Schreibtisch gesteckt, wo sie sicher sind. Die Könige habe ich in den Kamin geworfen, als niemand es gesehen hat. Den schwarzen und den weißen.

1. Februar 1943
Immer noch schneit es. Die Leute vom Dorf kommen jetzt in die Wälder und hauen Bäume ab, sie kommen immer näher, weil sie Holz brauchen, um nicht zu erfrieren. Die ersten waren heute hier zum Tauschen. Tischdecken, Schmuck, Geschirr ... lauter unnütze Dinge. Sie wollen dafür Kartoffeln, Fleisch, Getreide, irgendetwas Essbares. Es ist schlimmer als in den Jahren zuvor. Die Bauern draußen haben wohl keine Lust mehr, immer nur Silberschmuck für ihr Gemüse und ihr Fleisch zu kriegen, vielleicht merken sie langsam, dass man Silberschmuck nicht essen kann?
Es wohnten nur zwei Menschen im Blaubeerhaus, als die Leute zum Tauschen da waren: Mama und ich. Avi und Jente und Rosel und alle anderen waren wieder verschwunden. Sie werden jetzt wohl häufiger verschwinden müssen. Es ist schön, wenn jemand zum Haus kommt, weil es mal etwas Neues ist und weil die Leute Sachen erzählen, obwohl ich mir sage, dass ich mich über Besuch nicht freuen sollte, wegen Avi.
Übrigens ist es wirklich dumm, zu tauschen. Aber wir dürfen ja nicht sagen, wir brauchen alles selber, was es hier zu essen gibt, weil hier neun Leute wohnen. So tauschen wir weiter, und irgendwann gibt es wohl einen ganzen Schatz aus wertvollen Sachen im Blaubeerhaus, von Avis Familie und von den Tauschern, und

weil man einen Schatz nicht essen kann, werden wir alle verhungern.
Avi sagt, ich soll aufhören, schreckliche Sachen zu schreiben, und mit ihm Verkleiden auf dem Dachboden spielen. Ich glaube, das mache ich.

Als wir so weit gekommen waren, war es erstens zu dunkel zum Weiterlesen, und zweitens gab es wieder nur verschwommene Schrift.
Wir sahen eine Weile nur so ins Nichts, und ich glaube, wir dachten beide an Lene und ihren Vater, der im Krieg gefallen war, und an Avis Familie, die niemand sehen durfte, ähnlich wie Geister. Ich spürte, dass Imke mich gerne Dinge gefragt hätte über den Krieg. Aber sie wollte nicht zugeben, dass sie so wenig darüber wusste, das spürte ich auch. Und wenn ich jetzt anfing, einfach irgendetwas zu erklären, dann wäre sie vermutlich wieder sauer und würde auf meine blöde Projektschule schimpfen.
»Wie das wohl ist, im Winter im Blaubeerhaus«, sagte sie schließlich nur und seufzte.
Da sagte jemand hinter uns: »Vermutlich schneit man komplett ein«, und wir erschraken. Es war aber nur der Riese. Ich setzte mich eilig auf das Tagebuch-Schulheft. Lenes Geschichte gehörte nur uns. Sie ging die Erwachsenen nichts an.
»Bis zum Winter haben wir das Haus verkauft«, sagte der Riese. »An jemanden, der genug Geld hat, etwas draus zu machen.« Er seufzte. »Luke und ich wandern jetzt los zum Dorf. Wir werden ungefähr zwei Tage brauchen. Wir be-

sorgen ein Fahrzeug und kommen zurück, und das Auto wird repariert, und alles kommt in Ordnung. Wahrscheinlich sind Juni und Juli dann schon von selber wieder aufgetaucht …«
»Sind sie garantiert«, sagte Luke, der hinter ihn getreten war. Sie klangen beide nicht überzeugt.
»Wäre es nicht schlauer, morgens loszuwandern?«, fragte Imke vorsichtig.
Da zeigte der Riese nach oben, wo ein beinahe voller Vollmond hing. »Die beste Taschenlampe der Welt«, sagte er mit einem etwas bemühten Lachen. »Eure Mütter laufen Amok, wir müssen *jetzt* los.«
Und damit gingen sie, die Straße entlang, hinein in den schwarzen, undurchdringlichen – Entschuldigung: in den hellen, mondbeschienenen Wald. Einmal drehte Luke sich um und winkte. Dann sah man ihn und den Riesen nicht mehr.
»Wenn die bloß nicht auch noch verschwinden«, sagte Imke.

Imke

Als ich im Bett lag, dachte ich daran, was Leo gesagt hatte: dass die alte Lene uns loswerden wollte. Ich dachte, dass es sich beim Blaubeerhaus eigentlich nicht so anfühlte. Es stand da und hatte ein Geheimnis, doch es wirkte nicht

feindselig. Es war ein großes, freundliches Wesen, das uns aufbewahrte.
Vielleicht, dachte ich, wusste das Haus sogar, wo Juni und Juli waren.
Tante Betti saß mit Mattis noch immer unten im Wohnzimmer, während Mama und Papa draußen weitersuchten. Tante Fee hatte gesagt, sie suche mit den anderen, aber sie hüpfte nur durch die Bäume beim Haus und machte seltsame magische Gesten. Uns hatten sie ins Bett gesteckt, damit wir nicht auch wieder abhandenkamen. Aber ich dachte nicht, dass ich schlafen könnte.
Schließlich schlief ich doch ein, und dann wachte ich auf, und auf dem Fensterbrett lag ein weißes Stück Papier, das im Mondschein leuchtete. Es hatte ganz bestimmt vorher nicht dort gelegen. Leo, dachte ich, hatte Leo mir einen Zettel geschrieben?
Nein. Ich erkannte die Schrift. Es war die aus Lenes Tagebuch.
Nicht ganz die gleiche Schrift, immerhin waren ja auch sechzig Jahre vergangen seitdem, aber immerhin.
SIE KOMEN NICH MER VON DER EICHE RUNDER, stand auf dem Zettel. BEIM SONNENHÜGEL. Dann war da noch ein Satz, klein unten darangekritzelt: *wenn ihr zu blöd seit, nachts was im wald zu findn, nemt den bintfaden weg.*
»Meinst du Juni und Juli?«, flüsterte ich. »Was heißt: Nehmt den Bindfaden weg?«
Niemand antwortete. Ich ballte meine Hände zu Fäusten, damit sie aufhörten zu zittern, und schlich hinüber zu Leo.

Auf dem Flur blinkte das Mondlicht in dem alten Spiegel neben dem Kleiderschrank.
Einen Moment lang hatte ich Angst, auch Leo wäre plötzlich nicht mehr da, als ich sein Zimmer betrat, doch er hatte sich nur tief in seinen Schlafsack eingegraben. Als sein spitzes Mausegesicht daraus auftauchte, standen die braunen Locken in alle Richtungen ab.
»Komm!«, wisperte ich. »Wir müssen noch mal raus! Irgendwo liegt da ein Bindfaden rum, den wir finden sollten.«

Betti und Mattis waren in der Küche eingeschlafen, wir sahen sie durchs Fenster. Der verletzte, verbundene Fuchs saß auf dem Tisch und schien Wache über sie zu halten. Vielleicht hatte er auch nur die Reste des Abendbrots gefressen. Seltsam, wie zahm er war. So wie das Eichhörnchen und der Klodachs und eine Menge anderer Tiere. Sie waren, dachte ich, an einen Menschen gewöhnt, der ihnen nichts tat.
Lene.
»Wir finden niemals einen Faden in diesem riesigen Wald«, sagte Leo. »Und wieso sollen wir ihn wegnehmen?«
»Wie wäre es mit diesem?«, fragte ich und zeigte auf den Boden, denn da schlängelte sich tatsächlich ein Bindfaden durch den wilden Kräutergarten.
Und ich begriff. »Es heißt: Nehmt den Bindfaden-*Weg*«, flüsterte ich. Dann begann ich, den Faden einzurollen, und so folgten Leo und ich ihm in den Wald.
Das Mondlicht malte unsere Schatten auf den beblätterten Boden, irgendwo waren lautlose Eulen unterwegs, und

kleine, gar nicht lautlose Mäuse raschelten zu unseren Füßen. Es kann durchaus sein, dass ich Leos Hand nahm, während ich mit der anderen den Faden zusammenraffte.

»Vielleicht ist das richtig dumm, was wir hier machen«, wisperte Leo. »Die Elfen haben Juni und Juli weggelockt. Jetzt locken sie uns weg.«

»Sollen wir zurückgehen?«, fragte ich.

»Nein«, sagte Leo.

Der Bindfaden war an manchen Stellen gerissen und geknotet, es war ein mindestens unendlich langer Bindfaden, und wir folgten ihm wie im Traum. Meine Füße gingen wie von selbst voran, das Blaubeerhaus lag weit hinter uns, die Farnbüschel tanzten im Nachtwind ...

»Halt«, sagte Leo. Da war der Faden zu Ende. Und vor uns erhob sich der Haselnusstunnel, der zum Sonnenhügel hinaufführte. Wir waren heute Nachmittag schon hier gewesen, auf unserer Suche. Nun gingen wir ein zweites Mal am Fuß des Sonnenhügels entlang. Und plötzlich zeigte Leo nach oben. In die Äste einer hohen Eiche.

»Juni?«, rief ich. »Juli?«

Es raschelte zaghaft im Laub. Dann schob sich ein blasses Gesicht durch das Blattwerk. Nein, zwei Gesichter.

»Hallo«, sagten Juni und Juli im Chor, aber es klang nicht wie sonst, es klang müde und unglücklich. »Wir ...«

»... kommen nicht mehr runter«, sagte ich und wusste nicht, ob ich nun ärgerlich oder erleichtert sein sollte. »Warum seid ihr überhaupt da oben? Wart ihr vorhin schon da, als wir euch gerufen haben?«

»Wir dachten, es ist lustig, nicht zu antworten«, sagte Juni.

»Es ist ein sehr schöner Baum«, erklärte Juli. »Richtig Platz zum Schlafen. Und hier ist eine Wolldecke. Von den Elfen.«

»Da ist eine Wolldecke? Auf dem Baum?«, fragte ich.

»Aber dann wart ihr weg, und wir wollten doch lieber runter, und es war zu hoch«, sagte Juni kleinlaut.

»Wieso seid ihr überhaupt da raufgeklettert?«, fragte Leo.

»Oh, das war nicht unsere Idee«, sagte Juli. »Das war eine Idee der El...«

In diesem Moment raschelte es hinter uns, und jemand trat aus dem Haselnussdickicht, und ich schrie, und Leo schrie auch, und Juni und Juli schrien auf ihrem Baum. Der, der aus dem Dickicht getreten war, war zu zweit.

»Imke!«, sagte er mit Papas Stimme. »Leo!«, sagte Mama. »Was ...?«

Leo zeigte nach oben. »Onkel Ben«, sagte er mit einem Grinsen, »es ist Zeit, deine Töchter aus der Eiche zu entfernen.«

Als wir alle in der Küche saßen, hatte Tante Fee auch etwas gefunden, nämlich verwilderte Kartoffeln. Es wurde ein wunderbarer Mitternachts-Pellkartoffel-Imbiss vor dem Kamin. Mattis zerdrückte seine Kartoffeln auf Tante Bettis Schoß und lachte.

Alle fragten natürlich, woher wir gewusst hatten, wo Juni und Juli waren. Wir sagten nur, wir hätten so ein Gefühl gehabt. Das Bindfadenknäuel steckte tief in meiner Tasche.

»Betti«, sagte Leo schließlich. »Wo ist eigentlich der Fuchs? Hast du ihn rausgelassen?«

Tante Betti sah sich um. Nein, sagte sie, das hätte sie nicht. Er war auch nicht mit uns durch die Tür gehuscht, da war ich sicher.

Tatsächlich, zur Abwechslung war der Fuchs verschwunden. Und zwar *im* Blaubeerhaus verschwunden.

»Langsam glaube ich, irgendwer hier macht eine Menge Zauberkunststücke«, sagte Tante Betti.

»Langsam glaube ich, es laufen doch sehr ausgeprägte Wasseradern unter dem Fußboden lang«, sagte Tante Fee.

»Langsam glaube ich«, sagte Papa, »das ist kein Haus, sondern ein Bermudadreieck.«

Und dann gingen wir schlafen.

10

Leo

Der nächste Tag blieb fuchslos.
Betti hatte neues Brot gebacken. Aber sie sagte, die Hefe wäre jetzt alle, von nun an gäbe es nur noch die Kartoffeln, die Tante Fee im Garten gefunden hatte.
»Dann sterben wir an Skorbut«, sagte ich. »Wenn man kein Gemüse ist, stirbt man an Skorbut.«
»Wir könnten Sauerampfer sammeln«, sagte Imke. »Oder Himbeeren.«
Und ich dachte, dass sie das vor einer Woche noch nicht gesagt hätte, weil ihr Sauerampfer zu öko gewesen wäre.
»Wenn wir noch ein, zwei Monate bleiben, sind die Blaubeeren reif«, sagte Onkel Ben fröhlich. »Ach, und könntet ihr beim Beerensammeln im Wald gleich eine kleine wilde Kuh finden? Damit wir etwas Milch haben?«
»Du mach keine dummen Vorschläge, sondern geh raus und schieß einen Hasen«, sagte Tante Flores, »das machen Männer doch so.«
Sie legte einen Arm um Onkel Ben und küsste ihn auf die Nase. Seit Juni und Juli wieder da waren, war sie viel fröhlicher. Die beiden knabberten an ihren Broten mit Blau-

beermarmelade, geheimnisvoll und still wie immer, aber ich wette, sie waren auch froh, dass sie nicht bis an ihr Lebensende auf einer Eiche sitzen mussten.

»Wenn«, sagte Tante Fee vorwurfsvoll, »dann bräuchte ich eine Kuh, die Magermilch gibt.« Sie seufzte. »Und jemand hat den Zucker aus dem Regal genommen, aber dafür zwei Eier hineingelegt.«

Sie griff in die Tasche ihres orangefarbenen Flattergewandes und legte drei kleine gesprenkelte Vogeleier auf den Küchentisch.

»Rebhühner«, stellte Betti fest. »Das sind Eier von Rebhühnern. Wer hat ...?«

»Die Elfen«, sagten Juni und Juli.

Wir gingen tatsächlich mit einem alten Korb los, um essbare Dinge zu sammeln, obwohl Imke fand, damit würden wir aussehen wie Rotkäppchen.

»Fragt sich«, sagte ich, »wer der Wolf ist.«

Wir begegneten aber keinem Wolf, sondern nur einer Rehmutter mit einem Kitz und einem Hirsch und drei nicht totgeschossenen Hasen. Beim Dachsbau beobachteten wir eine Weile die jungen Dachse, die immer noch herumwackelten wie besoffen. Unser Korb füllte sich mit Sauerampfer und Sauerklee, den ich Imke erst erklären musste – es ist der mit den Blättern wie Waffelherzen, der ganz hellgrüne –, und mit Himbeeren und jungem Löwenzahn von den Lichtungen. Und es war ein dramatisches und wunderbares Gefühl, dass es quasi von uns abhing, ob wir im Blaubeerhaus überlebten, bis Luke und der Riese mit Hilfe wiederkamen. Imke sah sehr zufrieden aus. Ich glaube, sie fand es genauso wunderbar wie ich. Auch wenn sie es nicht wahrhaben wollte – im Grunde tickten wir ziemlich ähnlich.

Schließlich brachten wir die Sachen nach Hause und gingen schwimmen im See, weil es wieder warm geworden war, und danach zu Lenes und Avis Baumhaus. Ich hatte das alte Schulheft mitgenommen.

»Hier, das ist der nächste Eintrag, den man lesen kann«, sagte Imke. »4. Mai 1943.«

Avi und ich haben angefangen, eine Karte vom Wald zu zeichnen, und wir haben ein Versteck für den Kram. Falls es mal so weit kommt. Überall im Wald singt und brummt es, und es gibt tausend Farben, wie das eben so ist im Frühling. Der Krieg ist bestimmt bald vorbei. Samuel und Sarah machen abends wieder zusammen Musik, womit sie aufgehört hatten, als der alte Benjamin krank war. Avi sagt manchmal, dass er ihn vermisst, wie man Großväter eben so vermisst, wenn sie nicht mehr da sind. Aber ich glaube, Benjamin liegt gerne unter seinem Apfelbaum hinter dem Gemüsegarten, da hat er es schön ruhig, aber nicht zu sehr, denn Rose besucht ihn ab und zu und legt Kiesel auf das Grab und erzählt ihm alles, was bei uns geschieht.

Die Füchse haben neue Junge, und ich will eines fangen und mit ins Blaubeerhaus nehmen. Avi sieht oft so ernst aus, als hätte er entschieden, dass er demnächst erwachsen wird. Aber ich will das nicht. Ich

Es folgten eine Menge Flecken. Wir blätterten das Buch durch, doch eine Karte vom Wald gab es darin nirgends. Nur wieder viele unleserliche Seiten. Aber dann kamen wir zu einer Zeichnung von einem Jungen, die mir bisher nicht aufgefallen war. *Avi, 25. November 1944* stand darunter, und das Gesicht auf dem Bild war schmal und ernst und hatte große Augen, die durch alles hindurchsahen. Auf der Seite dahinter stand:

Es ist besser, ich zeichne mal die Menschen im Blaubeerhaus, bevor sie nicht mehr da sind. Obwohl auch fast keine Stifte mehr da sind. Avi hat jetzt so hohes Fieber, dass er glüht. Wir sind noch immer eingeschneit, und wir schmelzen Schnee für Wasser, weil die Pumpe eingefroren ist. Den Schatz muss ich wohl alleine verstecken. Unser Fuchs liegt vor dem Kamin, aber ich frage mich, ob wir ihn wegjagen sollten, das Essen reicht ja kaum für die Menschen. Das Geschwisterchen, das Avi kriegen sollte, strampelt fast nicht mehr im Bauch seiner Mutter. Nie wieder in meinem ganzen Leben möchte ich eine einzige Steckrübe sehen. Die Rehe zu schießen ist zu laut, obwohl wir es manchmal trotzdem machen.

27. November 1944
Letzte Nacht habe ich geträumt, Avi und Jente und Rosel und Jakub und alle anderen wären fort. Wir hatten genug zu essen, Mama und ich, wir saßen am Küchentisch und schmierten Butter auf dicke Brotscheiben, und es war ein wunderbarer Traum. Aber als ich aufwachte,

erschrak ich, denn so etwas darf man nicht wünschen – nicht einmal im Traum. Wenn Avi und seine Familie nicht hier wären, dann weiß ich ja, wo sie wären, und es wäre schrecklich. Das Blaubeerhaus ist ihre einzige Chance.
Wenn man Hunger hat, wird man im Herzen so gemein.

20. Dezember 1944
Avi schläft jetzt auf der Küchenbank, denn die Küche ist der einzig warme Raum, und wir sind fast immer alle dort. In vier Tagen ist Weihnachten, und seit einer Woche steht der Chanukka-Leuchter auf der kleinen Kommode in der Küche. Ich mag Chanukka und wie sie jeden Tag eine Kerze mehr anzünden. Avi und ich gucken uns die Kerzen an und flüstern, meistens reden wir darüber, wie ich den Schatz verstecken werde. Weil alles ja irgendwie zu Ende geht, alles bis auf diesen verdammten Krieg. Avi sagt, ich muss später kommen und den Schatz holen, und wir stellen uns vor, wie ich Kinder kriege und auf einem Schloss lebe, was natürlich Unsinn ist. Gestern haben wir zu lange darüber geredet, ich glaube, Avi hat gesehen, dass ich geweint habe. Ich will nicht alleine auf einem Schloss leben. Ich will, dass Avi aufhört zu husten und zu fiebern und wieder mit mir durch den Wald wandert.

Nach diesem Satz gab es nur noch verschmiertes Gekritzel, und dann war das Schulheft zu Ende. Einfach so.
»Das ist furchtbar traurig«, flüsterte Imke.

»Er ist sicher wieder gesund geworden«, sagte ich und glaubte es nicht ganz. »Imke … ist dir klar, warum sie sich versteckt haben? Alle diese Leute? Im Blaubeerhaus? Und warum sie Chanukka gefeiert haben und nicht Weihnachten?«

»Jaja«, sagte Imke. Da wusste ich, dass es ihr nicht klar war. Und ich beschloss, es ihr endlich zu erklären, weil es jetzt langsam sein musste.

»Avi und die anderen, das waren Juden«, sagte ich. »Hitler wollte die Juden alle umbringen. Deshalb musste Avis Familie verschwinden. Deshalb durfte niemand wissen, dass sie hier im Blaubeerhaus waren. Lene und ihre Eltern haben ihnen geholfen, unterzutauchen. Verstehst du?«

»Ja, nein«, sagte Imke. »Ich meine, klar, das hab ich schon mal gehört. Nur, warum *wollte* Hitler die Juden umbringen?«

»Ach, das ist ziemlich kompliziert, glaube ich. Es ging den Leuten irgendwie nicht gut, und sie brauchten jemanden, der schuld war. Da nimmt man am besten Menschen, von denen es wenige gibt, also hat Hitler die Juden genommen. Ich glaube, er war ziemlich wahnsinnig. Er dachte ja auch, er kann die ganze Welt erobern.«

Imke war ein paar Sekunden ganz still. »Ich will nicht, dass Lenes Freund stirbt!«, sagte sie dann trotzig, und ich dachte, dass man daran wohl jetzt nichts mehr ändern konnte, siebzig Jahre später. Aber ich legte nur eine Hand auf Imkes Hand und sagte: »Ich frage mich, wo sie den verflixten Schatz versteckt haben. Was da wohl dabei ist? Nur ein paar alte Silberlöffel oder was anderes?«

Und ich glaube, das lenkte Imke ein wenig ab, denn sie zog die Nase hoch und sagte: »Man sollte mal suchen.«
Ich drehte mich auf den Rücken und sah in die grünen Blätter hinauf.
»Weißt du, es könnte doch so bleiben«, murmelte ich. »Wir könnten immer hier durch den Wald rennen und in Baumhäuser klettern und Geheimnisse herausfinden ... in den Ferien jedenfalls.«
Imke schüttelte den Kopf. »Dein Vater hat schon recht. Jemand, der das nötige Kleingeld hat, sollte das Blaubeerhaus kaufen, ehe es in sich zusammenfällt.«
»Ja, schade«, sagte ich.
»Ja, schade«, sagte Imke.
Und dann kletterten wir von der Eiche, um zurück zum Blaubeerhaus zu gehen.

Imke

Im Blaubeerhaus war Tante Betti dabei, die Fensterrahmen zu streichen, während Mattis im Tuch auf ihrem Rücken saß und ihre Haare verwuschelte. Papa war aufs Dach geklettert und befestigte ein Stück Draht, der vielleicht eine Antenne werden sollte, und Mama stand kopfschüttelnd unten und sah ihm dabei zu.
»Er glaubt, er kann das Internet einfangen«, sagte sie. »Aber was will er damit, wo es doch gar keinen Strom gibt?«

»Weißt du, Tante Flores, vielleicht kann man den Strom runterladen«, meinte Leo und grinste. Mir war gar nicht nach Grinsen, ich musste immerzu an die Juden und den Krieg denken, und daran, dass wir Avi retten mussten, was nicht ging.
Leo nahm das Eichhörnchen vom Wohnzimmer-Fensterbrett, ehe Betti es aus Versehen anstrich, und ich folgte ihm ins Haus.
»So, pass auf«, flüsterte er im Vorflur und sah mich aufmerksam an. »Ich verrate dir jetzt ein Geheimnis. Nämlich war ich auf dem Dachboden. Man kommt nur von außen hin, über die Kastanie. Da oben war das Schulheft, in einer Kiste zwischen alten Büchern. Vielleicht sind da noch mehr Hefte, die ich übersehen habe. Und vielleicht ...«
»... ist da ein Schatz versteckt«, wisperte ich.
Leo nickte. Wir sahen uns an wie Verschwörer. Das Eichhörnchen auf Leos Schulter legte den roten Pinselohr-Kopf schief und sah auch aus wie ein Verschwörer. Und ich vergaß den blöden Krieg, aber nur ein bisschen.
»Aber solange deine Mutter da draußen rumsteht, können wir nicht auf den Baum klettern«, flüsterte Leo. »Wir müssen das heimlich tun.«
Ich nickte. »Und was ist ... wenn wir den Schatz finden, und die alte Lene wird böse auf uns? Und sie legt vielleicht keine Vogeleier mehr hin im Tausch gegen den Zucker, sondern tut irgendwas Schreckliches und ...«
Ich brach ab, denn von oben aus dem ersten Stock kam ein merkwürdiges Knarzen. Es klang so, als gehörte es eigent-

lich in die Nacht. In eine ziemlich unheimliche Stelle der Nacht.
Leo griff nach meiner Hand und drückte sie, und ich drückte zurück. Und dann stiegen wir gemeinsam die schattige Treppe hinauf in den noch schattigeren Flur.
Im Flur war es jetzt still. Aber etwas war anders. Nur, *was* es war, begriffen wir wohl beide nicht.
Die Türen der Zimmer waren alle geschlossen. Eine Maus huschte über den Boden. Der Kleiderschrank, aus dem Juni und Juli Lenes Kleider genommen hatten, saß klobig und duster herum wie immer.
Und dann sah ich es. Ich sah, was anders war.
Der Spiegel neben dem Schrank spiegelte einen Lichtstrahl, der durchs Giebelfenster fiel. Das hatte er sonst nie getan. Jemand hatte den Spiegel … verrückt. Ich zog Leo mit dorthin. Da standen wir und sahen uns an: ein dünner Junge mit Mausegesicht, wilden Locken und einem Eichhörnchen auf der Schulter – und ein Mädchen mit schwarzem Stoppelhaar und Sommersprossen. Ich sah Leo und mich, aber ich dachte: *Lene und Avi.*
Vielleicht hatten sie vor langer Zeit genauso hier vor dem Spiegel gestanden.
Wir waren sie, und sie waren wir. Es war verwirrend.
»Stell dir vor, man könnte durch den Spiegel gehen«, wisperte Leo. »In die Vergangenheit. Zu Lene.«
Ich streckte die Hand aus. Und dann gingen wir durch den Spiegel.

Das Knarzen war das gleiche wie zuvor, dieses nächtliche, geheime Geräusch, das so wenig zum hellen Tag draußen passte.
Ich hatte den Spiegel an einer Seite berührt, er glitt einfach zurück, und mir wurde plötzlich klar, warum er das Licht anders gespiegelt hatte. Der Spiegel war eine Tür. Jemand war vor uns hindurchgegangen und hatte sie ein klein we-

nig offen gelassen, sodass der Winkel zum Licht ein anderer geworden war.
Dieses Licht fiel jetzt auf eine steile Stiege.
»Ach so«, sagte Leo und atmete hörbar aus. »Natürlich.«
»Wie bitte?«, fragte ich.
»Die Treppe zum Dachboden«, sagte er. »Ich dachte doch die ganze Zeit, dass es eine geben müsste.«
Ich stieg voran, die hohen Stufen hinauf. Oben lag ein schmaler, winziger Raum, eine Art Vorflur, von dem zwei Türen abgingen. Beide standen offen. Durch die eine sah man einen riesigen Dachbodenraum, vollgestopft mit Kisten und Möbeln. Hinter der zweiten Tür lag ein winziges Zimmerchen mit einem ebenso winzigen, niedlichen Schrägfenster. In dem Zimmer standen ein Bett, ein Schreibtisch und ein Stuhl, mehr nicht.
Jemand hatte hier ein zusätzliches Schlafzimmer geschaffen. Ganz nahe bei dem großen Dachboden, wo sich Avi und die anderen versteckt hatten, wenn Besuch ins Haus gekommen war. Denn hier waren sie verborgen gewesen, wenn sie verschwinden mussten, so viel war klar: jenseits des Spiegels.
Später war nur das winzige erste Zimmerchen weiter benutzt worden, vielleicht als Erinnerung an damals.
Von der einzigen Person, die im Blaubeerhaus geblieben war. Allein.

Wir standen in der Tür zu Lenes Schlafzimmer wie angewachsen.
Über dem Bett hing eine Zeichnung in einem einfachen

Holzrahmen, und beinahe erschrak ich, da sie dem Spiegelbild von eben tatsächlich ähnlich war. Ein dünner Junge mit spitzem Gesicht stand neben einem Mädchen. Aber das Mädchen hatte langes blondes Haar, zu zwei Zöpfen geflochten, und der Junge keine Locken, und sie waren ganz anders gekleidet als wir. Lene und Avi.
Ich las das Datum unter der Zeichnung, ehe ich mir irgendetwas anderes im Raum ansah.
Und mein Herz machte einen Sprung, sodass ich beinahe befürchtete, es würde aus mir herausfallen.
1. Januar 1945.
Avi hatte das Jahr 1944 überlebt. Lene hatte ihn danach noch einmal gemalt.
Das Bett war frisch bezogen, oder jedenfalls war das Bettzeug nicht zernagt oder angeschimmelt. Jemand hatte die Betttücher mit den blauen Streublümchen vor Kurzem glatt gezogen und das Kissen aufgeschüttelt. Neben dem Kissen, ordentlich zusammengerollt, schlief der verletzte Fuchs. Lene hatte ihn zu sich geholt.
Auf dem schmalen Schreibtisch lagen ein Bleistift und ein Stapel Schulhefte. Aber es waren moderne Schulhefte, wie man sie heute im Papiergeschäft kaufen kann. Durch das kleine Dachfenster wuchs ein Ast voll grüner Blätter ins Zimmer, ähnlich wie unten bei Juni und Juli. Der Ast war gerade dick genug für ein kleines Vogelnest, das in einer Astgabel klebte. Die Eier darin waren winzig und blauweiß getupft, und niemand hatte sie angerührt.
Neben dem Bett standen meine Schwestern. Sie standen da wie an einem Altar.

Sie sahen uns an, doch keiner von uns sprach. Juni und Juli waren also ebenfalls durch den Spiegel gegangen. Sie hatten Lenes geheime Tür gefunden und sie offen gelassen.

Ich ging zu dem Schreibtisch hinüber – es war nur ein Schritt – und zog eine der beiden Schubladen darunter auf. Sie enthielt die acht schwarzen und acht weißen Bauern eines Schachspiels.

»Woher wusstet ihr, dass der Spiegel …?«, begann Leo schließlich.

»Sagt jetzt nicht: von den Elfen«, knurrte ich.

Juni und Juli zuckten exakt gleichzeitig die Schultern.

»Jemand ist vor uns durchgegangen«, flüsterte Juli. Sie sah sich um, als sie das sagte, und zum ersten Mal schien sie Angst zu haben.

»Wer?«, fragte Leo.

»Das wissen wir nicht«, wisperte Juni.

»Es muss wohl der sein, der in diesem Zimmer wohnt«, sagte Juli.

Leo schlug das Schulheft auf, das zuoberst lag. Hinten hatte es eine Menge leere Seiten. Der letzte Eintrag lag vier Jahre zurück. Natürlich, vor vier Jahren war die alte Lene ins Heim gekommen, weil sie sich nicht mehr selbst hatte versorgen können. Leo las halblaut.

1. Mai 2011

Heute waren Avi und ich wieder bei unserem Berg. Wir haben ein neues Spiel erfunden, bei dem man von Felsen zu Felsen springen muss. Überall zwischen den Felsen wachsen Maiglöckchen, und ich habe eine Menge in meiner Schürze nach Hause getragen. Aber beim Springen bin ich abgerutscht. Manchmal denke ich, ich bin nicht mehr so gelenkig wie früher. Vielleicht ist es eine Art von Krankheit? Avi hat mir zu Hause einen Verband um den Knöchel gemacht, einen Verband aus Kräutern. Er hat gelacht und gesagt, spätestens wenn wir erwachsen sind, ist das verheilt. Wenn man erst zehn ist, heilen solche Sachen sowieso schnell.

Leo sah auf. Sein Gesicht war seltsam.
»Da war sie ungefähr achtzig«, sagte er. »Nicht zehn.«
»Aber –«, sagte ich.
»Eben«, sagte Leo.
Mir war ein bisschen so, als müsste ich heulen, obwohl ich nichts richtig begriff. Und ich lehnte mich an Leo, nur ganz leicht, und spürte, dass er auch traurig war und auch nichts begriff. Doch ehe ich über alles nachdenken konnte, gab es hinter uns ein lautes Gepolter, und ich fuhr herum. Ein alter Stuhl im großen Teil des Dachbodens war umgefallen. Und da war ein Schatten zwischen den Möbeln und Kisten.
»Leo!«, flüsterte ich. »Guck!«
Der Schatten schien in unsere Rich-

tung zu sehen. Dann kletterte er über eine Kommode zum einzigen Dachbodenfenster hinauf und warf sich panisch in die grünen Arme des Baumes draußen. Wie praktisch, dachte ich, dass vor allen Fenstern hier Bäume wuchsen.

»Los«, sagte Leo. »Ihr nach.«

11

Leo

Wir stürmten alle vier aus Lenes Schlafzimmer, fielen auf der schmalen Stiege beinahe übereinander, rannten den Flur entlang und waren unten.
Betti sah uns verwundert nach, sie stand in der offenen Küchentür, Mattis jetzt auf dem Arm und weiße Farbe auf der Backe. Mattis streckte seine kleinen Hände aus und lachte sich mal wieder tot über uns, vermutlich weil wir ziemlich blöde aussahen, wie wir versuchten, uns alle vier gleichzeitig durch die Haustür zu quetschen.
Draußen stand Tante Flores und beschnitt die Klematisranken, und leider war sie dabei im Weg, weil wir ganz dicht am Blaubeerhaus um die Kurve rennen mussten.
»'tschuldigung, Mama«, murmelte Imke, und Tante Flores ließ ihre Gartenschere fallen und fragte etwas, das wir nicht mehr hörten. Wir kamen auf der anderen Seite des Hauses an, hinten, wo der Garten ist und die Kastanie zum Dachboden hochwächst, und einen Moment standen wir keuchend dort und starrten nach oben.
In der Kastanie war aber niemand zu sehen.
Nur Onkel Ben beschäftigte sich gerade damit, vom Dach

herunterzuklettern. Als er uns sah, erschrak er und ließ den Dachfirst los, was eine schlechte Idee war: Er schlitterte abwärts, riss ein paar Schindeln mit und landete in den Ästen der Kastanie, wo er fluchend hängen blieb.

Wir warteten nicht, bis er zu uns heruntergestiegen war.

»Da vorne!«, rief Imke, und da sah ich es auch: Der Schatten war jetzt am Waldrand, eben tauchte er unter der Birke durch, in der noch immer das Kleid hing, und dann verschwand er im Wald. Wir holten alle gleichzeitig Luft und rasten hinterher. Im Augenwinkel sah ich, dass Tante Flores uns folgte, vielleicht hatte sie Angst, dass Juni und Juli wieder abhandenkämen, weil die Elfen sie irgendwohin lockten. Doch der Schatten, dem wir hinterherrannten, war keine Elfe, so viel war sicher.

Er führte uns in einem großen Bogen um das Haus herum, auf die Seite des Waldes, in der wir selten gewesen waren. Ich hatte Seitenstechen vom Rennen. Hinter mir rannte Imke; Juni und Juli blieben immer weiter zurück. Die Schattengestalt vor uns war wie ein Fisch im grünen Waldmeer, sie tauchte daraus auf, tauchte wieder ab … aber wir würden sie nicht entkommen lassen, diesmal nicht.

Sie war eindeutig nicht größer als Imke. Ein Kind. Natürlich, wir wussten ja, wer es war. Sie hatte ihr Kleid wohl gerafft und hochgenommen, denn man sah ihre dünnen Beine manchmal im Gegenlicht, Beine, die wirklich schnell und ausdauernd rennen konnten.

Ich hatte ehrlich gesagt ein bisschen Angst davor, sie einzuholen. Wie spricht man mit einem Geist?

Dies war der Tag, an dem wir Lene alle unsere Fragen stel-

len würden, endlich. Warum sie manchmal half und uns manchmal ärgerte. Ob sie uns wirklich loswerden wollte und was mit dem Blaubeerhaus passieren sollte, wenn es nach ihr ging. Was aus Avi und den anderen geworden war. Und, wo der Schatz war. Wenn es ihn gab.
Als ich einmal über die Schulter zurücksah, war Imke kurz hinter mir, und ich fühlte eine Welle der Erleichterung. Seltsam, noch vor zwei Wochen hätte es mich genervt, dass Imke da war. Jetzt war ich über nichts froher als über ihre kurze schwarze Wuschelfrisur und ihre Sommersprossen. Ich würde nicht alleine mit Lene sprechen.
Das Eichhörnchen war übrigens auch immer noch da. Es war irgendwann auf meinen Kopf umgestiegen, und nun klammerte es sich hartnäckig an meinen Haaren fest. Ich glaube, es wäre gerne abgesprungen, fand jedoch nicht den richtigen Moment.
Als ich dachte, ich könnte keinen Meter weiter rennen, weil meine Lungen brannten wie Feuer, erreichten wir eine Art kleinen Berg aus unregelmäßigem, bemoostem Felsgestein, und dort verloren wir Lene aus den Augen. Sie verschwand einfach zwischen den Felsen.
Ich dachte an ihren letzten Tagebucheintrag, vor vier Jahren, ehe sie sie ins Heim geholt hatten.
Überall zwischen den Felsen, hatte sie geschrieben, b*lühen Maiglöckchen. Wir haben ein neues Spiel, bei dem man von Felsen zu Felsen springen muss …* Jetzt war Sommer, und es gab keine Maiglöckchen. Wir blieben stehen, nach Atem ringend, und sahen uns um. Es war ein hübscher, sehr wilder Platz, und an einer Stelle hing ein ganzer Tep-

pich aus Ranken von einem etwas höheren Felsen. Ich zog den Rankenteppich beiseite.
Und dort, an der Steinwand, lehnte ein rotes Fahrrad. Es sah nicht aus, als stammte es aus der Zeit vor dem Krieg, es war ein ziemlich verbrauchtes, nicht mehr ganz heiles BMX-Rad, das von der Größe her ungefähr für mich gepasst hätte.
»Was macht denn das Fahrrad …«, begann Imke.
In diesem Moment kamen Juni und Juli und auch Tante Flores bei uns an, und Tante Flores sagte: »Guckt!«, und zeigte nach oben. Und da stand jemand, halb verborgen hinter einem weiteren Felsen, und starrte uns an.
Ich machte Imke eine Räuberleiter mit den Händen, und sie hatte wirklich furchtbar dreckige Turnschuhe. Na ja, als ich ihr nachkletterte, in den Felsenberg hinauf, wurden meine Hände sowieso ganz erdig. Leider auch blutig, von vorstehenden Steinkanten. Ich glaube, keiner von uns war je so schnell geklettert.
Weiter oben wurden die Felsen flacher, man konnte wirklich von einem zum anderen springen wie bei einem Spiel, aber es war ein gefährliches Spiel. Vor uns sprang die alte junge Lene, und jetzt waren wir ihr ganz nah – sie hatte zu lange gewartet, uns beobachtet.
Vielleicht hatte auch sie eine Verschnaufpause gebraucht.
Sie trug gar kein Kleid, sie trug Hosen, ein weites graues Leinenhemd und eine komische altmodische Schiebermütze. Imke streckte einen Arm aus, um sie am Hemd festzuhalten – da machte Lene einen verzweifelten Satz.
Sie wollte wohl zum nächsten Felsvorsprung, aber der Vorsprung war zu weit weg.

Lene schaffte es nicht.
Wir sahen sie abrutschen und fallen, hinunter auf noch mehr Felsen, und Tante Flores hinter mir schrie. Vielleicht schrie ich auch. Nur Imke blieb einfach stehen, die Hand noch immer ausgestreckt, als wollte sie Lene festhalten. Doch dazu war es zu spät.
Wir kletterten ganz langsam näher, Tante Flores und ich und Juni und Juli. Erst jetzt merkte ich, dass auch Onkel Ben bei uns war, er musste uns nachgerannt sein. Und alle gemeinsam sahen wir in den Abgrund hinunter. Ich meine, es war kein richtiger Abgrund, es waren nur ein paar Meter.
Dort lag Lene in ihren Hosen und dem grauen Hemd auf einem weiteren Felsen. Die Schiebermütze war ihr vom Kopf gerutscht, doch darunter kamen keine langen blonden Zöpfe zum Vorschein. Sondern kurzes, staubiges braunrotes Haar.
Ich kletterte als Erster hinunter, ganz vorsichtig. Imke folgte mir. Die Gestalt vor uns rührte sich nicht. Wir traten langsam näher. Und da, ganz plötzlich, rührte

sie sich doch, sie machte einen Versuch, aufzustehen, doch dann gab sie einen Schmerzenslaut von sich und sackte wieder in sich zusammen.

»Scheiße«, sagte Lene. Sie sagte es mit einer Jungenstimme. »Scheiße, das Bein.«

Imke und ich gingen um den Menschen auf dem Boden herum, und ich hockte mich hin, sodass ich endlich sein Gesicht sehen konnte.

Es war ein zerschrammtes und sehr dreckiges Gesicht. Unter dem Dreck verbargen sich Sommersprossen, eine hellere Sorte als die von Imke. Und mitten in dem Gesicht gab es zwei blaue Augen, die mich ärgerlich anblitzten.

»Avi?«, fragte ich leise.

»Quatsch«, knurrte der Junge. »Ference.«

»Wie bitte?«, fragten Imke und ich – gleichzeitig, so wie sonst Juni und Juli.

»Wie Terence, nur mit F«, fauchte der Junge.

Imke streckte eine Hand aus, um ihm hochzuhelfen, doch er schlug ihre Hand weg, und da wurde ich böse.

Ich konnte auch fauchen, und ich fauchte ihn ordentlich an. »Wenn du denkst, du kannst einen hierherlocken und dann einfach jemand anders sein und auch noch frech werden, dann hast du dich geschnitten«, fauchte ich. »Und Imke wollte nur …«

»Haut ab«, zischte der Junge mit blitzenden, wütenden Augen. »Haut einfach alle ab!«

Er versuchte noch einmal, aufzustehen, doch es gelang ihm nicht. »Scheiße«, sagte er wieder. »Ich glaub, das Bein ist hinüber.« Und in den ärgerlichen blauen Augen standen

plötzlich Tränen. Es musste wohl ordentlich wehtun. Da verrauchte mein Ärger, und der Junge tat mir leid.
»Woher kommst du?«, fragte ich. »Wer bist du?«
»Was *machst* du hier?«, fragte Imke.
»Ich liege herum und sonne mich«, fauchte der Junge, der Ference mit F hieß. »Sieht man das nicht?«

Imke

Ich glaube, ich war noch nie so verwirrt wie in dem Moment, als wir Lene fanden und sie nicht Lene war und sie böse auf mich wurde, weil ich ihr helfen wollte. Leo sah mindestens genauso verwirrt aus.
Papa kletterte zu uns nach unten und hob den fremden Jungen hoch, und jetzt ließ sich der Junge doch helfen. Vermutlich hatte er eingesehen, dass es nicht anders ging. Irgendwie schaffte Papa es tatsächlich mit ihm aus der Felslücke heraus, obwohl er wirklich besser am Computer sitzen kann als klettern. Aber vielleicht hatte er in der letzten Woche im Blaubeerhaus gelernt, wie man so lebt, wenn man nicht am Computer sitzt.
Er schleppte den Jungen über die Felsen und dann den ganzen Weg nach Hause, und der Junge schwieg und biss die Zähne zusammen, ich glaube, sonst hätte er richtig losgeheult. Ich hatte mir einmal beim Sport den Knöchel verstaucht, das hatte auch schrecklich wehgetan.

Ference, dachte ich, was für ein komischer Name.
Als wir im Blaubeerhaus ankamen, machte Betti ein ebenso verwirrtes Gesicht wie vorher wir, aber sie machte zum Glück nicht nur ein Gesicht, sondern auch Marmeladenbrote und Tee. Es war das allerletzte Brot, das sie dafür in Scheiben schnitt.
Und wir betteten Ference auf die Eckbank wie vorher den Fuchs.
Dann sahen wir zu, wie er aß und trank, und ich glaube, er war sehr hungrig. Papa fand eine Schmerztablette für ihn, die er tapfer hinunterschluckte.
»Hast *du* den Zucker gegen die Wachteleier getauscht?«, fragte Betti vorsichtig.
»Arrrgh«, sagte Mattis und legte seine Hand auf die Marmeladenfläche eines Brotes.
Ference nickte nur.
»Und hast du den Bindfaden …«, begann ich. »Hast du uns geholfen, Juni und Juli wiederzufinden?«
Noch mehr Nicken.
»Wie lange wohnst du denn schon hier?«, fragte Papa.
Da presste Ference die Lippen aufeinander und schwieg.
»Es war vielleicht keine gute Idee, den VW-Bus lahmzulegen«, meinte Mama sanft. »Wenn du das nicht gemacht hättest, wärst du uns schneller los gewesen. Willst du uns ein paar Dinge erklären?«
Ference schwieg weiter, und ich dachte, dass wir wohl keine Antworten aus ihm herausbekommen würden. In diesem Moment kam Tante Fee in die Küche, schüttelte verwundert den Kopf und setzte sich im Lotussitz auf ein

freies Stück Bank. Sie schloss die Augen, streckte die Hände in Ference' Richtung aus und begann zu summen wie eine Biene.

Ference starrte sie verwundert an.

Und dann fing er plötzlich an zu lachen. Er verzog das Gesicht dabei, weil das Lachen ihn so schüttelte, dass es dem Bein nicht guttat, aber er konnte nicht aufhören, er lachte und lachte, so als hätte er lange nicht mehr gelacht und müsste etwas nachholen. »Was«, keuchte er, »*macht* sie da?«

»Das ist Tante Fee«, erklärte Leo. »Sie nimmt vermutlich Kontakt mit irgendeinem inneren Chakra von dir auf.«

»Sie ruft die Elfen«, sagten Juni und Juli.

Da lachte Ference noch mehr. Die Tränen liefen über sein dreckiges Gesicht, so sehr lachte er, aber irgendwann liefen die Tränen weiter, und er lachte nicht mehr, und wir taten alle so, als merkten wir nicht, dass er jetzt heulte. Vielleicht heulte er vor Erleichterung darüber, dass das Versteckspiel mit uns vorbei war.

Schließlich sagte er leise: »Also, ich bin immer in den Ferien hier. Ich komm mit dem Rad. Ist weit vom Dorf, aber das macht nichts. Meine Mutter denkt, ich bin bei meiner Oma, die wohnt ein paar Dörfer weiter, und die Oma denkt, ich wäre bei meiner Mutter. Also, die Oma, das ist die Mutter von meinem Vater, zu der geh ich nicht, ich will meine Ruhe. Das Blaubeerhaus ... das hab ich zufällig gefunden, vor zwei Jahren oder so. Seitdem komm ich her, wenn Ferien sind, und die da draußen können mich alle mal. Das Blaubeerhaus gehört mir. Nicht euch. Auch wenn es auf irgendeinem Papier steht. Es gehört mir und den Tieren. Ich hab sie gezähmt, ganz viele von ihnen …«

»Und wir dachten, das wäre die alte Lene gewesen«, murmelte ich.

»Ja, die mit dem Tagebuch«, sagte Ference. »Die hier gewohnt hat. Den ganzen Kram hab ich auch erst gelesen, als ihr das Ding aus einer Kiste gezerrt habt. Aber ich kann ihre Schrift jetzt ziemlich gut. Vom Zettelschreiben.« Er grinste. »Ihr habt es echt nicht gepeilt. Ich wollte euch erschrecken, ist ja klar, damit ihr endlich abhaut, aber … Ihr seid ja so was von lebensunfähig! Am Ende hab ich gemerkt, dass ich dauernd dabei war, euch zu retten!«

Er seufzte. »Was ist, wenn die beiden wiederkommen, die losgegangen sind? Wenn die jemand zum Autoreparieren mitbringen? Geht ihr dann weg?«

»Wir gehen«, sagte Papa. »Aber du gehst auch. Ins Krankenhaus.«

»Scheiße«, sagte Ference.

Da kam der zahme Fuchs durch die Tür geschlüpft und sprang trotz seines kaputten Vorderlaufs zu Ference auf die Eckbank. Ference streichelte ihn und zog die Nase hoch.

»Mach dir keine Sorgen um das Blaubeerhaus«, sagte Tante Betti. »Es wird an jemanden verkauft, der sich mit alten Häusern auskennt und es richtig, richtig gerne haben will. Wir finden so jemanden. Jemanden, der es restauriert. Dazu braucht man eben eine Masse Geld.«

»Geld, Geld, Geld!«, fauchte Ference. »Meine Mutter und die Oma streiten auch dauernd wegen dem Geld, überall fehlt immer welches. Hier braucht man überhaupt kein

Geld! Man muss nur wissen, wo die richtigen Sachen wachsen und wie viele Eier man nehmen kann, ohne dass man den Rebhühnern schadet.« Er sah sich um, erschöpft von all den Dingen, die er gesagt hatte. »Könnte ich … jetzt ein bisschen schlafen?«, flüsterte er.
»Klar«, sagte Betti, und dann gingen wir alle aus der Küche, alle außer dem Fuchs.

Als Leo und ich vors Blaubeerhaus traten, dachte ich, dass ich jetzt endlich meine Gedanken sortieren konnte und dass ich dringend mit Leo über alles sprechen musste.
»Dieser Ference«, sagte ich. »Der ist nicht älter als wir, oder? Er ist …«
Aber weiter kam ich nicht, denn Leo zeigte in den Himmel.
Wobei – der Himmel war eigentlich nicht mehr zu sehen. Da war nur eine einzige dicke, dunkle, schiefergraue Wolkenmasse, und dazwischen quoll schwefelgelb etwas Nachmittagslicht hindurch. Ein scharfer Windstoß fegte über den Platz vor dem Haus, bog die Bäume und war wieder fort. Ein zweiter folgte. Losgerissene Blätter taumelten ziellos durch die Luft.
»Das sieht nicht gut aus«, sagte Leo.
Ich schüttelte den Kopf. Erst jetzt fiel mir auf, wie merkwürdig still und warm der Tag bis dahin gewesen war. Als hätte sich das Wetter die ganze Zeit über auf etwas vorbereitet. Als hätte es nur Luft geholt.
»Sommergewitter sind sehr schön«, sagte Tante Betti hinter uns und setzte Mattis auf den Boden, damit er ein biss-

chen krabbeln konnte. »Ein erfrischender Regen, und alle Pflanzen wachsen wie neu.«
Die Windstöße wurden stärker. Eine Klematisranke, die Tante Flores festgebunden hatte, löste sich von der blau gestrichenen Hauswand und baumelte hilflos im Nichts, als wollte sie mit ihren Blüten nach irgendetwas angeln, das sie nicht zu fassen bekam. Eine Schindel rutschte vom Dach und landete im Gras.
»Ich glaube, es wird gleich nass«, sagte Leo und streckte eine Hand aus. Der Regentropfen, den er fing, glänzte auf seinen Fingern in dem schwefligen Licht wie eine Warnung.
»Ich frage mich, wo Luke und der Riese sind«, murmelte Betti. »Ob sie noch im Wald herumwandern oder …«
Was sie sich noch alles fragte, hörten wir nicht, denn in diesem Moment hallte ein ohrenbetäubender Donnerschlag durch den Wald, und als wäre das das Startsignal gewesen, brach das Unwetter los.

12

Der Regen peitschte nur so in unsere Gesichter, von null auf hundert sozusagen, und wir waren in Sekunden klatschnass. Das Kleid, das in der Birke gehangen hatte, flog vorbei wie ein Gespenst. Zweige segelten durch die Luft, noch mehr Blätter wirbelten an uns vorüber, der Wind pfiff um die Ecken des Hauses und spielte wie ein wahnsinniger Geist Flöte in den Bäumen.

Größere Äste brachen krachend im Wald –

»Kommt rein, ihr Idioten!«, brüllte jemand hinter uns. Tatsächlich hatten wir alle drei dagestanden wie erstarrt, vielleicht hatten wir einfach darauf gewartet, dass der Sturm uns umpustete. Der, der da in der Tür stand, war niemand anders als Ference. Er stützte sich in den Türrahmen und sah noch blasser aus als vorher, aber er stand. Vermutlich war das Bein nicht gebrochen, sonst hätte er das nicht geschafft, und das erleichterte mich, aber gleichzeitig war der Anblick des blassen Ference in der Tür ziemlich beunruhigend. »Kommt rein!«, schrie er noch einmal.

Betti erwachte als Erste aus ihrer Versteinerung und rupfte Mattis vom Boden, der sehr interessiert im Regen saß und das alles für ein wunderbares Spiel hielt.

Sekunden später waren wir im Haus, und Ference schrie: »Tür zu! Nein! Zubinden! Auf dem Boden liegt ein Tau, das muss hier an den Nagel … der Wind reißt die Tür sonst mit, ich kenn das!«

Imke murmelte etwas von »Seglerknoten« und band das

Tau fest, und Ference hörte nicht auf, Befehle zu brüllen, als wären wir wirklich auf einem Schiff.

»Die Fenster! Ihr müsst die Fenster schließen! Da sind Haken dran! Los, schnell!«

»Papa ist noch draußen«, murmelte Imke, und Ference rief: »Dann holt ihn rein! Das Blaubeerhaus wirft mit Schindeln, wenn es stürmt!«

Wir stürzten in die Küche, vor deren Fenster Onkel Ben stand. Er sah sehr nass und etwas ungehalten aus, weil wir die Vordertür zugebunden hatten und er dort nicht reingekommen war. Tante Flores öffnete das Küchenfenster, und mit einem Schwall von Sommerregen kam Onkel Ben hindurch.

Dann rannten wir in die anderen Zimmer, um alle Fenster zu schließen, und Ference humpelte und hüpfte uns auf einem Bein nach und zeigte uns, wo die Metallhaken waren. In Junis und Julis Zimmer konnte man das Fenster nicht schließen, weil der Baum hineinwuchs. Der Sturm wirbelte die Plastikelfen durchs Zimmer, als wären sie nun wirklich lebendig geworden, und einen Moment lang standen wir einfach da und sahen sie an. Dann tauchte Ference hinter uns auf. Er hatte es irgendwie geschafft, sich am Geländer die Treppe hochzuziehen.

»Bettwäsche«, keuchte er. »Ihr müsst Bettwäsche ins Fenster stopfen, neben dem Ast, bis es dicht ist! Das Zeug wird nass, aber sonst reißt der Wind die Möbel um und drückt die Zimmertür raus. Ich hab das schon erlebt, ich hab die letztes Jahr repariert. Mensch, jetzt steht doch nicht blöd rum, macht!«

Er stützte sich auf die Bettkante und begann selbst, die Decke herunterzureißen und in die Öffnung neben dem Ast zu stopfen, und wir halfen.

Wir retteten auch den Dachboden und Lenes Schlafzimmer mit Decken, die wir an den Ästen vorbei in die Fensteröffnungen steckten, und es war ein Glück, dass wir Bettwäsche hatten und dass wir Ference hatten, der wusste, wozu sie da war.

Schließlich saßen wir schwer atmend auf Lenes Bett, Imke und Ference und ich. Unten hörte man die Stimmen der Erwachsenen.

»Das ist mein Zimmer«, sagte Ference.

»Das ist Lenes Zimmer«, sagte Imke. Ich nickte.

»Lene«, wiederholte Ference. »Die war schon eine komische Type, oder?«

»Kann es sein, dass du ein bisschen auch nach dem Schatz suchst, den sie verstecken wollte?«, fragte ich. »Du hast ihr Tagebuch mit uns mitgelesen.«

Ference sah weg. »Ich wusste das schon vorher. Im Dorf erzählen sie sich auch was von einem Schatz, der hier liegt. Aber ich bin nicht deshalb hier. Ich bin hier, weil ich das Blaubeerhaus *mag*. Weil ...« Er brach ab. »Ihr verkauft es, und dann macht jemand einen Zaun drum herum, schon klar, und ihr kriegt eine Menge Geld dafür.«

Er schnaubte.

»Ich würde es eigentlich lieber nicht verkaufen«, sagte Imke leise. »Leos Vater sagt, es muss sein. Mein Vater auch.«

»Ich frage mich, ob mein Vater überhaupt wieder auftaucht«, sagte ich. »Aus diesem Sturm. Luke und er … die sind vielleicht immer noch da draußen …«

»Wenn *mein* Vater wieder auftaucht, kann er mich mal«, sagte Ference.

»Wie?«, fragte Imke.

Ference zuckte die Schultern und sah an uns vorbei.

»Er kommt demnächst raus. Aber ich will ihn nicht sehen. Ich sag meiner Mutter, ich besuch ihn, und dann komm ich hierher. Auch wenn ein Zaun um das Blaubeerhaus ist.«

»Wo kommt er raus?«, fragte ich.

Ference seufzte. »Na, er sitzt.«

Und ich wollte fragen, wo, doch dann sah ich Imkes Blick, und mir fiel ein, was das bedeutete.

»Im Gefängnis«, sagte ich ganz leise.

Ference nickte. »Ging auch um Geld. Er hat's echt vermasselt. Er ist ein dummes Arschloch.« Bei *Arschloch* zuckten Imke und ich beide zusammen. »Er hatte keine Arbeit mehr«, sagte Ference. »Na, und er wollte wohl nicht, dass Mama das merkt, und da hat er angefangen, Schulden zu machen und ein paar Leute zu betrügen … Nee, der soll gar nicht ankommen bei mir.«

Da begann ich zu verstehen, warum Ference mit dem Fahrrad meilenweit durch den Wald fuhr, um ganz alleine im Blaubeerhaus zu wohnen, wenn Ferien waren. Die Füchse und Dachse und Eichhörnchen fragten ihn nicht nach seinem Vater oder nach dem Geld.

»Lene hätte das okay gefunden, dass du hier wohnst«, sagte ich. »Und Avi auch.«

»Ja, aber zufällig ist Lene tot, und zufällig war sie am

Ende verrückt, und zufällig hat sie nichts mehr zu sagen«, knurrte Ference, wischte sich die Nase ab und verschmierte den Dreck in seinem Gesicht etwas gleichmäßiger.
In diesem Moment schrie unten jemand.

Imke

Ich war als Erste unten, sogar vor Leo. Mama und Papa und Tante Betti standen am Küchenfenster, und diesmal kletterte niemand hinein, sondern sie sahen alle hinaus.
»Tante Fee«, sagte Mama und zeigte. »Ich habe es gerade erst gesehen. Sie sitzt ganz oben auf der Birke. Ich weiß nicht, wie sie da raufgekommen ist.«
»Geweht?«, fragte Papa.
Die Birke jenseits des Kräuter-Kartoffel-Gartens bog sich bedenklich im Sturm, und Tante Fee klammerte sich in ihrem wallenden orangefarbenen Gewand an den Stamm und starrte ängstlich in die Tiefe wie eine verirrte Katze.
Als das Kleid noch darin gehangen hatte, hatte die Birke ehrlich gesagt besser ausgesehen.
»Wir müssen sie da runterholen«, sagte Tante Betti. »Bevor die Birke durchbricht.«
»Ich gehe«, sagte Onkel Ben. »Gibt es irgendwo eine Leiter?«
Aber Ference war schon an ihm vorbeigehumpelt.
»Ich muss da raus«, sagte er. »Durchs Fenster.«

»Nein, ich …«, begann Papa, aber Mama sagte: »Lass ihn, er kennt sich aus«, und so öffneten wir das Fenster noch einmal. Der Wind wirbelte sofort alles in der Küche durcheinander. Ference drückte Betti die alte Schiebermütze in die Hand und kletterte fluchend und stöhnend mitsamt dem kaputten Bein durchs Fenster.

Leo und ich folgten ihm, es fühlte sich natürlich und notwendig an.

Leo stützte Ference links, und ich stützte ihn rechts, und so humpelten wir zu dritt durch den Kräutergarten, in dem der wilde Rosmarin im Sturm mit seinen Zweigen schlug wie … Rosmarin. Wir duckten uns vor dem peitschenden Regen, und ich dachte, dass es wirklich ungünstig wäre, in diesem Moment von einer Dachschindel erschlagen zu werden.

Bei der Birke blieben wir stehen. Tante Fee hing unglücklich und orange über uns, und ich bildete mir ein, sie maunzen zu hören.

»Linker Fuß nach vorne unten!«, rief Ference. »Da ist ein Ast! Rechten Arm nach links!«

»Nein!«, quietschte Tante Fee.
Der Wind schüttelte die Birke immer stärker, ihr Holz knarzte gefährlich.
»Ich bin hier raufgeklettert wegen der Flut!«, schrie Tante Fee. »Sämtliche Wasseradern unter dem Blaubeerhaus sind geplatzt, ganz sicher! Durch die Blitz-Energie! Das Wasser steigt schon, bestimmt! Bringt euch in Sicherheit!«
»Komm runter da!«, brüllte Ference. *»Jetzt!«*
Seine Stimme ließ, auch im Sturm, keine Widerrede zu.
Und da kam Tante Fee. Sie kletterte ganz vorsichtig, Fuß vor Fuß, die Birke hinunter, während Ference ihr zurief, wo sie die Füße hinsetzen musste, und endlich humpelten wir zu viert, klatschnass, durch die Kräuter zurück.
Die Birke zerbrach, als wir wieder in der Küche waren und das Fenster zugehakt hatten.
Sie zerbrach wie ein Streichholz.
Ference setzte die Schiebermütze wieder auf, wrang den Saum des grauen Hemdes aus und ließ sich auf die Eckbank fallen, das kaputte Bein seltsam von sich gestreckt, das Gesicht schmerzverzerrt.
»Woher hast du eigentlich dieses uralte Hemd und die Mütze?«, fragte ich, um ihn von den Schmerzen abzulenken.
»Dachboden«, sagte Ference knapp. »Nehme an, sie sind von Avi. Irgendwie mag ich das Zeug.«

Wir saßen dann lange zusammen in der Küche und spielten Karten, weil es nichts anderes zu tun gab. Und ich dachte, dass es war wie damals im Krieg, als die Erwachsenen so nervös gewesen waren, weil sie sich verstecken mussten. Ja, hier saß ich neben Leo, so wie Avi neben Lene gesessen hatte, und irgendwie war alles richtig so, auf eine komische Weise gehörten wir zusammen, und wir gehörten beide – alle – genau hierher, ins Blaubeerhaus, in diese Küche. Nur zu wem und wohin gehörte Ference?

Schließlich legte sich der Sturm doch, und die letzten Regentropfen versiegten.

»Irgendwie muss es doch weitergegangen sein«, sagte Leo leise, während er die Karten stapelte – so leise, dass es nur Ference und ich hörten. »Wir wissen doch gar nicht, was am Ende passiert ist. Mit Lene und Avi und allen. Das Tagebuch hat einfach aufgehört. Ich meine, wo sind sie alle geblieben? Die alte Rosel und Jakub und Esther und alle? Haben Samuel und Sarah weiter Musik gemacht? Haben sie irgendwann geheiratet? Hat Jente ihr Baby bekommen?«

»Ich wette, es gibt mehr alte Schulhefte«, antwortete Ference genauso leise. »Auf dem Dachboden. Oder sonst wo.«

Leo seufzte. »Auf dem Dachboden hab ich schon geguckt.«

»Wir müssten mal alle zusammen suchen«, sagte Ference. »So richtig genau. Dann würde man vielleicht auch rausfinden, wo ihr Versteck war, für den …«

In diesem Moment flackerte die Petroleumlampe, die auf dem Tisch stand, weil der Abend so wolkig und duster war. Dann erlosch sie, und Tante Betti stand auf, um nachzusehen, ob es in dem Kanister im Flur noch Petroleum gab.

Aber sie kam nicht zurück, sie rief uns alle in den Flur.
»Seht euch mal an, wer da kommt!«, rief sie, als wir bei ihr waren, und zeigte aus dem Fenster. Und in ihrer Stimme hing eine große Erleichterung.

Wir lösten das Seil und öffneten die Tür, und dann stolperten wir hinaus auf den nassen, durchweichten Vorplatz des Blaubeerhauses, von dem die Klematisranken herunterhingen wie eine zerregnete Frisur.
Aber es stand noch. Das Blaubeerhaus hatte den Sturm überlebt.
Den Weg entlang, durch den Wald, kam ein großes gelbes Fahrzeug. Es war nicht der VW-Bus, der stand natürlich immer noch dort, wo er stand, seit Ference oder der Marder die Schläuche zerstört hatten.
Es war der Wagen einer Autowerkstatt, der da durch die wassergefüllten Schlaglöcher holperte, und man sah schon von hier aus, wie das Auto und sein Fahrer gemeinsam fluchten.
Hinter seiner Windschutzscheibe saßen neben dem Werkstattmenschen der Riese und Luke. Luke hielt sein Smartphone in der Hand, das er wohl irgendwo aufgeladen hatte, und strahlte. Aber er sah nicht auf das Telefon, er sah nach draußen in die grüne Wildnis. Und jetzt sah er uns an und strahlte noch mehr.

13

Leo

Ja, und dann hielt das Auto, und Luke und der Riese sprangen heraus in eine große Pfütze. Und eine Menge Leute umarmten sich, und weil der Überblick verloren ging, wurde auch der Werkstattmensch mehrfach umarmt.
Luke schob seine Rastalocken beiseite, sodass man sein Grinsen noch mehr sah.
»Leo? Ich hab eben mit Lara gesimst«, flüsterte er. »Schöne Grüße soll ich dir sagen.«
»Wer ist Lara?«, fragte ich, weil ich das vorübergehend vergessen hatte.
»Na, die aus meiner Klasse«, sagte Luke. »Sie kommt her. In vier Tagen.«
»Sie … Wie bitte?« Ich starrte ihn an, und er wurde rot.
»Na ja … Ich hatte sie so ganz locker gefragt, was sie macht und ob sie nicht Lust hat … Und da hat sie gesagt, sie macht gar nichts und sie kommt.«
»Aber ich dachte, wenn der Bus repariert ist, fahren wir nach Hause?«, fragte ich.
Er schüttelte den Kopf. »Wir haben zwei Kisten Essen mitgebracht. Das sollte für eine Weile reichen. Es gibt

noch viel zu tun am Haus, sagt der Riese. Und wer ist … das?«

Er sah Ference an, der etwas verloren in der Haustür stand, sich am Rahmen festhielt und niemanden umarmt hatte.

»Das ist die Seele des Blaubeerhauses«, erklärte Tante Fee.

»Die Seele hat ein vielleicht gebrochenes und jedenfalls verstauchtes Bein und muss in die Klinik«, sagte Betti. »Es ist eine ziemlich lange Geschichte. Besser, wir gehen erst mal alle rein, und ich koche mehr Tee. Wir könnten eine kleine Krisensitzung abhalten …«

»Aber wir haben keine Krise«, sagte Imke, und da musste ich ihr recht geben. »Es gibt gar nichts zu besprechen.«

»Doch«, sagte Onkel Ben. Ich erschrak. Er klang sehr ernst.

»Doch«, wiederholte er und legte einen Arm um die Schultern des Riesen, was komisch aussah, weil er viel kleiner und schmaler ist als der Riese. »Wir sollten dringend darüber sprechen, was mit dem Blaubeerhaus passiert.«

Ich sah es an, das Blaubeerhaus, wie es so dastand mit seiner abblätternden blauen Farbe und den Dachziegeln, die davor im Gras herumlagen, und den abgerissenen Klematisranken, die wieder festgebunden werden mussten, und seinen schiefen Wänden und seiner uralten Tür, in der noch immer Ference lehnte, mit dreckigem Gesicht und Avis Mütze auf den roten Haaren.

Ich sah den Wald, der grün um das Haus herumschäumte, ich sah das Eichhörnchen über den Türrahmen turnen, und ich dachte an den Dachs im Klohäuschen und an die

Pumpe, wo man das Wasser mit dem Eimer holen musste, und an den Strom, den es nicht gab.
Und an all die Geheimnisse, die noch immer in den alten Wänden schliefen.
»Ihr meint, wir müssen darüber reden, an wen es verkauft wird«, sagte ich ganz leise und merkte, dass Imke neben mir stand und dass sie meine Hand drückte.
»Nein«, sagte Onkel Ben. »Ich glaube, darüber müssen wir nicht reden. Oder?«
Imke und ich sahen uns an.
Und ich dachte wieder daran, wie wir zusammen in der Küche gesessen und Karten gespielt hatten. Es hatte sich alles so richtig angefühlt.
»Du meinst … du meinst, wir …«, begann Imke ganz leise und vorsichtig.
»Behalten es?«, flüsterte ich.
Onkel Ben sah Betti an, und Betti sah Tante Fee an. Tante Fee zuckte die Schultern und nickte.
»Die Schwingungen sind doch alles in allem eher positiv«, murmelte sie. »Es kommt natürlich auf die Mondphase an …«
»Wir müssen ja nicht unbedingt ein Hotel aufmachen«, sagte Betti mit einem Blick zum Riesen.
Er drückte sie mit dem freien Arm an sich und nickte. »Nein, nur so für die Ferien … ist es doch auch ganz gut? Und Ference ist ja in der Nähe, sozusagen, um aufzupassen.«
Da stieß Imke einen Jubelschrei aus und fiel mir, tatsächlich, um den Hals.

Der kleine Mattis jedoch streckte seine Babyarme in Richtung Blaubeerhaus, genau wie an dem Tag, an dem er es zum ersten Mal gesehen hatte, und lachte sich wieder über irgendetwas kaputt, was keiner außer ihm verstand.

Teil 2
Die Schatzsucher

1

Leo

Eine Menge Geschichten enden damit, dass alle erleichtert sind, weil sie irgendwo ankommen.
Diese Geschichte beginnt damit, dass alle erleichtert waren, weil sie irgendwo ankamen.
In unserem Fall waren wir erleichtert, aus dem gelben VW-Bus zu krabbeln. Nach drei Stunden Schaukelei durch den Wald und alle Schlaglöcher des Sandweges spürte ich jeden Knochen in mir und noch ein paar, die vielleicht gar nicht da waren.
Aber als ich hinüber zum Haus ging und eine Hand auf seine kühle, blau gestrichene Wand legte, vergaß ich die Schaukelei. Es war, als durchströmte etwas meine Hand – als sandte mir das alte Haus eine Botschaft.
Da seid ihr also wieder, sagte es. Und immer noch auf der Jagd nach Geheimnissen, wie? Oh ja, ich hüte eine Menge Geheimnisse. Aber ich kann nicht versprechen, dass ich sie lüften werde. Das kommt ganz darauf an.
Ich trat zurück und sah an dem Haus empor, das so alt und geduldig und doch manchmal ein wenig störrisch war, und ich lächelte.

Das Blaubeerhaus.
Es hatte auf uns gewartet, den ganzen Herbst und den ganzen Winter durch. Jetzt war Frühling, überall im Wald explodierten die Knospen zu grünen Feuerwerken von Leben, und im Gras um das Blaubeerhaus herum wuchsen kleine violette Perlhyazinthen und blaue Scilla, die die alte Lene vor langer Zeit gepflanzt hatte. Die Blaubeeren an den Büschen würden erst im Herbst reif sein, und an den Klematisranken gab es noch keine Blüten. Doch ihre jungen hellgrünen Blätter umwoben das Haus, und von hinten, aus dem Garten, dufteten uns die wilden Kräuterbüsche entgegen. Und wir hatten wieder Ferien.
»So, Leo«, sagte Imke und legte ihre Hand neben meine auf die blaue Wand. »Jetzt geht wohl alles wieder los.«
Ich nickte. »Oder es geht weiter.«
Dann drehten wir uns um, und hinter uns stand Ference und drehte die uralte Schiebermütze in den Händen, irgendwie verlegen.
Wir hatten ihn im Dorf abgeholt, als wir durchgefahren waren. Seine Mutter hatte in der Tür gestanden und die Hand zu einem kleinen Winken erhoben, und sie war eine unglaublich dicke und unglückliche Frau gewesen. Sie hatte einen schlabberigen Pullover in Orange getragen und silberne Leggins, und eine Zigarette zwischen den Fingern und eine komische Dauerwelle. Irgendwie hatte sie ausgesehen wie eine verwelkte Topfpflanze. Oder vielleicht hatte sie einfach ausgesehen wie jemand, der einem Kind einen komischen englisch klingenden Namen wie Ference gibt.

Er hatte sich nicht nach der verwelkten Pflanze umgedreht, als er zu uns in den gelben VW-Bus geklettert war.
Wir hatten vorher telefoniert, damit diesmal alle Mütter und Großmütter wussten, wo Ference steckte. Das Bein, das er sich im letzten Sommer verstaucht hatte, war wieder heil, und er war ein ganzes Stück gewachsen. Gemeinerweise war er jetzt größer als ich – was leider kein Kunststück ist.
Es fühlte sich komisch an, Ference wiederzusehen.
Ich hatte den ganzen Winter an ihn gedacht; daran, wie er alleine im Blaubeerhaus gewohnt hatte und wie wir ihn gefunden hatten und wie er erst nicht gewollt hatte, dass wir da waren.
Jetzt setzte er die Schiebermütze auf seine braunroten Haare, ging um das Haus herum, wohin wir ihm folgten, und kletterte die Kastanie hinauf, um oben in einem der Fenster zu verschwinden. Offenbar war das Ference' Art, das Blaubeerhaus zu betreten.
Ich seufzte, und Imke seufzte auch, und wir sahen uns an und zuckten beide mit den Schultern.
Dann fingen wir an, unsere Sachen aus dem gelben VW-Bus zu holen.
Hinter uns tanzten Juni und Juli in rosa Kleidchen einen kleinen Begrüßungstanz für ihre Elfen. Sie behaupteten nämlich immer noch, es würden Elfen im Blaubeerhaus wohnen. Ganz ehrlich? Wenn ich die Elfen wäre, würde ich die Flügel in die Hand nehmen und mich davonmachen, wenn ich Juni und Juli ankommen sähe.

In meinem Zimmer saßen zwei Mäuse auf dem Fensterbrett. Ich fragte mich, ob es die gleichen Mäuse waren wie im letzten Sommer. Ich hatte die Anwesenheit von Mäusen in unserer Berliner Wohnung vermisst.

»Schön, dass ihr da seid!«, flüsterte ich, aber die Mäuse huschten weg und schlüpften unter den Schrank. Sie mussten sich wohl erst wieder an mich gewöhnen.

Ich setzte mich aufs Bett und sah mich um.

Ein paar Dinge waren anders im Blaubeerhaus, anders als im vergangenen Sommer.

Die Dielen waren abgeschliffen und neu lackiert. Es gab Tapeten mit dünnen blauen altmodischen Streifen drauf, die Betti umständlich auf dem Trödelmarkt ergattert hatte. Und die Betten besaßen jetzt richtige Matratzen.

Die Erwachsenen waren im Herbst nämlich ohne uns hier gewesen. Sie hatten gesagt, wenn wir mitkämen, würden zu viele Abenteuer erlebt werden; jemand würde verloren gehen oder einen verletzten Elefanten im Wald finden oder sonst was, und sie würden nicht dazu kommen, das Blaubeerhaus auf Vordermann zu bringen.

Wo sie doch im letzten Sommer beschlossen hatten, es zu behalten.

Ich stand auf und strich über die blau gestreifte Tapete. Sie löste sich an den Ecken schon wieder, und ich entdeckte einen Schimmelfleck in Form eines kleinen Monsters an

der Decke. Das Blaubeerhaus war einiges, aber auf Vordermann war es nicht.
Zum Glück.
Im Bad gab es noch immer kein fließend Wasser, woher auch, und der Spiegel über dem Waschtisch war so altersblind wie vorher. Mein Spiegelbild darin wirkte verschwommen, und wieder hatte ich das seltsame Gefühl, dass hinter mir etwas durchs Haus huschte. Keine Figur, auch kein Schatten – mehr eine Ahnung.
Das Geheimnis der alten Lene lag auf dem Blaubeerhaus wie ein unsichtbarer Schleier, und der ganze wilde Duft des Waldfrühlings, der durch die Fenster hereinwehte, machte es noch geheimnisvoller.

Imke

Hey. Hier ist Imke.
Wir waren also endlich wieder im Blaubeerhaus, und es war schön, hier zu sein, und es war schön, Leo zu sehen, was ich ihm natürlich nie gesagt hätte, sonst bildet er sich noch was darauf ein. Ich hatte den ganzen Herbst und Winter über an das Blaubeerhaus gedacht – und an das Rätsel, das es immer noch barg. Leo und ich hatten ein paarmal telefoniert, aber wir hatten dabei dieses Rätsel nie erwähnt. Als könnte es gefährlich sein, es zu erwähnen.
Und dann saßen wir also an jenem ersten Waldfrühlingstag

auf dem Bett in Ference' Zimmer, das früher das Zimmer der Lene Franzberger gewesen war.
»Ich meine, wir haben das nächste Tagebuch damals im Sommer überall gesucht«, sagte ich zu Ference, »nachdem wir dich in die Klinik gebracht hatten. Aber es ist nirgends.«
Leo nickte. »Auf dem Dachboden waren nur jede Menge zerfledderter Romane. Ich hab nicht mal die Kiste wiedergefunden, in der das erste Schulheft steckte ... Als hätte ich mir die ganze Kiste bloß eingebildet. Das kann doch nicht sein, oder?«
Ference drehte die Mütze in den Händen. »Die Matratze ist neu«, sagte er.
»Ja, schön, oder?«, sagte ich.
»Ich will die alte wieder«, murmelte Ference, stand auf und wischte sich durchs Gesicht, als wollte er die Sommersprossen abwischen. Beim letzten Mal war sein Gesicht so dreckig gewesen, dass man sie nicht richtig gesehen hatte, aber es waren viele. Viel mehr als bei mir. Wie er da vor uns stand, kam es mir vor, als leuchteten alle diese Sommersprossen wie kleine ärgerliche Feuer.
»Ich fürchte, die alten Matratzen haben die Erwachsenen ... entsorgt«, sagte ich vorsichtig.
Ference drehte sich um und sah aus dem Fenster, durch das der Baum hereinwuchs.
»Ich weiß gar nicht, ob es gut ist, dass ich hier bin«, sagte er nach einer Weile leise. »Es ist nicht mehr mein Haus. Ich überleg mal, wie lange ich bleibe.«
»Du kannst nicht einfach abhauen!«, rief Leo. »Du hast

nicht mal dein Fahrrad mit! Und wo willst du überhaupt hin?«

Ich griff in die Schublade des alten Schreibtisches und holte eine Handvoll Schachfiguren heraus – alles Bauern. Für Lene waren sie die Menschen im Blaubeerhaus gewesen, kleine, unschuldige Holzleute, die man vor dem Krieg zwischen den Großen und Mächtigen beschützen musste. Ich sah, dass auch Ference die Holzbauern anguckte.

»Wir sollten wirklich rausfinden, was vor siebzig Jahren hier genau passiert ist«, sagte ich. »Mit Lene und Avi und den anderen. Und wo sie den Schatz versteckt haben. Ich fand es ja krass, dass sogar die Frau in der Bäckerei im Dorf von dem Schatz erzählt hat, als wir da vorhin die Brötchen geholt haben. Obwohl sie ja gesagt hat, dass es nur ein Gerücht ist. Verdammt, Ference … irgendwo muss das Tagebuch von '45 doch sein.«

Ference zeigte auf den Stapel Hefte auf dem Schreibtisch. »Reichen euch die nicht?«

»Haben wir alle durchgeguckt«, sagte Leo. »Die sind geschrieben worden, als Lene schon erwachsen war. Sie hat wirklich bis zum Schluss geglaubt, sie wäre ein Kind und sie würde mit ihrem Freund Avi im Wald herumrennen. Es muss einen Grund dafür geben. Dafür, dass sie so komisch geworden ist. So … ich weiß nicht. Verwirrt.«

»Bei der ist einfach irgend 'ne Sicherung durchgebrannt«, sagte Ference und zuckte die Schultern. »Sagt mal, gehören die Väter da unten euch?«

Leo sprang vom Bett auf, und wir sahen zu dritt aus dem Fenster. Papa saß unten in einem Apfelbaum und schnitt

das dürre Holz heraus, und der Riese war dabei, es zwischen den Felsen im Kräutergarten aufzuschichten.
»Wir sollten ihnen erklären, dass man beim Bäumebeschneiden nicht auf abgestorbene Äste klettert«, sagte Ference.
In diesem Augenblick brach der Ast, und Papa fiel. Da der Riese unter dem Baum stand, fiel er auf ihn.
»Gehen wir runter«, meinte Leo, »bevor sie was Schlimmeres anstellen.«

Als es an diesem Maiabend dunkel wurde, saßen wir alle um das Feuer im Kräutergarten herum, das erstaunlicherweise brannte. Wobei, ganz so erstaunlich war es dann doch nicht, denn Ference hatte dem Riesen gezeigt, wie man das Holz schichten musste.
Tante Fee thronte auf einem der kleinen Felsen und meditierte. Diesmal hatte sie sich vier verschiedene Meditationskissen mitgebracht, eins für jede Mondphase oder so. Das, auf dem sie gerade saß, war giftgrün mit rosa Borte, was sich etwas mit Tante Fees zitronengelbem Seidenkleid biss, aber zum Glück wurde es ja minütlich dunkler.
Die Mütter fehlten in der Runde, weil Leos dummer Babybruder Mattis beschlossen hatte, Husten zu kriegen, und Tante Betti deshalb mit ihm zu Hause geblieben war.
Da hatte Mama gesagt, sie hätte auch noch was in Hamburg zu tun und käme mit Betti zusammen nach. Das war schade, denn ich hätte ihr gerne gezeigt, wie schön die Glutfunken in den Himmel hinaufregneten und wie der Wald um uns raunte und raschelte.

Selbst Leos großer Bruder Luke sah im roten Glutlicht schön aus, trotz der Rastalocken. Oder vielleicht hatte ich mich einfach an Luke und Leo und ihre Ökoschiene gewöhnt. Obwohl ihr Vater, der Riese, mit dem roten Haar und dem roten Bart immer noch eher wirkte wie ein Riese als wie ein Vater.

»Hört ihr, was da im Wald ruft?«, fragte er zwischen zwei Bissen von seiner Tofuwurst. »Das ist eine Große Waldohreule. Ich habe diesmal ein Buch mitgebracht, um die Vögel zu bestimmen.«

»Ich glaube, die Vögel bestimmen lieber über sich selber«, knurrte Ference.

»Vielleicht ist es auch eine *Kleine* Waldohreule«, murmelte der Riese. »Ich muss rausfinden, wie der Vogel heißt …«

»Soll ich dir sagen, wie? Der heißt Otto«, sagte Leo.

Und ich dachte, dass ich Leos seltsame Art von Humor vermisst hatte. Ference lachte, ganz leise, aber als ich zu ihm hinsah, tat er so, als wäre er es nicht gewesen.

2

Leo

Ich lag da und dachte an unsere allererste Nacht im Blaubeerhaus, und es schien Jahre her zu sein. Damals hatte ich mich gefragt, wie ich es mit Imke hier aushalten sollte, mit ihrem Sport-Tick und ihrem Großstadtgetue und allem. Und außerdem war mir richtig unheimlich gewesen. Jetzt war ich einfach rundherum glücklich. Ich hörte das Rascheln der Mäuse und die Trippelschritte der Käfer unter der Tapete oder wo auch immer sie steckten, und die Waldohreule Otto draußen im Wald und das Knarzen und das Ächzen des Blaubeerhauses, das mit seinen Balken ein Schlaflied sang, und ich war kein bisschen müde.
Schließlich ging ich nach unten, um dem Dachs im Kloverschlag Guten Tag zu sagen. Doch der Dachs war nicht zu Hause.
Ich pflückte eine Handvoll Kräuter und roch daran, und dann sah ich das Blaubeerhaus an, über dem ein schmaler weißer Sichelmond stand, als wäre es eine Moschee.
Auf dem Dach unter dem Sichelmond saß eine Gestalt.
Ich sagte mir, dass mir ja nicht unheimlich war, aber meine Hände zitterten trotzdem. Ganz langsam ging ich auf das

Haus zu. Die Gestalt saß neben dem bröckeligen Schornstein. Genau erkannte ich sie nicht, in jedem Fall hatte sie lange Haare.

»Lene?«, flüsterte ich. »Du bist doch da! Es war gar nicht immer Ference, den wir damals gesehen haben. Was machst du da oben?«

Mit fliegendem Herzen begann ich, an der Kastanie hinaufzuklettern, die hier an der Rückseite des Hauses in die Höhe führte. Damals hatte ich so den Dachboden entdeckt. Jetzt kletterte ich am Dachfirst vorbei, so hoch, bis ich zwischen den weiß blühenden Kastanienkerzen auf gleicher Höhe mit der Dachgestalt saß. Nur ein paar Meter trennten uns.

»Hey!«, rief ich leise, und die Gestalt erschrak und klammerte sich am Schornstein fest. Zwei Ziegel machten sich auf den Weg in die Tiefe und fielen unten ins dornige Kräutergebüsch.

»Leo?«, fragte die Gestalt. »Bist du das?«

»Denke schon«, antwortete ich. Und dann erkannte ich die Stimme.

»Was zum Teufel machst du auf der Kastanie, mitten in der Nacht?«, fragte Luke mit einem Anflug von Ärger.

»Was zum Teufel machst du auf dem Dachfirst, mitten in der Nacht?«, fragte ich zurück.

Luke hob die Hand, und ich sah etwas darin glänzen. Sein Telefon.

»Hier ist die einzige Stelle, an der man brauchbaren Empfang hat.«

Ich kletterte ein Stück hinunter, von der Kastanie aufs

Dach und dann zu Luke hinauf. Es war einfach, weil so viele Schindeln fehlten; man konnte die Füße in die Löcher stellen. Ein Glück, dass die Erwachsenen die Schindeln im Herbst nicht alle ersetzt hatten.

Schließlich saß ich neben meinem Bruder auf dem First.

»Wenn du willst, verrate ich dir ein Geheimnis«, flüsterte Luke.

»Hat man mit sechzehn noch Geheimnisse?«, fragte ich.

Luke lachte. »Gerade mit sechzehn hat man jede Menge Geheimnisse. Aber du darfst es keinem weitersagen.«

»Ich schwöre«, sagte ich und kreuzte die Finger hinter dem Rücken. Er wusste etwas über den Schatz, dachte ich.

»Kurz nach Weihnachten«, flüsterte Luke, »weißt du noch? Da bin ich doch Skifahren gegangen, mit den anderen aus meiner Klasse. Ein paar Tage.«

Ich nickte. »Und?«

»Und ... ich war nicht Skifahren. Ich war hier. Zusammen mit Lara. Wir sind ein Stück mit dem Zug gefahren und ein Stück per Anhalter, und dann sind wir durch den Wald gewandert, die ganze Tageswanderung. Wir haben vier Tage im Blaubeerhaus gewohnt. Es ... es war Laras Idee. Du weißt doch noch, wie sie uns besucht hat, letzten Sommer, nach all diesen Abenteuern ... Sie wollte unbedingt herkommen. Damals waren wir zusammen. Und Lara hat gesagt, im Frühjahr kommt sie wieder mit hierher.«

»Okay«, sagte ich enttäuscht, weil das ein blödes Geheimnis war. »Und habt ihr zufällig irgendwo eine Kiste mit alten Schulheften drin gefunden?«, fragte ich. »Welche, die jemand als Tagebücher benutzt hat?«

Luke lachte wieder.
»Nein. Das hätte ich dir sonst schon erzählt. Wir haben nur Feuer im Kamin gemacht und waren auf Imkes See Schlittschuhlaufen, und wir haben uns Schneeschuhe gebaut, die gar nicht funktionierten, und von Dosensuppen gelebt. Ich muss die ganze Zeit daran denken.«
»Ich wüsste wirklich gerne«, sagte ich, »wo diese Kiste steckt. Sie war da, denn das erste Schulheft war drin, und jemand hat sie weggenommen. Schon letzten Sommer.«
»Interessiert dich, warum Lara mit mir Schluss gemacht hat?«
»Hm, ja«, sagte ich, obwohl es mich kein bisschen interessierte.
»Mich auch«, sagte Luke und steckte das Telefon weg. »Ich weiß es nämlich nicht.«
Eine Weile saßen wir nur so nebeneinander auf dem Dach.
»Wie genau sah die Kiste aus?«, fragte Luke plötzlich.
»Na ja, es war eben so eine Kiste«, sagte ich. »Aus dicker Pappe. Es waren auch alte Bücher drin. Ich … bin nicht völlig sicher, dass die Hefte da sind … Ich glaube, ich habe sie gesehen, aber sicher bin ich nicht … Komisch ist nur, dass die ganze *Kiste* fehlt. Oder?«
»Komisch«, sagte Luke. »Weißt du, wo eine alte Pappkiste festgemacht ist? Sehr ordentlich, mit einem Seil? Hat mich im Winter schon gewundert.«
»Wie? Wo denn?«
»Unter dem Donnerbalken«, sagte Luke.
»Dem *was*?«

»Na, diesem Balken im Plumpsklo, auf den das Brett zum Sitzen geschraubt ist. Jemand hat ganz an der Seite eine Pappkiste druntergebunden. An der Stelle läuft der Balken schon unter den Brettern der Abdeckung lang, das Seil ist zwischen Brettern und Balken durchgefädelt, sodass man die Kiste von oben nicht gleich sieht. Man sieht sie nur, wenn man da länger sitzt und nachdenkt. So wie ich vorhin.«

»Die Kiste hängt sozusagen ... über der ganzen ... Scheiße?«

»Sozusagen«, sagte Luke.

Ich kletterte die Kastanie alleine wieder hinunter. Luke sagte, er müsste noch ein bisschen auf dem Dach sitzen bleiben und nachdenken. Vielleicht war dort die einzige Stelle, an der er eine brauchbare Verbindung zu seinen Gedanken hatte.

Unten im Garten raschelte es jetzt zwischen den Kräuterbüschen, und ich blieb stehen und lauschte einen Moment lang.

»Dachs?«, fragte ich dann. »Bist du das? Ich komme jetzt und krieche ins Klo und hole diese Kiste.«

Ich machte die Taschenlampe an, für die ich diesmal eine Menge Batterien mithatte, und leuchtete einen Weg bis zum Klohäuschen, und dabei trat ich beinahe auf etwas kleines Schwarzes. Es war nicht der Dachs, es war ein Igel, der mindestens genauso viel Lärm gemacht hatte. Vor ihm lagen die Reste eines Tofuwürstchens. Ich hatte nicht gewusst, dass Igel Tofuwürstchen essen. Der Igel vermutlich auch nicht.

Im Kloverschlag kniete ich mich hin und beugte mich über das Loch. Quer darüber führte der Balken mit dem Sitzbrett, und darunter glänzte es in der Tiefe feucht. Da war irgendeine Art von Kalk im Plumpsklo, den die Erwachsenen erneuert hatten und der den Geruch aufsaugen sollte, aber es stank trotzdem. Ich versuchte, um die Ecke zu leuchten. Und dann rutschte mir die Taschenlampe weg und fiel in den Kalk, um darin unterzugehen. Und auf einmal kam ich mir beobachtet vor. Beobachtet und ziemlich blöde.

Ich sah mich um, aber natürlich konnte ich nichts erkennen.

Schließlich tastete ich mit einer Hand den Donnerbalken entlang bis unter die Bretter.

Dort gab es die Reste eines Seils, mit dem vielleicht eine Kiste befestigt gewesen war, den ganzen Herbst und den ganzen Winter lang, bis vor ein paar Stunden. Jetzt war keine mehr da. Jemand hatte das Seil durchgeschnitten.

Falls es in diesem Tagebuch einen Hinweis auf den Schatz gab, dann gab es auch jemanden, der nicht wollte, dass wir ihn fanden.

Imke

Als wir alle am großen Tisch in der Küche frühstückten, tauchte das Eichhörnchen vom letzten Jahr auf. Ich hatte ihm extra getrocknete Ananasstückchen mitgebracht, und garantiert hatte das Eichhörnchen noch nie Trockenfrüchte aus einem Hamburger Feinkostladen gegessen. Es betrachtete sie von allen Seiten und klebte sie auf die Eckbank. Zum Glück hatte keiner der Erwachsenen die Eckbank durch eine neuere Bank ersetzt, Tante Betti hatte nur neue Kissen für sie genäht, auf denen Bonbons besonders gut hielten.

Leo und Luke sahen sehr unausgeschlafen aus, ihre langen Haare hingen noch wirrer an ihnen herunter als sonst.

Ference beäugte misstrauisch die Brötchen. »Vollkorn«, sagte der Riese. »Das hier ist Haselnussaufstrich, und das da, was aussieht wie Käse, das ist Käse...«

»Möchtest du Yogitee dazu?«, fragte Tante Fee und streckte einen in orangefarbenen Stoff gehüllten Arm über den Tisch.

»Nein da... danke«, stotterte Ference und zuckte zurück. »Habt ihr kein Toastbrot? Wenn ich alleine hier war, hab ich immer ganz viele Packungen Toast mitgenommen.«

»Mir war so, als wäre letzten Sommer Bettis Brot verschwunden, als jemand nichts mehr zu essen hatte«, sagte Luke beiläufig und goss sich Kaffee ein.

Da aß Ference mit Todesverachtung ein kahles Vollkornbrötchen und trank Wasser dazu, obwohl er zu Hause angeblich nur Cola trank. Und ich fragte mich, was es bei ihm zu Hause sonst so gab außer Cola und Toast, und dachte, dass es irgendwie logisch war, wie seine Mutter aussah.

Dann standen Juni und Juli auf, und damit war der Startschuss für den ersten Tag im Wald gefallen.

»Geht ihr zu eurem Sonnenhügel, mit den Elfen tanzen?«, fragte Papa.

»Nein«, flöteten Juni und Juli im Chor. »Wir suchen das Einhorn.«
»Das Einhorn? Welches Einhorn?«, fragte Papa verwirrt.
»Na das, was wir gestern Abend im Sonnenuntergang gesehen haben«, antwortete Juli.
Und damit flatterten sie davon.
Ference murmelte, er wollte ein bisschen alleine in seinem Wald sein, und Leo und ich warfen uns Blicke zu, weil es auch unser Wald war. Aber vielleicht musste man Ference am Anfang in Ruhe lassen. So wanderten wir zu zweit zu Lenes und Avis Baumhaus und danach zu meinem See, wo in der Tiefe die roten und blauen und grünen Edelsteine glänzten, die nur Glasscherben waren. Zum Baden war es noch zu kalt.
Am anderen Ufer spielten wieder die Hasen, genau an der Stelle, wo sie immer spielten.
Und die Singvogelmännchen plusterten sich in den Bäumen auf, dass man glauben konnte, sie würden bald platzen.
»Der Riese würde jetzt in seinem Buch nachgucken«, sagte Leo, »ob der Vogel da drüben Gartenrotschwanz oder Heckenbraunelle heißt. Aber ich sage dir, Imke, er heißt Gerlinde.«
Und wir lagen auf dem Felsen in der Frühlingssonne herum und aßen unsere Picknickbrote, und es war, als wären wir Teile eines altmodischen Abenteuerbuches, gar nicht echt.
»Wie war es eigentlich die ganze Zeit in Hamburg?«, fragte Leo.

»Na, groß und laut«, sagte ich. »Und in Berlin?«
»Na, dreckig und bunt«, sagte Leo. »Aber jetzt sind wir ja hier.«
»Ja, jetzt sind wir hier«, sagte ich.
Schließlich wanderten wir zurück und fanden in einer Bachbiegung eine Menge gelber Wasserlilien – und Ference.
Er sah uns nicht. Er kniete am anderen Ufer vor einem Ding aus Brettern, in das er Nägel hineinhämmerte, und pfiff leise vor sich hin. Dann haute er sich auf den Daumen und fluchte – mit ziemlich vielen krassen Wörtern, die ich noch nie gesagt hatte und von denen einige englisch waren und mit F begannen. Als er damit fertig war, schob er das Bretterding ins Wasser.
»Ein Boot«, flüsterte Leo. »Ein Floß.«
Ich nickte. Ference musste schon im letzten Jahr mit dem Floß begonnen haben, vermutlich hatte er es im Gebüsch versteckt. Er war wirklich gut darin, Dinge zu verstecken, einschließlich sich selbst. Jetzt kletterte er auf das Floß, das aussah wie eine längliche Kiste mit einem ziemlich zusammengestoppelten Rand. Er nahm einen langen geraden Stock und wollte wohl damit vorwärtsstaken. Aber der Stock blieb im Schlick stecken, und das Gefährt bekam Schlagseite und kippte.
Ich machte einen Satz nach vorne, gleichzeitig mit Leo.
Wir erwischten beide ein Stück Floß, da es noch nahe am Ufer war, und hielten es fest, und da kippte es doch nicht.
Ference starrte uns an.
»Vorsicht«, sagte Leo. »Das Wasser ist ziemlich kalt. Sollte man nicht reinfallen.«

»Nein«, sagte Ference. Und dann, zögernd: »Danke.«
»Du brauchst sowieso nicht zu staken«, meinte ich. »Die Strömung trägt dich. Schönes Floß.«
»War mal eine alte Tür«, sagte Ference. »Lag beim Blaubeerhaus rum, halb eingewachsen. Ich …« Er sah an uns vorbei, nahm die Mütze ab und drehte sie zwischen den Händen, wie immer, wenn er verlegen war.
»Wollt ihr mit drauf?«
»Wohin fährst du denn?«, fragte Leo.
»Eigentlich nirgendwohin«, sagte Ference. »Ich wollte nur sehen, ob es geht.«
Und es ging. Wenn man zu dritt sehr vorsichtig darauf saß und keine Äste in den Schlick steckte, ging es ziemlich gut.

So trieben wir auf Ference' Floß unter den überhängenden Ästen der Bäume dahin, den Bach entlang.
Einmal trafen wir eine Entenmutter mit lauter winzigen, puschelfedrigen, gelben Entchen, und einmal floh ein Kaninchen vor uns ins Ufergebüsch. Zwischen den Lilien, die den Bach säumten, surrten violette und blaue Libellen. Wir hatten noch zwei Brote übrig, die wir mit Ference teilten, und keiner von uns sagte etwas, für eine sehr, sehr lange Zeit.
Zweimal mussten wir das Tür-Floß aus dem Bach zerren und um einen Baumstamm herumschleifen, der übers Wasser gefallen war. Alleine hätte Ference das sowieso nicht geschafft.
»Ihr könnt also doch was außer Leute von Felsen schubsen, sodass sie sich die Knöchel verstauchen«, meinte Ference

schließlich. Dabei hatte ihn keiner geschubst im letzten Sommer, er war selbst gesprungen.
Ich sagte das nicht. Weil Ference noch etwas sagte. Er sagte: »Ich hab hier was. Gefunden. In so einer komischen Kiste mit alten Büchern. Ich glaube, ihr wolltet das haben. Vielleicht könnten wir es zusammen ... ich les sowieso nicht so gern allein lange Sachen.«
Er zog ein zusammengerolltes fleckiges Heft aus der Jackentasche. Als er es glatt strich, konnte man gerade noch erkennen, was außen daraufstand:
Tage- und Nachtbuch Lene Franzberger 1945.

3

Leo

»13. März 1945«, las ich halblaut. »Noch immer liegt Schnee.« Imke sog hörbar die Luft ein.
Und es war, als lauschte auch der Wald mit seinen überhängenden Zweigen den Worten, die ich las, während unser Floß weiter auf dem kühlen Frühlingsbach dahintrieb.

Noch immer liegt Schnee, doch an den Bäumen gibt es winzige grüne Knospen, und da ist etwas in der Luft wie ein Gefühl von Veränderung. Entweder geht alles zu Ende, oder alles wird gut.
Avi hustet nach wie vor, aber er hat kein Fieber mehr, und er geht jeden Tag im Haus hin und her, um wieder Kraft in den Beinen zu bekommen, die ganz dünn und blass geworden sind vom langen Liegen.
Und: Das Baby ist da!
Es ist gestern in der Nacht auf die Welt gekommen, in dem Zimmer, das früher das Schlafzimmer von Mama und Papa war. Mama hat gesagt, ein besseres Zimmer bekommt man nicht im Blaubeerhaus, und sie haben es sogar einigermaßen warm gekriegt.

Das Baby ist furchtbar hässlich, so ist das wohl am Anfang mit Babys.
Avis Vater war unten im Keller, als es kam, so wie den ganzen Winter durch.
Kein Mensch weiß, was er da tut, und manche sagen, er ist verrückt geworden von dem ewigen Eingesperrtsein.
Mama hat ihn geholt, und er war furchtbar dreckig und musste sich erst waschen. Dann hat er sein Baby angeguckt und gelächelt, und er hat ihm ein dünnes Silberarmband umgemacht. Ein Erbstück, hat er gesagt.
An dem Armband hängen eine winzige Silberente und eine genauso winzige Silberrassel.
Avis Mutter sieht furchtbar erschöpft aus von der Geburt, sie ist blass wie das Bettlaken.
Ach so, das Baby ist ein Mädchen. Es hat die Augen ganz kurz aufgemacht, um die Bewohner des Blaubeerhauses anzusehen, die sich um das Bett versammelt hatten.
Dann hat es die Augen wieder geschlossen, als wäre nun alles klar.
Da habe ich Avi angestoßen, und wir sind hinausgegangen.
»Wir sollten endlich nachsehen, was da unten im Keller los ist«, flüsterte ich. »Ich hab es schon versucht, aber dein Vater hat mich immer wieder raufgeschickt, bevor ich in die hinteren Räume gucken konnte. Was, denkst du, hat er den ganzen Winter da gemacht?«
»Ich weiß nicht«, sagte Avi. »Vielleicht wollte er nur allein mit sich sein.«
Aber hinuntergegangen sind wir doch, obwohl Avi auf der

Treppe dauernd stehen bleiben musste, um Luft zu holen.
Ich wollte, dass sich alles so anfühlt wie früher, wenn wir im Wald die Geheimnisse der Füchse und Dachse herausgefunden haben. Doch es war ganz anders. Vielleicht sind wir doch zu erwachsen geworden in diesem Winter.
Wenn der Schnee schmilzt, wird es für die Leute wieder einfacher, zum Blaubeerhaus durchzukommen, und obwohl ich nichts lieber will, als dass der Frühling kommt, werden wir dann wieder Angst haben müssen, dass jemand Avi und seine Familie entdeckt.
Die Kellertreppe werden sie nicht finden, wir hatten ja eine Menge Zeit, die Tür im Winter noch besser zu tarnen. Aber was, wenn sich nicht rechtzeitig alle verstecken können?
Falls es da draußen überhaupt noch Leute gibt, die suchen. Vielleicht ist der Krieg ja längst aus. Oder vielleicht sind alle verhungert, und es gibt keine Menschen mehr auf der Welt außer uns.

»Lies weiter«, sagte Ference.
»Geht nicht«, sagte ich. »Hier ist alles wieder verwischt. Der nächste Eintrag …« Ich blätterte weiter, aber bevor ich etwas Lesbares fand, lief ein Ruck durch das Floß, und ich sah auf. Irgendwie waren wir an eine Uferwurzel gestoßen, das bekam ich gerade noch mit. Dann kippte das Floß, und ich landete im Bach.
Imke schrie, und Ference fluchte. Doch unter Wasser, wo ich dann ankam, war es ziemlich still.
Und lausekalt.

Ich öffnete die Augen und sah eine Menge glitzernder Luftblasen um mich herum, Gold im durchsichtigen Blau, und ich fragte mich in der unendlich langen Schrecksekunde unter Wasser, ob Avi und Lene auch irgendwann in diesen Bach gefallen waren. Sie hatten immerhin fünf Jahre Zeit dazu gehabt … Da zog mich ein Arm aus dem Wasser, und dieser Arm gehörte Ference.
Kurze Zeit später saßen wir alle am Ufer, tropfend und zitternd.
»D… d… das Tage- und Nachtbuch«, sagte Imke und nieste. »Wir müssen es irgendwie trocken kriegen!«
Ich sah das triefende Schulheft in meiner Hand an. »Sieht so aus«, sagte ich.
Um uns herum fielen einzelne gelbe Sonnenstrahlen auf die Frühlingsknospen, und violette Libellen schwebten am Ufer des Bachs herum. Aber ich fühlte mich wie im Winter.
»Los, rennen wir, damit uns warm wird«, sagte Ference. »Zum Blaubeerhaus. Da gibt es Handtücher, oder?«
Und wir rannten.

Wer noch nie in eine Decke gewickelt im Blaubeerhaus vor dem Kamin gesessen hat, der weiß nicht, wie wunderbar das ist. Onkel Ben hatte uns Tee gemacht, während der Riese auf dem Dach saß und Ziegel auswechselte, und wir hatten uns Handtücher um die Haare gewickelt wie Turbane. So saßen wir zu dritt auf dem alten Sofa und sahen Lenes Tage- und Nachtbuch dabei zu, wie es auf dem Kamin trocknete. Ab und zu wendeten wir es, damit es von allen Seiten gleichmäßig gar wurde.

»Es *muss* noch leserlich sein«, murmelte Ference. »Es muss einfach. Sonst finden wir nie …« Er verstummte.
»Den Schatz«, sagte ich.
»Und den Keller«, sagte Imke. »Irgendwo ist ein Zugang zum Keller, und keiner ist bisher darüber gestolpert, ist das nicht verrückt?«
»Wer weiß, was das Blaubeerhaus noch alles besitzt«, meinte ich. »Einen geheimen Dachboden, einen geheimen Keller … vielleicht gibt es auch einen geheimen Swimmingpool und einen geheimen Flugplatz? Man muss nur gründlich suchen.«
Als ich das sagte, knarzte etwas, und wir hielten alle den Atem an. Es war, als wollte das Blaubeerhaus uns daran erinnern, dass es seine Entscheidung war, ob wir den Keller fanden oder nicht.
Ference nahm das Handtuch vom Kopf und setzte Avis alte graue Schiebermütze auf sein feuchtes rotes Haar. »Na los!«, flüsterte er. »Gehen wir suchen.«

Imke

An diesem Tag stellten wir das ganze Blaubeerhaus auf den Kopf. Wir krochen unter Betten, tasteten Wände ab und hoben die neuen Flickenteppiche hoch, die Leos Mutter im Herbst mitgebracht hatte. Unter keinem von ihnen fanden wir eine Geheimtür im Fußboden.

Nur unter dem Bett im Schlafzimmer des Riesen lag noch immer die schimmelige alte Decke, die niemand je weggeräumt hatte, auf den alten Kisten oder Kästen oder was, und wir schoben das alles beiseite, möglichst ohne es zu sehr anzufassen. Aber auch darunter gab es keine Tür.
Wir fanden nur eine Menge Wurmlöcher, und ich fragte mich, wie lange die Dielen noch halten würden und ob man nicht eines Tages ganz von selber in den Keller durchkrachte.
Im Wohnzimmerschrank lagerte nur altes Geschirr mit Blümchen, von dem Avi und Lene, Esther und Rose und all die anderen versteckten Leute wohl damals gegessen hatten. Es war eine komische Vorstellung. Aber zwischen dem Geschirr wohnte eine WG aus grünen, glänzenden Käfern, die mich fragend ansah, und da machte ich den Schrank lieber wieder zu. Unter dem Sofa entdeckte ich das Klo des Eichhörnchens.
Schließlich stand ich alleine im Flur, und es war ganz still und dumpf und staubig um mich. Ference und Leo lärmten in der Küche, keine Ahnung, vielleicht glaubten sie, sie könnten den Kellerzugang im Ofen finden.
Im Flur gab es ein paar Haken, an denen unsere Jacken und Mützen und Schals hingen. Ich holte tief Luft, schob die Sachen beiseite –
Und stand zwei kleinen Gestalten in altmodischen weißen Rüschennachthemden gegenüber.
Sie standen ganz still und starrten nur. Da schrie ich. Ja, leider, ich schrie wirklich.
Die Gestalten blinzelten. Auf dem Kopf hatten sie selt-

same Schlafhauben, und in den Händen hielten sie jeder eine weiße Kerze. Zum Glück brannten die Kerzen nicht.
»Hallo, Imke«, sagten sie jetzt im Chor. »Was machst du da eigentlich?«
»Was macht *ihr* denn da?«, fauchte ich.
Juli schob eine dunkle Haarsträhne unter ihre Schlafhaube. »Wir machen einen Zauber«, erklärte sie.
»Für das Einhorn«, fügte Juni hinzu.
»Prima Idee«, knurrte ich. »Wenn ich ein Einhorn wäre, würde ich sicherlich aus dem Wald kommen, wenn zwei verrückte kleine Kinder in Nachthemden hinter Mänteln herumstehen würden. *Ich* tue etwas Sinnvolles und suche den Keller. Es gibt nämlich einen.«
»Natürlich«, flöteten Juni und Juli gleichzeitig. »Die Tür ist unter der Treppe.«
»Wie?«
»Unter der Treppe, die raufführt. Ist doch klar«, sagte Juli. Damit schlüpften sie beide an mir vorbei, huschten in ihren weißen Nachthemden durch den Flur und waren fort.

Und dann standen wir zu dritt unter der Treppe – vor einer Bretterwand.
Bisher hatte ich gedacht, hinter der Wand wäre eine Art Verschlag, keine Ahnung, mit alten Möbeln oder so. Oder vielleicht hatte ich gar nicht so richtig über diesen Raum unter der Treppe nachgedacht.
An die Bretter gepinnt waren alte, vergilbte Zeichnungen von Pflanzen aus dem Wald.
Es gab keine Ritzen in der Wand. Keinen Tür-Umriss. Aber

als Leo seine Hände auf das Holz legte und schob und drückte, bewegte sich einfach die ganze Wand.

Die Bretterwand *war* die Tür.

Sie schwang mit einem Quietschen nach innen auf, und vor uns lag eine steile Treppe, die in ein unbekanntes Dunkel führte.

Leo holte eine Taschenlampe und ging voraus. Ference und ich stiegen ihm nach, hinunter in eine schimmelige Kühle, die so alt roch wie die ganze Welt. Ich merkte erst unten,

dass ich Ference' Hand hielt oder er meine, und da ließen wir beide los, weil es doch peinlich war, die Hand von jemandem zu halten, den man gar nicht richtig kennt.
Der Keller war feucht und besaß keinen Boden, oder na ja, einen Boden aus festgetretener Erde. Wir fanden zwei Kisten voll mumifizierter Kartoffeln und Regale mit Werkzeug und Besen und Spaten und Eimern und solchem Kram, alles museumsreif. Dazwischen gab es ungefähr drei Millionen Spinnennetze, dicht gewebt wie Tüllgardinen. Die Spinnen in den Netzen zitterten aufgeregt mit ihren schwarzen Leibern, als sie die Erschütterung unserer Schuhe spürten.
Ich dachte an meine Freundinnen in Hamburg, die geschrien hätten. Aber ich sagte mir, dass Spinnen nützliche Tiere waren und ich Leo und Ference nicht den Gefallen tun würde, sie eklig zu finden.
Über den Boden huschte eine Ratte. Für irgendwas sind Ratten sicher auch nützlich, obwohl ich nicht weiß, für was …
Wir wanderten langsam durch die Räume, und die Schatten, die das Taschenlampenlicht warf, tanzten um uns herum und machten alles sehr unübersichtlich. Wir befanden uns, dachte ich, in den Eingeweiden des Blaubeerhauses, ganz innen, ganz dicht an seinem Herzen. Beinahe hörte ich es schlagen. Oder waren das Schritte? Die Schritte von jemandem, der uns folgte und den wir nicht sahen?
»Stell dir vor, wie Avis Vater den ganzen eisigen Winter jeden Tag hier runtergestiegen ist«, flüsterte Leo. »Was hat er hier bloß gewollt?«

»Irgendetwas ist hier«, wisperte Ference. »Ich weiß nicht, was …«
In diesem Moment gab es einen ohrenbetäubenden Krach, und Avi nahm meine Hand. Nein, Entschuldigung, es war natürlich Ference.
»Raus hier!«, flüsterte er. »Los!«
Wir hasteten zurück zur Treppe, die Stufen hinauf – und standen wieder im Flur. Jemand fluchte draußen sehr unflätig, und auf einmal war es klar, dass der Krach von dort gekommen war. Die Haustür öffnete sich, und Juni und Juli flatterten herein.
»Wir brauchen Verbandszeug!«, flötete Juli. »Und vielleicht Schnaps, hat er gesagt!«
»Was ist passiert?«, fragte ich und packte sie jede an einer Schulter, diese verflixten kleinen Schwestern. »Was war das für ein Lärm?«
»Ach«, sagte Juli. »Der Riese hat doch neue Ziegel aufs Dach raufgemacht, weil die anderen runterfallen sind.«
»Ja«, sagte Juni mit einer besorgten Stirnfalte, wie eine sehr kleine alte Tante. »Und nun ist er selber runtergefallen.«

4

Leo

An diesem Abend lag der Riese mit einem Verband um den Fuß auf der Eckbank und versuchte, mit Betti zu telefonieren. Falls diesmal niemand die Autokabel annagen oder durchschneiden würde, konnte man die Handys ja an der Autobatterie aufladen. Leider wurde der Empfang durch die Autobatterie aber kein bisschen besser.

Luke und ich schälten Kartoffeln und hörten zu, wie unser erstaunlicher Vater abwechselnd über den Handyempfang und über sein Bein fluchte und wie er zwischendurch Betti erklärte, dass er keinen Arzt bräuchte und es nur ein paar blaue Flecken seien. Er wäre ja, sagte er, nicht Ference, der sich gleich ganze Knöchel verstauchte, wenn er irgendwo herunterfiel.

»Es liegen jetzt vier Ziegel mehr auf dem Dach«, sagte er. »Also hat es sich gelohnt … Was? Nein, keine Ziegen, wie kommst du darauf, dass Ziegen auf dem Dach liegen? Zie-gel … Wie? Ja, Mattis hätte sicher gelacht, und vielleicht ist es ein Glück, dass er nicht gesehen hat, wie sein Vater vom Dach gefallen ist … Was heißt hier NUR VIER ZIEGEL?«

»Lara hat eine SMS geschrieben«, sagte Luke. *»Grüße an das Haus.«* Er seufzte. »Mich hat sie nicht gegrüßt. Nur das Blaubeerhaus.«

Onkel Ben stand am Herd und versuchte, Pfannkuchen zu machen. Neben ihm stand sein Laptop, in dem er das Rezept nachsah. Aber die Verbindung war nicht schneller als die Nacktschnecken, die nachts ums Blaubeerhaus krochen, und Onkel Ben fluchte, weil der Teig immer klumpte, bis er weiterlesen konnte. Eigentlich war alles entspannter gewesen, als der ganze Elektrokram nicht ging.

Dann kam Imke in die Küche gepoltert und stellte einen Eimer Wasser neben den Herd, den sie an der Pumpe geholt hatte. Ference kam direkt nach ihr herein und legte vier kleine gesprenkelte Wachteleier von seinen privaten Geheimwachteln auf den Tisch.

Und da dachte ich, dass doch alles noch in Ordnung war, weil das Wasser und die Eier nie elektrisch sein würden.

Als ich später am Abend aus meinem Fenster sah, waren Juni und Juli aus ihrem Fenster in die Kastanie hinausgeklettert. Sie schaukelten in den Ästen und lachten, und das Spiegelmobile, das Ference gemacht hatte, schaukelte und glitzerte im Mondschein.

Tante Fee saß unten im Garten auf dem Dach des Plumpsklohäuschens und meditierte dort, und auf meinem Fensterbrett ging ein Hirschkäfer über das getrocknete Tagebuch.

Morgen, dachte ich, morgen lesen wir weiter. Morgen finden wir mehr heraus.

Und ich kroch ins Bett und träumte.

Ich träumte von Lene und Avi, die auf dem Dach des Blaubeerhauses saßen und die fehlenden Ziegel durch Tagebuchseiten ersetzten. Lene hielt das Baby im Arm, ich sah das silberne Armkettchen mit der Ente und der Rassel daran. Doch auf einmal dröhnte von ferne her ein seltsames Donnern und Knattern, und das Baby fing an zu weinen.
»Wir müssen uns verstecken«, flüsterte Avi.
Da sprossen aus dem Dach ringsum lauter Maiglöckchen. Die Maiglöckchen wurden so hoch, dass sie Lene und Avi und das Baby verbargen, ein Wald aus Riesenmaiglöckchen.
Nur ich konnte Lene und Avi im Traum noch sehen.
Sie hielten sich ganz fest im Arm, doch sie waren keine Kinder mehr.
Sie waren alt; uralte, faltige Leute, die auf einem Dach zwischen Maiglöckchen saßen.
Dann wachte ich auf und fragte mich, was das wohl zu bedeuten hatte.
Was man in der ersten Nacht unter einem fremden Dach träumt, sagt Betti, das wird wahr.

Der Morgen malte gelbes Licht vor die Fenster und auf die Dielen, und wir beschlossen, das Tagebuch draußen weiterzulesen. Keiner von uns hatte Lust, den Erwachsenen etwas zu erklären; wir hatten gesagt, wir hätten ein ganz gewöhnliches Schulheft auf dem Kamin getrocknet, und bisher hatten sie nicht nachgefragt.
Zuerst wollten wir in Lenes Baumhaus lesen, aber denkt

euch, wen wir da fanden – Juni und Juli. Sie hatten sich ein Fernglas von Onkel Ben geliehen und erklärten, sie würden das Einhorn beobachten.
»Das ist unser Baumhaus«, sagte Imke. »Runter hier.«
»Das ist überhaupt nicht euer Baumhaus«, sagte Juli mit verschränkten Armen. »Tralala. Die Musik in den Bäumen hat die alte Frau gemacht, die hier gewohnt hat.« Sie zeigte auf die Klang-Mobiles zwischen den Eichenblättern. »Und das Baumhaus auch. Aber sie ist tot, und also gehört es allen. Wir waren zuerst hier.«
»Tralala«, sagte Juni zufrieden.
»Lasst uns zu den Felsen gehen, wo vielleicht jetzt Maiglöckchen wachsen«, sagte ich. »Da, wo Ference sich im letzten Sommer den Knöchel verstaucht hat. Wir können einen Strauß für das Blaubeerhaus pflücken.«
Ference und Imke sahen mich komisch an.
»Strauß«, wiederholte Ference.
»Fängst du demnächst an, dekorative Gardinen zu häkeln?«, erkundigte sich Imke vorsichtig.
»Quatsch«, knurrte ich. »Aber ... wir haben die Gegend noch nie so richtig erforscht da.«
Ich konnte ihnen ja schlecht sagen, dass ich einen hellseherischen Traum gehabt hatte, oder?
Und dass ich glaubte, das Blaubeerhaus selbst hätte ihn mir geschickt.

Ference führte uns zu den Felsen, wir hätten vielleicht gar nicht mehr hingefunden allein.
Die Felsen türmten sich zu einem Hügel, er bestand quasi

nur aus Steinbrocken, und man konnte sich vorstellen, man wäre in einem richtigen Gebirge. Eine Weile kletterten wir darin herum und taten so, als wären es die Alpen oder der Kilimandscharo.

Und tatsächlich gab es auf dem Kilimandscharo Maiglöckchen.

Um die Felsen herum standen Buchen, und es war schattig, so was mögen Maiglöckchen. Einige der weiß-grünen Büschel wuchsen auch so zwischen den Felsen, wo keine Buchen mehr standen.

Schließlich setzten wir uns auf einen Felsen, der ganz bemoost war und weich wie ein grünes Sofa. Dann löste ich vorsichtig die zusammengeklebten Seiten des Schulheftes. Ich fand den letzten Eintrag, der immer noch ungefähr lesbar war.

Zum Glück war das Heft nicht zu lange im Wasser gewesen. Ference nahm es mir aus der Hand und blätterte ungeduldig weiter.

»Dieser Schatz«, sagte er leise. »Wir sollten ihn schnell finden. Die Leute im Dorf, die reden sich den Mund fusselig über den Schatz, seit ihr letztes Jahr aufgetaucht seid. Sie glauben, ihr würdet das Blaubeerhaus nur behalten, um ihn zu finden. Es ist verrückt, aber … ein paar haben schon angefangen, den Wald um das Haus abzusuchen. Im Herbst. Ich meine, ich hab ihnen gesagt, es gibt keinen Schatz, aber mir glauben die Leute im Dorf nichts. Sie … zerreißen sich gern das Maul über uns. Wegen meinem Vater und allem.« Er schwieg einen Moment und schien an die Leute im Dorf zu denken. »Und manchmal«, sagte er schließlich.

»Manchmal ist da jetzt so ein Rascheln. Als wäre jemand in der Nähe. Jemand, der auch sucht.«
»Jemand, der uns folgt«, flüsterte Imke und schauderte. »Weil er weiß, dass wir das Tagebuch haben.«
»Von dem Tagebuch weiß eigentlich niemand«, murmelte Ference. »Glaube ich …«
Da zog ich die anderen in eine Lücke zwischen den Felsen, und wir legten uns so hin, dass Maiglöckchen und Gras uns verbargen.
»Da!«, wisperte ich. »Da ist der nächste leserliche Eintrag.«
»Lass mich mal lesen«, wisperte Imke.

21. März 1945
Es geht Avis Mutter noch immer nicht besser, sie ist furchtbar schwach. Die alte Rosel und Sarah helfen ihr abwechselnd, das Baby an die Brust zu legen, damit es trinken kann, aber vielleicht müssen wir bald die Milch von unserer letzten Ziege nehmen und mit Wasser verdünnen.
Avi hat wieder zu viele Schatten unter den Augen. Und sein Vater verbringt die Hälfte der Zeit im Keller und die andere Hälfte neben dem Bett seiner Frau. Ich glaube, er schläft überhaupt nicht.
Aber der Schnee schmilzt jetzt rasch, und der Frühling bricht mit aller Macht hervor. Ich habe mir gestern das Baby in einem Tuch auf den Bauch gebunden, und Avi und ich sind lange durch den Wald gewandert, ohne ein Wort zu reden. Wobei wir dauernd Pausen machen

mussten, weil Avi leider immer noch nicht ganz gesund ist. Wir haben uns nasse Füße geholt und alle unsere Orte besucht – den See und den Bach und das Baumhaus, aber wir sind nicht hinaufgestiegen mit dem Baby. Wenn Frieden ist, möchte ich da oben sitzen und glücklich sein.
Mit Avi.
Am Ende haben wir uns die Äcker angesehen, die bald bearbeitet werden müssen, diese drei kleinen Stücke Erde, die uns alle so lange ernährt haben. Irgendwann später, in tausend Jahren, werden es nur noch Lichtungen sein, und keiner wird wissen, dass es je Leute gab, die sich im Blaubeerhaus versteckt haben.
Oder dass zwei davon in einem Keller eines Abends etwas Erstaunliches gefunden haben.
Nämlich wissen wir jetzt, was Avis Vater tut.
Er gräbt.
Wir sind ihm nachgeschlichen, als alle anderen schliefen, und da war im hintersten der kleinen Kellerräume ein Regal von der Wand gerückt. Hinter dem Regal gähnt ein schwarzes Loch. Es ist so schwarz wie die Mitte der Mitte der Nacht, und wir sind nicht hineingegangen, aber wir haben ihn in der Tiefe gehört, er hat gemurmelt und gekeucht, und da war etwas wie das Geräusch einer Schaufel, die durch Erde kratzt.
Gräbt er etwas aus? Gräbt er etwas ein? Wir werden nachsehen, sobald wir können, ohne dass jemand etwas merkt.

23. März 1945
Avis Mutter macht die Augen nicht auf. Mama hat versucht, ihr Suppe einzuflößen, aber es geht nicht mehr. Das Fieber ist stärker geworden. Wir machen Wadenwickel und Brustwickel. Das Baby will die verdünnte Ziegenmilch nicht trinken, und wir schaukeln es abwechselnd und hören ihm beim Weinen zu. Jakub ist losgegangen, um zu sehen, was im Dorf passiert. Er sagt, er will einen Arzt holen. Mama hat gesagt, er soll vorsichtig sein und dass es nicht gut ist, wenn er da auftaucht und mit den Leuten spricht, und Sarah hat gesagt, er wäre vollkommen verrückt, aber Samuel meinte, sie sollte den Mund halten, und dann hat er sich bei ihr entschuldigt, weil man so etwas nicht sagt.

26. März 1945
Jakub ist zurück. Er hat keinen Arzt mitgebracht. Es gibt keinen Arzt mehr im Dorf. Es gibt nichts mehr. Er sagt, es ist immer noch Krieg, aber es heißt, die Deutschen seien auf dem Rückzug und die Russen kämen immer näher. Eine Menge Leute haben den Winter nicht überlebt. Das Gutshaus ist noch immer voller Soldaten, sie haben jetzt auch ganz junge dabei, sagt Jakub, solche, die fast noch Kinder sind.
Er hat nur im Verborgenen gelauscht und mit keinem geredet. Ich hoffe, es hat ihn wirklich niemand gesehen. Und ich hoffe, niemand ist ihm gefolgt.
Das Baby hat wohl eingesehen, dass es außer Ziegenmilch

mit Wasser nichts kriegen wird, denn jetzt trinkt es sie. Gott sei Dank.
Heute sind wir zum Sonnenhügel gegangen, wo wir früher gespielt haben, dass Elfen dort wohnen. Wir haben immer darüber gesprochen, dass wir unseren Schatz an einem Elfenort verstecken wollten. Aber es gibt keine Elfen mehr. Sie sind alle verhungert.

Als ich das Schulheft zuschlug, war es lange still.
»Imke? Geht es nicht weiter?«, fragte Ference schließlich.
»Doch, irgendwo sicher«, sagte ich. »Aber die Stelle finden wir später. Vielleicht will ich das Ende gar nicht wissen.«
»Die alte Lene hat den Krieg jedenfalls überlebt«, sagte Leo.
»Wir sollten das Loch in der Kellerwand finden«, meinte Ference nachdenklich. Dann verstummte er und presste sich flach an die Erde. Ich lauschte. Irgendwo im Wald raschelte es. Aber es raschelte immer irgendwo im Wald. Wenn ich ehrlich war, glaubte ich nicht an feindliche Schatzsucher. Vermutlich war das Rascheln ein Igel oder eine Amsel.
Aber Ference kroch rückwärts, tiefer in die Spalte zwischen den Felsen hinein.
Und dann machte er plötzlich ein komisches Gesicht und verschwand mit den Beinen in der Erde zwischen den Maiglöckchen.
»Da ist … ein Loch«, stellte er fest. »Es geht hier nach unten. Wartet mal.«

Jetzt guckte nur noch sein Kopf aus dem Spalt. Er grinste – und tauchte ganz ab.
Leo und ich krochen an das Loch heran, und da unten stand Ference, ungefähr einen Meter unter uns. »Eine Höhle«, sagte er, und seine Stimme klang komisch, weil sie an den Felswänden widerhallte. »Eine richtige Höhle. Kommt ihr?«
Natürlich kamen wir. Man musste sich oben festhalten und sich dann die letzten eineinhalb Meter weit fallen lassen, es war ein bisschen komisch.
Und eine Sache fiel mir erst unten ein.
»Wie … kommen wir eigentlich wieder da rauf?«, fragte ich. Der Eingang zur Höhle befand sich ja sozusagen *in ihrer Decke.*
»Es gibt bestimmt irgendeinen anderen Ausweg«, sagte Leo. Seine spitze Mausenase zuckte nervös. Ich sah mich

nach anderen Auswegen um. Die Höhle hatte einen unebenen erdigen Boden, aus dem hier und da Felsen ragten, viel mehr sah ich nicht im grünen Licht, das von oben durch die Maiglöckchen fiel.
»Kommt mal rüber hier!«, rief Ference von der anderen Seite der Höhle.
»Rüber hier!«, rief das Echo. »Rüber hier!« Aber dann verhedderte es sich und rief »Rüben hier« und dann nur noch »Rüben iii!«, und ich dachte an Lene, die nach dem letzten Winter keine Steckrüben mehr sehen konnte.
Ich dachte auch wieder an den Schatz, den man zwar nicht essen, aber finden konnte, und ich fragte mich zum wiederholten Mal, was der Schatz war – außer einer Menge Geschirr aus Avis Gutshaus.
Als wir bei Ference waren, zeigte er nach vorne. Dort verengte sich die Höhle, und zwischen zwei riesigen Felsen führte eine weitere Spalte in den Berg hinein. »Vielleicht kommt man dadurch raus?«, flüsterte Leo.
»Vielleicht bleibt man auch stecken«, sagte Ference. »Es käme auf einen Versuch an.«
Er klang weniger ängstlich als einfach nur aufgeregt. »Und vielleicht«, fügte er wispernd hinzu, »findet man etwas dort, das man schon lange sucht …«
Er tauchte als Erster ins absolute Dunkel der Felsspalte. Und einen Moment lang durchzuckte es mich wie ein Schmerz, weil ich ziemlich sicher war, dass wir nichts finden würden. Ich meine, ich wollte es glauben, weil es so ein wunderbares Spiel war, aber für Ference war es ernst. Es muss ziemlich bescheuert sein, wenn man kein Geld hat

und eine unglückliche Mutter und einen Vater im Gefängnis. Und wenn einen alle schräg angucken im Dorf.
Während ich mich hinter Ference und Leo durchs Dunkel vorwärtstastete, dachte ich an Avis Mutter und fragte mich, ob sie damals im Frühjahr '45 gestorben war.
Ich dachte auch an meine eigene Mutter. Die sollte bloß machen, dass sie nachkam ins Blaubeerhaus. Mit Müttern ist immer irgendwie alles einfacher.
Zweimal hörte ich in dem Felsengang etwas hinter mir, obwohl Leo und Ference vor mir waren. Es war ein Geräusch wie von kleinen Steinen, die irgendwo herunterfallen oder weggekickt werden. Wahrscheinlich, sagte ich mir, war es nur das Echo, das die Geräusche an die falschen Stellen lenkte.
»Eine Taschenlampe wär 'ne feine Sache«, flüsterte Leo. »Hier kann man nichts finden, hier sieht man ja nichts.«
»Es wäre auch ziemlich blöd, sich zu verirren«, sagte ich. »Nimm an, dieser Gang hat eine Gabelung, aber wir merken es nicht, weil es so dunkel ist …«
»Und dann verhungern wir hier, und sie finden später unsere bleichen Knochen«, sagte Ference. »Das hättest du wohl gern? Tut mir leid, ich muss dich enttäuschen. Da vorne geht es raus.«
Da sah auch ich den hellen Fleck vor uns, und kurz darauf quetschten wir uns ans Tageslicht. Wir waren ein ganzes Stück weit weg von dort, wo wir in den Berg hineingeklettert waren. Hier wucherte oben auf den Felsen dorniges Brombeergestrüpp.
»Wo kommt man eigentlich hin, wenn man über diesen

Hügel rüberklettert?«, fragte Leo, der sehr erleichtert aussah darüber, dass wir uns nicht verirrt hatten.
»Nirgendwohin«, antwortete Ference. »Da wachsen nur noch mehr Brombeeren, da kommst du nicht durch. Alles voll mit Dornen, wie Stacheldraht. Auf der anderen Seite vom Haus ist der Wald besser.«
Er trat gegen einen Stein, fluchte und hielt sich den Fuß.
»So ein Reinfall!«, knurrte er. »Da findet man einen richtigen Gang in einem Berg, und wo führt er hin? Wieder raus.«
Ich lachte, aber Ference warf mir einen bitterbösen Blick zu.
»Es ist doch ganz einfach«, sagte ich schnell. »Wir gehen zurück zum Blaubeerhaus und in den Keller, und da finden wir die aufgegrabene Wand hinter dem Regal, und da liegt dein Schatz, wetten? Du brauchst keinen Felsengang.«

Aber natürlich fanden wir im Keller keine aufgegrabene Wand, obwohl wir alle Regale beiseiteschoben. Die Wand war überall heil. Entweder hatte Lene sich in ihrem Tage- und Nachtbuch auch manchmal etwas ausgedacht, oder das Loch war nach dem Krieg wieder zugemauert worden.
Wir kamen zu spät zum Abendessen an diesem Tag, erschöpft und durchgefroren, weil es im Keller etwas ungeheizt war, und Ference war wieder so schmutzig wie damals, als wir ihn gefunden hatten.
Im Garten saßen der Riese, Onkel Ben und Luke am Feuer. Der Fuß des Riesen schien wieder heil zu sein, er hatte den Verband abgemacht. Die Maidunkelheit brach schon he-

rein, und wir wärmten unsere Hände an den Flammen. Die Gesichter der anderen strahlten im roten Feuerschein, sie sahen aus, als hätten sie einen richtig guten Tag gehabt.
»Ich habe im Wald eine Riesenschaukel aufgehängt«, sagte der Riese und zeigte hinter die Birke. »Da ist ein prima Baum mit einem ganz hohen Ast. Juni und Juli sind schon geschaukelt.«
»Papa auch«, sagten Juni und Juli im Chor. »Nur ist er leider von der Schaukel gefallen.«
»Lara hat noch eine SMS geschrieben«, sagte Luke mit verklärtem Gesicht und sah in die Flammen.
»Und ich habe begonnen, einen kleinen Feng-Shui-Garten anzulegen«, erklärte Tante Fee stolz. »Da hinten, neben dem braungelben Felsen.«
»Ich seh nur kleine weiße Steine«, sagte Leo.
»Ja«, sagte Tante Fee glücklich. »Das *ist* der Feng-Shui-Garten.«
»Schön, dass es euch allen gut geht«, sagte Ference grimmig und stand auf. »Ich glaub, ich geh noch ein bisschen spazieren.«

5

Leo

Drei Tage lang lief Ference herum und war knurrig.
Wir lasen nicht weiter in Lenes Tagebuch, denn Ference sagte, man könnte ja sehen, dass keine Karte darin wäre, und wir sollten lieber die Karte suchen. Imke wollte sowieso nicht so recht weiterlesen, weil sie Angst hatte, dass irgendjemand sterben würde, und da wollte ich alleine auch nicht weiterlesen. Vielleicht war es besser, sich auszudenken, dass alle überlebten.
Wir suchten also die Karte, von der Lene schon im ersten Schulheft geschrieben hatte, aber weder in den Kisten auf dem Dachboden noch in Lenes Zimmer fanden wir sie. Nicht einmal in der Kiste, die mysteriöserweise wieder aus dem Kloverschlag aufgetaucht war und in Ference' Zimmer stand.
Der Mai war sonnig und windig und wurde jeden Tag wärmer. Wir angelten an Imkes See einen ganz kleinen hässlichen Fisch und warfen ihn zurück ins Wasser, weil man, wenn man schon so hässlich auf die Welt kommt, nicht auch noch verfrüht sterben sollte.
Wir legten uns auf den Sonnenhügel und beobachteten die

Wolken, und wir schafften es, Juni und Juli aus dem Baumhaus zu verjagen, indem wir ihnen erzählten, wir hätten ihr Einhorn an einer ganz anderen Stelle des Waldes gesehen (tralala).
Wir fütterten das halbzahme Eichhörnchen mit Studentenfutter, obwohl es ganz sicher nicht studierte, und wir taten lauter eigentlich lustige Dinge, während Onkel Ben und der Riese und Luke das Haus weiter reparierten und dabei von Leitern fielen oder sich mit dem Hammer auf den Daumen hauten. Es war schön, all diese Dinge zu tun, vor allem mit Imke.
Nur Ference blieb knurrig.
Und deshalb setzte ich mich am Abend des dritten Tages aufs Dach und telefonierte mit Betti. Es gab unten gerade keinen Empfang, das war immer anders, das Blaubeerhaus machte das, wie es wollte. Auf dem Dach ging es aber meistens ganz gut.
Ich kletterte also an der Kastanie hinauf, durch die weißen Blütenkerzen, krabbelte auf den Dachfirst und lehnte mich mit dem Rücken gegen den Schornstein. Unter mir lag der dunkle Wald, und über mir hingen die Sterne.
Es war schön, Bettis Stimme am Telefon zu hören. Ein bisschen heimweh-schön. Sie sagte, Mattis ginge es besser, er würde nicht mehr so viel husten.
»Kommst du denn bald?«, fragte ich. »Wir haben nämlich ein Problem.«
»Was denn?«, fragte Betti, und ich hörte Mattis im Hintergrund glucksen.
»Na ja, ich darf dir das nicht erzählen, von den anderen

aus«, sagte ich. »Aber es geht ... um einen Schatz. Der nicht da ist. Weshalb er nur noch herumläuft und ein unglückliches Gesicht macht.«

»Der Schatz?«, fragte Betti.

»Nein!«, sagte ich und lachte.

»Dann Luke? Ist der Schatz ... diese Lara? Die mit ihm Schluss gemacht hat?«

»Quatsch«, sagte ich. »Es geht nicht um Mädchen und solchen Kram! Es geht um einen *richtigen* Schatz. Ference sucht ihn schon ziemlich lange, und er braucht ihn, weil doch sein Vater im Gefängnis ist, und die Mutter hättest du mal sehen sollen! Irgendwie ist mit Geld wohl alles einfacher. Lene und Avi, die hatten damals wertvolle Sachen, aber zu essen hatten sie nur Steckrüben, was auch nicht besser war. Und sie haben diesen Schatz vergraben, und das Baby überlebt vielleicht die Ziegenmilch nicht ...«

»Moment, Moment«, sagte Betti. »Jetzt mal der Reihe nach. Mattis, sei mal still, Leo muss mir was Wichtiges erzählen.«

Da erzählte ich ihr all das Wichtige, was wir bisher im Geheimen im Blaubeerhaus erlebt hatten, und auch, was Avi und Lene erlebt hatten, und Betti hörte die ganze Zeit zu und sagte nur ab und zu »Hm«, und am Ende erklärte sie, darüber müsse sie nachdenken. Und dass das eine ganz schön wilde Geschichte sei. Aber sie glaubte mir, das konnte ich hören. Es ist wichtig, dass Mütter einem glauben; wenn sie das nicht tun, kann man sie quasi wegwerfen.

Eine Viertelstunde saß ich auf dem Dach unter den Sternen

und wartete darauf, dass Betti nachgedacht hatte und Mattis endlich schlief.
Dann rief sie wieder an. »Also, ich finde, ihr solltet in diesem Heft weiterlesen«, sagte sie. »Es ist immer besser, Bescheid zu wissen, auch wenn es etwas Schlimmes ist. Sonst stellt man sich etwas noch Schlimmeres vor. Und … du hast doch von diesem Berg geredet. Ich würde da mal eine Taschenlampe mit hinnehmen.«
»Hat Ference schon gemacht. Gleich am nächsten Tag.«
»Dann muss er noch mal hingehen. Ich bin mir sicher, dass da ein Schatz liegt.«
Ich fragte mich, wie sie sich so sicher sein konnte, aber ich versprach, dass wir noch einmal nachsehen würden.
»Wenn nun der Schatz nichts sooo Großes ist«, sagte Betti zögernd. »Meinst du, Ference wäre trotzdem zufrieden?«
»Na, besser ein kleiner Schatz als gar kein Schatz«, sagte ich.
»Ja«, sagte Betti. »Aber geht heute Nacht nicht mehr los, Schätze suchen, ja? Morgen bei Tag reicht auch. Kannst du mir noch mal den Riesen geben?«
»Nee«, sagte ich, »den krieg ich so schnell nicht aufs Dach rauf. Ich sag ihm, dass er in die Kastanie klettern und dich anrufen soll, wenn er damit fertig ist, in seinem Buch den kleinen braunen Vogel zu suchen, den er heute gesehen hat. Er glaubt, der hieße Waldgrauschwänzling, aber ich weiß zufällig, dass er Doris Müller heißt.«
Betti lachte, und wir legten auf.
Ich konnte ja nicht wissen, dass es ein schwerwiegender

Fehler gewesen war, ihr die Wahrheit zu sagen. Das erfuhr ich erst sehr viel später.

In dieser Nacht sah ich nur den Dachs durch den Garten gehen. Ich sah auch die Schaukel an dem hohen Ast, dort, wo hinter der Gartenbirke nächtlich blau der Wald begann. Und ich sah, dass jemand auf der Schaukel *saß*.

Da kletterte ich hinunter und schlich mich hin. Und der dort saß, war Ference. Er schaukelte langsam hin und her, er sah mich nicht, und sein Gesicht war sehr nachdenklich.

Um mich wisperte die Nacht, als ich zurück zum Blaubeerhaus ging, und ich fragte mich, ob irgendwo in dem Gewisper auch das Geräusch von fremden Schritten war, die in der Nähe durchs Unterholz schlichen. Nein, sagte ich mir, vermutlich waren es die Schritte von Ference, der endlich auch nach Hause ging.

Beim Frühstück hatte ich ein schlechtes Gewissen wegen Betti. Aber ich würde Imke nicht sagen, dass ich ihr etwas verraten hatte.

Zur Abwechslung stand Luke am Herd und machte Pfannkuchen, und ich muss sagen, er machte das ziemlich gut, auch wenn sie beim Werfen leider neben die Pfanne fielen. Imke stellte sich nach den ersten beiden Fußbodenpfannkuchen neben ihn und fing sie mit einem Teller auf.

Der Tisch war schon gedeckt. Es war wirklich ein Glück, dass wir diesmal genug zu essen für eine Ewigkeit mitgenommen hatten. Seit wir den Keller entdeckt hatten, lagerten die Sachen sogar kühl – oder jedenfalls konnten die Mäuse sie dort viel ungestörter sortieren.

Wir aßen also Pfannkuchen mit Schokoladenaufstrich und Käse oder mit Schnittlauch und Marmelade oder mit Heringssalat und Honig, was wir durften, weil keine Mütter anwesend waren. Beim dritten Pfannkuchen fragte Imke: »Wo ist eigentlich Ference?«

»Schläft noch«, sagte Tante Fee. »Ich hab vorhin im Dachzimmer geguckt, da lag er ganz still in seinem Bett. Ich sag's ja, da läuft eine Wasserader drunter, da ist es klar, wenn man verschläft, wir sollten das Bett umstellen.«

Imke und ich sahen uns an, und ich sah in Imkes Augen, dass sie das Gleiche dachte wie ich. Wir verfütterten den Rest der Pfannkuchen an die Vögel auf dem Fensterbrett und stiegen die ausgetretenen Stufen hinauf bis zum Dachboden.

In Lenes altem Zimmer zeichnete sich Ference' regloser Körper deutlich unter der Bettdecke ab. Imke schüttelte den Kopf, ging hin und zog die Decke beiseite.

»Dachte ich mir irgendwie«, murmelte sie.

Denn im Bett lag kein Ference, nur eine zu einer langen Wurst gerollte Wolldecke.

»Wo ist er?«, fragte Imke.

»Nach Hause gegangen, weil ihn alles nervt?«, vermutete ich.

Irgendwie glaubte ich das aber nicht. Das Blaubeerhaus, hatte der Riese mal gesagt, war wie ein Bermudadreieck, in dem dauernd Leute verschwanden. Bisher waren sie alle wieder aufgetaucht. Bisher.

Imke

Wir warteten den halben Tag darauf, dass Ference von selbst zurückkäme wie ein zahmer Fuchs. Ich war mir gar nicht so sicher, wie zahm Ference eigentlich war.
Leo sagte, er hätte ihn nachts auf der Schaukel im Wald gesehen, aber tags war er dort nicht.
Die Schaukel war Wahnsinn. An ihrem Ende hing ein dicker Ast, den musste man zwischen die Beine klemmen und losschwingen, und um Schwung zu bekommen, kletterte man am besten auf einen kleinen Felsen, der da im Weg herumlag. Erst traute ich mich beinahe nicht, mit von dem Felsen hinunterzuschwingen. Aber dann doch.
Es kitzelte im Bauch, wenn man an der Schaukel hin- und herschwang, weit, weit hinauf und hinunter, und ich dachte, dass Lene und Avi das hätten ausprobieren sollen.
Aber Ference kam auch nicht wieder, davon, dass wir schaukelten.
Schließlich kam Luke zu uns und meinte, er hätte die Schnauze voll davon, Wände auszubessern, und wir würden den Weg entlangfahren und sehen, ob wir Ference fänden. Weil es ja nur diesen einen Weg gab.
»Bis zum Dorf wandert der mindestens einen Tag. Eher zwei«, sagte Luke. »Hopst rein in das gelbe U-Boot.«
Das gelbe U-Boot war natürlich der VW-Bus.
»Du kannst doch gar nicht Auto fahren«, sagte Leo.
»Natürlich kann ich, ich bin sechzehn, vergessen?«, sagte Luke und grinste.

Dann stülpte er eine Wollmütze über seine Rastalocken, damit sie ihm nicht ins Gesicht gerieten und er womöglich den Verkehr übersah. Bei dem vielen Verkehr im Wald war es zum Glück nicht so gefährlich.
Wir durften beide vorne sitzen, bei dem Bus ging das. Aber wir schnallten uns vorsichtshalber an, als Luke das gelbe Unterseeboot startete. So holperten wir los.
»Weiß Papa, dass du den VW-Bus fährst?«, erkundigte Leo sich vorsichtig.
»So halb«, sagte Luke.
»Was ... heißt das?«, fragte ich.
»Das heißt«, antwortete Luke genervt, »dass er es mir beigebracht hat, aber da war er natürlich mit im Auto, und es war woanders.«
Er lenkte ein bisschen falsch, wich mit knapper Not einem Baum aus, und wir hielten lieber den Mund. Als das Blaubeerhaus um eine Kurve verschwand, sah ich, wie irgendwer am Weg hinter einem Baum stand und uns nachsah. Es war nicht Ference, dafür war der Jemand zu groß. Vermutlich Papa oder der Riese. Na, dann wussten sie wenigstens, wo wir abgeblieben waren.

Luke fuhr den VW-Bus geduldig durch die Schlaglöcher.
»Schade, dass Lara nicht hier ist«, sagte Leo. »Das würde sie sicher beeindrucken.«
Beim Fahren guckten wir uns fast die Augen aus dem Kopf, aber nirgends war ein elfjähriger Junge mit einer Schiebermütze und rotem Haar unterwegs. Es war überhaupt niemand unterwegs.

Das heißt, doch, eine Menge Hasen und Vögel, die Luke den letzten Nerv kosteten, wie er sagte, weil sie immer auf dem Weg sitzen blieben und das gelbe Unterseeboot ungläubig anstarrten, statt aufzufliegen. Die Hasen flogen sowieso nicht auf, was unpraktisch war, sie hoppelten vor dem VW-Bus den Weg entlang und konnten sich nicht entscheiden, ob sie nach links oder rechts wollten.
Einmal verfolgten wir einen Fasan, und einmal querte ein ganzes Rudel Damwild unseren Weg.
»Warum heißt es eigentlich Damwild«, fragte ich, »wenn hier gar kein Damm ist? Gehören diese Hirsche an die Nordsee?«
»Es heißt Dam-Wild von Damen«, sagte Leo. »Weil es früher in den Parks herumlaufen durfte, um die Damen zu erfreuen und ...«
»Besserwisser«, sagte ich. »Hattet ihr darüber wieder ein Schulprojekt an deiner Müsli-Schule?«
»Ja, denk dir, das hatten wir«, sagte Leo. »Wenn wir gerade nicht stricken und Kompost essen, lernen wir ganz nützliche Dinge.«
»Jetzt hört auf, euch anzugiften!«, sagte Luke, verschaltete sich und ließ den Bus aus Versehen einen Satz nach vorn machen. »Ihr seid bloß nervös, weil ihr euch Sorgen um Ference macht.«
»Quatsch«, sagten Leo und ich gleichzeitig.
Wir fuhren schweigend weiter, immer weiter, bis der Wald aufhörte.
An seinem Rand stellte Luke den Motor aus. Eine Weile saßen wir einfach so im Wagen.

»So weit«, sagte Luke schließlich, »kann Ference in der Zeit überhaupt nicht gekommen sein. Und weiter ganz bestimmt nicht.«
Wir suchten uns ein paar Klobäume, und schließlich holperten wir in unseren eigenen Spuren zurück. Daneben gab es nur die Spur eines Mopeds. Ich stellte mir vor, wie der Mopedfahrer bei jedem Schlagloch hochgehopst war. Wo immer er hingewollt hatte, er hätte besser einen anderen Weg genommen.

Als wir fast wieder beim Blaubeerhaus waren, durften wir lenken. Erst Leo, dann ich.
»Schade, dass Lara nicht hier ist«, sagte Leo wieder. »Die fände das sicher cool, wie du uns lenken lässt.«
Wir durften beim Lenken auf Lukes Knien sitzen, und ich lenkte besser als Leo, aber ich sagte es nicht. Klar, wer eine Jolle segeln kann, kann auch ein gelbes Unterseeboot lenken.
Ich lenkte um zwei Schlaglöcher herum, und dann gab Luke ein bisschen Gas, weil ein erstaunliches Stück Weg ohne Schlaglöcher kam.
»Juchhu, wir fahren schneller als einen Kilometer pro Stunde!«, rief Leo und warf die Arme in die Luft.
»Hör auf zu hampeln!«, rief Luke. In diesem Moment machte der Sandweg eine Kurve, und dahinter saß wieder so ein saublöder Hase. Ich sah genau, was er dachte.
Dieses große gelbe Ding kann man vielleicht essen, obwohl es kein Klee ist, und ich bleibe hier sitzen, bis es in mundlicher Nähe ist.

Luke bremste, ich versuchte, um den Hasen herumzulenken, Leo schrie, der Motor jaulte … und der VW-Bus geriet ins Schleudern. Er rutschte im Sand weg und drehte sich, und ich schloss die Augen.
Als ich sie wieder öffnete, stand der Bus quer auf der Straße. Der Hase tat etwas, das Schulterzucken sehr ähnlich sah, und hoppelte ohne Eile in den Wald.

Da krabbelte ich vorsichtig auf meinen Sitz zurück, und Luke startete den Wagen wieder, aber der Wagen fuhr nicht. Er heulte nur.
»Scheibe«, sagte Luke. »Das ist der Sand. Die Räder drehen durch.«
Wir stiegen aus, und Leo und ich versuchten, von hinten zu schieben, aber der VW-Bus rührte sich nicht. Er heulte

nur weiter, und die durchdrehenden Räder verspritzten Sand.
Wir versuchten wirklich alles. Wir legten Äste unter die Hinterreifen. Wir stemmten uns von vorne gegen den Bus, um ihn rückwärts aus dem Sand zu schieben. Wir beteten und schimpften und keuchten. Nichts half.
»Tja«, sagte Luke am Ende. »Sieht aus, als würden wir zu Fuß gehen.«
»Ein Glück, dass Lara nicht hier ist«, sagte Leo.

Leider war es zum Blaubeerhaus weiter, als Luke gedacht hatte.
Ich merkte, dass mein Magen knurrte, und zu trinken hatten wir auch nichts mitgenommen. So ein Frühlingswald kann wunderschön sein, aber irgendwann hat man ihn doch satt. Und gerade, als ich ihn so richtig satthatte, blieb Leo stehen und legte den Finger an die Lippen.
»Da vorne!«, flüsterte er.
»Was denn?«, wisperte Luke.
»Das Einhorn«, flüsterte ich, denn jetzt hatte ich es auch gesehen. Obwohl ich es nicht glauben konnte. »Junis und Julis Einhorn.«
»Das ist doch Quatsch …«, begann Luke und verstummte. Denn dort, links vom Weg, zwischen den Bäumen, stand etwas, das weit weg war, aber ohne Zweifel ein Horn besaß. Das Frühlingslicht spielte auf seinem Fell, und ich hörte Luke hörbar ausatmen.
Das Tier hatte, um genau zu sein, vier Beine oder jedenfalls nicht erheblich mehr als vier. Es besaß einen schlanken

Hals wie ein Reh, aber es war größer als ein Reh und heller, und ein einzelnes Horn erhob sich aus seiner Stirn. Es war ein bisschen schräg, das Horn, schräg nach außen. Aber das musste vielleicht so sein.

Das Einhorn sah in unsere Richtung. Dann verschwand es im Wald.

»Kann es sein«, fragte Leo, »dass deine verrückten kleinen Schwestern sich dieses … *Ding* ausgedacht haben und es daraufhin … entstanden ist?«

»Unsinn«, sagte Luke. »Es gibt keine Einhörner, und man kann sie auch nicht … *machen*, indem man sie sich ausdenkt. Das ist die Anstrengung und der Durst. Wir stellen uns Dinge vor, die nicht da sind.«

»Alle zusammen?«, fragte ich.

»Gehen wir weiter«, sagte Luke etwas schroff.

Ich glaube, er hatte Angst vor dem Einhorn. Er war noch nicht so erwachsen, dass er gar nicht daran glaubte, und nicht mehr so sehr ein Kind, dass er richtig daran glaubte, und genau das ist das Schlimmste.

Als uns das Blaubeerhaus nach einer weiteren Stunde durch den grüngoldenen Nachmittag entgegenwinkte, fühlten wir uns wie heimkehrende Krieger.

»Da seid ihr ja«, sagte Papa leichthin. »Ich habe mir aktiv keine Sorgen gemacht. Es war sehr anstrengend, sich keine Sorgen zu machen.«

»Wir haben Ference gesucht«, sagte Luke, ließ sich auf die Stufe vor der Haustür fallen und zog seine Schuhe und Socken aus, um seine Blasen zu begutachten.

»Und?«, fragte Papa. »Habt ihr ihn gefunden?«

»Nein«, sagte Leo. »Aber dafür haben wir das Auto auf einem … viel schöneren Parkplatz abgestellt.«

So hatte es also ein Ende mit dem Aufladen der Akkus. Außer, man wollte dazu jedes Mal mehrere Stunden lang mit dem Aufladegerät durch den Wald wandern. Nicht, dass Papa und der Riese das nicht getan hätten. Sie versuchten lange, das Auto freizuschaufeln. Aber auch sie gaben auf. Wir fragten sicherheitshalber nach, ob sie ein Einhorn gesehen hatten, als sie spätabends zurückkamen, doch sie sagten, nein.
Als wir schließlich in unsere Betten fielen, waren wir alle vollkommen erschöpft. Die Erwachsenen waren sogar zu erschöpft, um zu schimpfen.
Und ich dachte, wie seltsam es doch war, dass sich alles wiederholte: Das Auto war schon wieder hinüber, und es war schon wieder jemand verschwunden. Genau wie im letzten Sommer. Als lebte man im Blaubeerhaus in einer Endlosschleife, einer zeitlichen Sackgasse, in der sich alles immer und immer wiederholte. Bis etwas geschah – etwas Drastisches, das die Fesseln der Zeit sprengte und uns alle befreite.
Das war ein ziemlich unheimlicher Gedanke. Ich schob ihn beiseite, um endlich einzuschlafen.
Da quietschte meine Tür, und davon erschrak ich so sehr, dass ich Schluckauf bekam.
»Imke?«, flüsterte Leo. »Bist du wach?«
»Jetzt – hicks – schon«, sagte ich sauer. »Was ist denn noch?«

»Das Tage- und Nachtbuch«, flüsterte Leo. »Ich habe den nächsten lesbaren Eintrag gefunden. Es ist Zeit, dass wir ihn lesen. Vielleicht steht was über … dieses Einhorn drin. Kann ich für zwei Minuten zu dir unter die Decke schlüpfen, um meine Füße zu wärmen?«

6

Leo

10. April 1945
Zum ersten Mal seit fünf Jahren war ich beim Dorf. Oder fast beim Dorf. Ich habe die Menschen gesehen, und es war, als würde man fremde Tiere sehen, aber ich muss von vorn beginnen.
Es ist etwas Schlimmes geschehen.
Die Pferde waren vielleicht der Anfang von allem.
Wir wissen noch immer nicht, wohin sie gehören, sie stehen jetzt seit drei Tagen vor dem Blaubeerhaus und grasen, und das macht alle nervös, weil es ja sein kann, dass ihre Besitzer auftauchen. Aber langsam glaube ich, die Pferde gehören überhaupt niemandem mehr, es sind schäbige und dürre Pferde, ihr Fell ist voller Wunden und Schwielen. Na ja, sie sehen nicht schlimmer aus als irgendeiner von uns. Sie könnten überall im Wald das Frühlingsgras abfressen, aber sie bleiben beim Blaubeerhaus – geradeso, als wollten sie zu uns gehören. Als wäre das Blaubeerhaus eine sichere Insel.
Als ich heute Morgen Wasser holte, stand Avi da und streichelte eins der beiden Pferde am Hals. Es blieb

ganz still stehen; es lief nicht mehr weg wie am Anfang.
Avi lächelte. Er ist beinahe hübsch, wenn er lächelt, und vielleicht wäre er wirklich hübsch, wenn er mal was zwischen die Zähne kriegen würde.
Dann fanden wir Jente. Avis Mutter.
Sie hatte wohl versucht, aufzustehen und zum Fenster zu kommen. Kann sein, sie hat Avis Stimme gehört, wie er mit dem Pferd sprach, oder sie wollte einfach den Frühling sehen. Doch sie war zu schwach, um sich auf den Beinen zu halten, denn wir fanden sie auf dem Boden. Samuel und Jakub legten sie wieder ins Bett.
Sie hatte die Augen geschlossen und antwortete nicht, als wir sie fragten, was passiert wäre, auch nicht, als Avi sie schüttelte.
Sie lag nur da und atmete ganz flach.
»Das ist das verdammte Kräuterzeug, das ihr ihr gegeben habt, damit sie stärker wird!«, hat Avi geschrien und sich so wild umgesehen, dass alle Angst bekamen. »Ihr habt sie vergiftet!«
Und dann rannte er aus dem Zimmer. Meine Mutter hielt das Baby im Arm, das zu weinen begann, und alles war schrecklich, weil ich wusste, dass die Kräuter aus dem Wald nicht schuld waren. Wir wussten es alle. Meine Mutter legte den freien Arm um mich und drückte mich an sich, und ich wusste, was sie sagen wollte: Sie stirbt sowieso. Man kann nichts mehr dagegen tun.
Keiner wusste, wo Avis Vater war.

Sarah ist ihn im Keller suchen gegangen, doch er war auch nicht im Keller, oder vielleicht hat er sich inzwischen so tief in die Erde eingebuddelt, dass er nicht wieder herauskommt. Es ist mir auch langsam egal, denn wenn man ihn braucht, ist er nie da.
Wir sahen aus dem Fenster, wie Avi unten wieder das Pferd streichelte, und ganz plötzlich schwang er sich hinauf, drückte dem Pferd die Hacken in die Seiten und preschte los. Ich sah noch, wie er sich über den Rücken des Pferdes duckte, um den tiefen, knospenschweren Ästen auszuweichen, dann jagte er um die erste Wegbiegung und war verschwunden.
Ich hatte nicht einmal gewusst, dass Avi reiten konnte, aber das konnte er ohne Zweifel, wahrscheinlich hatten sie auf ihrem Gut früher Pferde gehabt.
»Verdammt«, knurrte Jakub, und ehe ich noch etwas sagen konnte, war ich unten, und dann saß ich vor Jakub auf dem zweiten Pferd. Zuerst schlug das Pferd aus und scheute, doch dann galoppierte es dem ersten Pferd nach. »Wenn einer ihn zur Vernunft bringen kann, dann du!«, schrie Jakub, während wir durch den Wald jagten. »Weißt du, wo er hinwill?«
»Keine Ahnung!«, rief ich. »Ich glaube, das weiß er selber nicht!«
Es war mehr ein Keuchen, denn ich hatte vollauf damit zu tun, mich an der Mähne festzuhalten, um nicht hinunterzufallen. Früher, ja, früher hatten wir ein Pferd beim Blaubeerhaus, zum Pflügen. Paule hieß das Pferd, das weiß ich noch. Aber ich war nie auf ihm geritten.

Sie hatten unseren Paule in den Krieg geholt, wo sie Pferde brauchten, noch ehe Avi und die anderen zu uns kamen.
»Wir müssen ihn zurückholen!«, rief Jakub. »Der Junge ist imstande und reitet bis ins Dorf … Der ist ja völlig übergeschnappt!«
»Ja!«, keuchte ich. »Übergeschnappt sind wir alle! Ist das ein Wunder bei vier Monaten Steckrüben?«
Ich wollte lachen, aber es kam als ein komisches ersticktes Schluchzen heraus. So jagten wir weiter durch den Wald. Schließlich trabten wir nur noch, und dann ging das Pferd Schritt, es konnte nicht mehr. Wir ließen es an einem Bach trinken und Gras fressen, doch Avi hatten wir nicht gefunden, und wir mussten unser armes Pferd weitertreiben. Wir sprachen kaum noch. Der Wald um uns rauschte, die gelben Lilien am Rand der sumpfigen Stellen blühten, das weiß ich noch, weil es mir so absolut herzlos vom Wald erschien, an diesem Tag so schön zu sein. Die ersten blauviolett schimmernden Libellen spielten im Licht, das durch die Bäume fiel, und die Lilien und die Libellen kümmerte es kein bisschen, ob Avis Mutter starb und ob ihr Baby überlebte und ob Avi der unglücklichste Mensch auf Gottes weiter Erde war. Das Elend der Menschen ließ den Wald kalt. Auf einmal hasste ich ihn.
Ich schloss die Augen, um das schöne, gleichgültige Grün nicht mehr sehen zu müssen, und vielleicht schlief ich ein, denn plötzlich waren wir am Waldrand.
Und da sah ich Avi.

Er saß auf seinem eigenen Pferd, zwischen den letzten Bäumen, mit dem Rücken zu uns.
Jakub lenkte unser Pferd neben ihn. Da sahen wir, was er sah. Wir sahen das Dorf.
Und die Menschen. Es waren nur Schatten. Sie rannten zwischen den Häusern herum, sie trugen Bündel und Koffer und Kinder, sie duckten sich und hatten Angst. Andere brüllten mit rauen Stimmen, und die Häuser – die Häuser brannten. Das Dorf hatte sich zu einer rotgelben, lodernden Sonne verwandelt.
Das dort, dachte ich, sind die Menschen, vor denen Avi und die anderen sich versteckt haben, damit sie sie nicht an die Männer verraten, die solche wie Avi abholen und schreckliche Dinge mit ihnen tun. Das sind sie, und jetzt rennen sie selbst.
Aber wer vor wem wegrannte oder ob sie nur alle vor dem Feuer flohen und wer wiederum das Feuer gelegt hatte, das war nicht herauszufinden in dem Chaos. Ich sah zum Gutshaus hinüber, das ein wenig abseits auf seinem Hügel lag. Das Gutshaus brannte nicht. Wagen standen davor, fremde große Wagen, und ich sah Männer in fremden Uniformen.
Vielleicht waren das die Russen, die jetzt ins Gutshaus zogen. Vielleicht war der Krieg vorbei, und wir wussten nicht einmal, ob wir erleichtert sein sollten oder ob nun alles noch schlimmer würde.
Ein Dachstuhl brach Funken sprühend in sich zusammen. Die Scheiben eines Hauses zerbarsten im Feuer. Und alle Fenster der Kirche glühten wie im Sonnenuntergang.

Einen Augenblick lang hatte ich furchtbare Angst, Avi würde ins Feuer hineinreiten.
Aber er drehte sich nur zu uns um und sah uns lange an, mich und Jakub und unser erschöpftes Pferd. Dann wendete er sein eigenes Pferd und ritt zurück in den Wald. Wir folgten ihm schweigend.
Wer auch immer das Dorf angezündet hatte, man konnte hoffen, dass er nichts von uns wusste – nichts von dem Haus im Wald, das man ebenfalls anzünden konnte.
Die Pferde brauchten viele Pausen, und wir kehrten erst abends zurück. Dort holten wir von drinnen unsere eigenen Decken, weil wir keine Pferdedecken hatten, und rieben die Tiere damit trocken. Avi pumpte Eimer um Eimer mit Wasser für sie voll, und Mama stand mit dem Baby im Arm in der Tür des Blaubeerhauses und sah zu. Um sie herum hatten sich die ersten hellgrünen Blätter der Klematis entrollt.
»Kommt jetzt herein und erzählt«, sagte sie schließlich sanft. »Alle hier wollen wissen, was draußen geschieht. Aber erzählt oben, in der Kammer, wo deine Mutter liegt, Avi. Sie würde es sicher auch gerne hören.«
»Sie … was?«, fragte Avi.
Dann stürzte er an Mama und dem Baby vorbei durch die Tür. Ich rannte ihm nach, die Treppen hinauf, ins Krankenzimmer seiner Mutter. Sie waren alle dort versammelt, alle Bewohner des Blaubeerhauses, Jente und Jakub und Esther und Samuel und Sarah und die alte Rosel. Nur Avis Vater fehlte.
Es war wie bei einer Totenwache.

Aber Jente saß aufrecht im Bett, von drei Kissen gestützt, und lächelte, und Avi fiel ihr in die Arme wie ein kleiner Junge.
»Das Fieber ist runter«, sagte sie leise und strich ihm sacht übers Haar. »Ich bin aufgewacht, und es war einfach weg.«
»Jetzt hat es ein Ende mit dem Kranksein«, fügte Sarah hinzu und lächelte und war schöner denn je.
»Der Krieg ist auch zu Ende«, sagte Avi. »Bestimmt. Da sind Männer mit fremden Uniformen im Dorf. Die Häuser brennen wie Fackeln. Wenn das kein Ende sein soll, weiß ich auch nicht.«
Aber ich habe so ein Gefühl, dass dies nur der Anfang vom Ende ist.

Ich hatte leise gelesen, beinahe geflüstert, und Imke hatte die ganze Zeit neben mir gelegen und an die Decke gesehen. Ich glaube, sie hatte sich nicht getraut, über meine Schulter mitzulesen, falls jemand starb. Im Taschenlampenlicht sah ich, dass ihr Gesicht nass war. Ich hätte sie gerne in den Arm genommen, aber vielleicht hätte sie das peinlich gefunden.
»Ich dachte echt, sie wäre tot«, wisperte sie.
Ich nickte und schlug das Schulheft zu. »Wir lesen morgen weiter, okay?«
Imke zog die Nase hoch. »Ist es wieder unleserlich?«
»Nee«, sagte ich, »bloß, das hier ist ein guter Abschluss.«
Da nickte Imke, und ich legte mich neben sie auf den Rücken und machte die Lampe aus.

»Was glaubst du, wo Ference ist?«, flüsterte ich.
»Irgendwo im Wald und schmollt«, flüsterte Imke. »Was glaubst du, wo Lene und Avi sind? Ich meine, nicht ihre Körper, die sind sicher tot inzwischen, aber … wo sind sie wirklich?«
»Irgendwo im Wald«, wisperte ich. »Die kennen sich ja aus.«
»Glaubst du, sie bewachen den Schatz? Ich meine, das mit dem Schatz-Verstecken muss ja jetzt bald kommen in Lenes Tagebuch.«
Wir schwiegen eine Weile, und draußen rauschte der Nachtwind ums Blaubeerhaus. Doch hier drinnen war es warm und gemütlich.
»Du solltest rübergehen«, meinte Imke schließlich. »Die Mäuse in deinem Zimmer sind sonst einsam.«
»Weißt du was?«, flüsterte ich. »Lene und Avi und Jakub haben den gleichen Weg durch den Wald genommen wie wir. Aber die sind alle heil zurückgekommen. Es ist doch zu blöd, dass sich ein Auto im Sand festfahren kann und ein Pferd nicht.«
Und dann ging ich rüber in mein Zimmer, damit meine Mäuse nicht einsam waren.

Der Morgen jagte Regenschauer gegen die Scheiben. Ich erwachte davon, dass unten Onkel Ben hustete, der offenbar versuchte, Feuer im Kamin zu machen. Meine Mäuse hatten sich unter dem Schrank versteckt, ich sah ihre zitternden Nasen. Das Eichhörnchen schlief auf dem Fußende des Bettes.

Beim Frühstück trommelte Imke nervös auf dem Tisch herum, und wir sahen immer wieder zum Fenster, wo die Regentropfen in kleinen glitzernden Bahnen hinunterliefen.
»Die Fenster sind alle undicht«, bemerkte Tante Fee. »Jemand muss sie abdichten.«
»Mach das«, sagte der Riese und stand auf, um in den grauen Vorhang aus Frühlingsnässe hinauszustarren. »Wir müssen weitersuchen«, knurrte er. »Aber ich weiß nicht, wo.«
Erst dachte ich, er spräche von dem Schatz im Blaubeerhaus, aber davon wusste er ja gar nichts. Und ich begriff, dass er Ference meinte. Ference saß da draußen irgendwo allein im Regen.
»Wenn er heute nicht auftaucht, muss ich die Polizei anrufen«, sagte der Riese.
»Vielleicht haben die Elfen ihn klein gezaubert«, sagte Juni.
»Dann haben sie ihn in das Elfenhaus gelassen«, sagte Juni, »das wir letztes Jahr gebaut haben. Da ist es trocken.«
Und sie rannten gleich hinaus in den Regen, um nachzusehen, und Onkel Ben seufzte, weil sie natürlich klitschnass wurden. Wir sahen sie zwischen den wilden Kräuterstauden hindurchflattern, und jetzt beugten sie sich über das Elfenhaus, das auf einem der Gartenfelsen stand. Seit das Elfenhaus damals wie durch Zauberhand auf die Birke gewandert war, hatten wir alle eine merkwürdige Sorte Respekt vor ihm. Obwohl uns ja eigentlich klar war, dass Ference es da hinaufgebracht hatte.
Am Ende des letzten Sommers hatte der Riese es ins Blau-

beerhaus gebracht, und dort hatte es den ganzen Winter über gestanden, geschützt vor Wind und Wetter, bis Juni und Juli es wieder herausgetragen hatten. Irgendwie gab es mir einen Stich, dass es nun vielleicht kaputt und zerregnet war. Als wäre das ein schlechtes Zeichen. Juni und Juli flatterten zurück, doch sie sahen in ihren altmodischen Lene-Kleidern nicht mehr aus wie große Elfen, sondern eher wie ertrunkene weiße Mäuse.

Drinnen hinterließen sie kleine Seen statt Fußspuren.

»Die Elfen sind da nicht«, verkündeten sie im Chor. »Sie sind umgezogen.«

»Haben sie Ference mitgenommen?«, fragte Imke genervt.

»Nein«, sagten Juni und Juli. »*Er* hat die Elfen mitgenommen. Das steht hier.«

Sie hielt einen Zettel in die Höhe, und Imke schnappte ihn ihr weg.

Der Zettel war ziemlich durchweicht, mehr wie ein kleiner Waschlappen. Ein Elfenwaschlappen. Man konnte die Schrift darauf gerade noch so entziffern.

Es war ungefähr die Schrift von Lene. Ference machte sie also noch immer nach, so wie im letzten Sommer. Er machte allerdings viel mehr Schreibfehler als Lene, daran konnte man es sehen.

ich bin weg, stand auf dem Zettel. *Ihr müst mich nich suchen. Mir gets gut. ihr braucht mich nicht, also. ich kucke allein weiter ihr wisst schon nach Was. Wenn ihr die findet die auch suchen schikt sie in die falsche Richtung.*

»Toll«, sagte ich, »und wo ist die falsche Richtung?«

»Hier steht nichts davon, dass er die Elfen mitgenommen hat«, sagte Imke.
»Hat er aber«, flöteten Juni und Juli im Chor. »Sie sind ja nicht mehr da, das ist der Beweis.«
»Er ist auf dem Einhorn weggeritten«, sagte Juni. »Tralala.«
»Alles klar«, sagten Imke und ich – im Chor.

Imke

Wenn jemand sagt, man müsste ihn nicht suchen, dann muss man ihn umso mehr suchen – meinte Papa. Wir zogen also los und vorher Regenjacken an: ich meine grün-lila Segeljacke mit den Reflektoren und den Neopren-Abschlüssen an den Ärmeln und Leo so ein gelbes Wachstuch-Ding, das aussieht wie aus einem alten Nordseefilm. Luke zog seine ganz gewöhnliche komische Filzjacke an und setzte einen schwarzen Hut mit buntem Band auf. Aus Peru, sagte er. Und dass er mal mit Lara nach Peru gewollt hatte, aber na ja.
Juni und Juli spannten ihre rosa-weißen Regenschirme auf und liefen voraus.
Die Väter zogen auch irgendetwas an, nur Tante Fee sagte, sie müsse das Haus hüten.
Als wir eine Weile gesucht hatten und wieder vorbeikamen, sahen wir durchs Fenster, wie Tante Fee das Blaubeerhaus hütete – nämlich indem sie vor dem Kamin auf dem alten

Sofa lag und ein Buch las. Sie meditierte noch nicht mal. Ich glaube fast, das macht sie nur, wenn wir gucken.
Wir suchten weiter – wir suchten die Büsche um den Sonnenhügel ab, der jetzt ein Regenhügel war, wir suchten im Dickicht an meinem See, in den der Regen fiel wie nach Hause, wir suchten im Baumhaus, das beinahe wasserdicht war.
Ference war genauso nirgendwo wie am Tag zuvor. Dafür fing es nach einer Weile auch noch an zu gewittern.
Schließlich trennten wir uns, Papa brachte Juni und Juli nach Hause, Luke und der Riese suchten in eine Richtung und Leo und ich in der anderen, und über uns donnerte es, beinahe so sehr wie damals, als das Blaubeerhaus beinahe weggeflogen war.
Ference hatte uns gezeigt, welche Türen man zubinden und welche Fenster man zustopfen musste, weil Äste hindurchwuchsen und sie nicht schlossen. Ich hoffte, dass Papa und Juni und Juli das auch jetzt taten.
»Wenn wir ihn finden, hau ich ihn«, sagte ich. »Ich habe nasse Füße, und mir ist kalt, und es ist eine absolut dumme Idee, bei so einem Wetter verschwunden zu bleiben.«
»Hm«, sagte Leo. Eigentlich machten wir uns natürlich beide Sorgen.
Dann legte er den Finger an die Lippen und blieb stehen, um zu lauschen.
»Ist da jemand hinter uns?«
Ich hörte nur das Rauschen des Regens und den grollenden Donner, der jetzt weiter fort war.
»Was ist, wenn Ference recht hatte und jemand ihm gefolgt

ist?«, flüsterte Leo. »Wir können die Schatzsucher vielleicht nicht mehr in eine falsche Richtung schicken. Weil sie Ference längst gefunden haben.«
»Quatsch«, sagte ich. So sicher war ich mir allerdings nicht. Ich stellte mir die Schatzsucher aus dem Dorf vor, die plötzlich aus dem Wald auftauchten und Ference packten.
»Zeig uns, wo der Schatz des Blaubeerhauses versteckt ist!«, schnauzten sie. »Du weißt es doch, Junge, oder nicht? Los, zeig es uns!«
Ference wehrte sich, aber er entkam ihren Armen nicht, es waren Männer mit tätowierten Oberarmen und Bieratem und zu vielen Muskeln.
»Dein Alter, der sitzt doch«, sagte einer, steckte sich eine Zigarette an und blies Ference den Rauch ins Gesicht. »Wenn du uns nicht hilfst, kannst du ihn besuchen. Wir erzählen überall rum, dass du uns beklaut hast, wirst schon sehen, so einem wie dir glaubt keiner. Uns glauben die Leute.«
Er hatte Ference jetzt im Schwitzkasten, und Ference bekam keine Luft.
»Euch zeig ich keinen Schatz!«, keuchte er. »Der gehört euch nicht! Er hat Avi gehört und seiner Familie aus dem Gutshaus …«
»Ach, die Juden«, sagte ein anderer Mann. »Die hat doch schon der Hitler weggejagt. Und solche Rumtreiber wie du saßen im Erziehungsheim. Das waren noch Zeiten, da ging es mit Recht und Ordnung zu!«
Da biss Ference ihn in die Hand, ich sah es genau, und der Mann schrie ärgerlich auf und hob den Arm.

»Nicht!«, rief ich. »Nicht schlagen!«
Leo starrte mich an. »Imke? Was ist los?«
Ich blinzelte. »Oh. Nichts«, murmelte ich.
Denn natürlich war da kein Ference, und keine tätowierten Männer, die ihn festhielten; all das war nur in meinem Kopf geschehen. Wir standen auf einer kleinen Lichtung, ganz allein.
Ference, der einsame leidende Held meiner Phantasie, war in Wirklichkeit abgehauen, weil wir ihm auf den Keks gingen. So wirklich nett war er nie zu uns gewesen.
Wir wanderten weiter, unter dem regnenden Regen durch, und schließlich erhob sich der Felsenhügel vor uns. Die Maiglöckchen hingen traurig herum wie nasse Taschentücher, und die Buchen am Rand des kleinen Berges standen dunkel vor dem kühlen Wolkenhimmel.
»Man könnte sich langsam mal unterstellen und Pause machen«, murmelte Leo. »Hier irgendwo sind wir neulich rausgekommen …«
Es dauerte, bis wir die enge Spalte im Berg wiederfanden. Sie war, ehrlich gesagt, gar nicht so eng und abenteuerlich, wie ich sie in Erinnerung gehabt hatte, und als wir hindurchgeschlüpft waren, war es trocken.
Leo hatte die Taschenlampe mit, und wir gingen ein Stück weiter ins Innere des Felsens, falls es dort einen gemütlicheren Platz gab. Überflüssig zu sagen: Es gab keinen. Es gab nur feuchte Wände und modrigen Boden und …
»Ein Kaugummipapierchen«, sagte Leo.
Ich hob es auf. Es war neongelb und ganz sicher nicht aus dem Krieg. Es war nicht mal staubig, es sah aus, als läge

es erst seit Kurzem hier. Leo steckte das Kaugummipapier ein, und wir wanderten weiter.

Das Licht der Taschenlampe glitt unwirklich über die feuchten Wände. Gleich, dachte ich, gleich kommen wir zu der Höhle vom letzten Mal. Nur taten wir das nicht.

»Leo?«, flüsterte ich. »Wir gehen schon eine Ewigkeit. Wir müssten längst …«

»Wir haben irgendwo eine andere Abbiegung genommen«, wisperte Leo. »Genau wie ich letztes Mal gesagt habe. Da war eine Gabelung, die wir übersehen haben!«

»Dann frage ich mich, wo wir diesmal rauskommen«, flüsterte ich.

Der Gang wurde jetzt niedriger; wir mussten auf allen vieren kriechen.

»Hier ist gleich Ende«, sagte Leo. »Ich glaube, wir sollten zurückgehen. Wir sollten …«

Er verstummte. Dann hob er etwas vom Boden auf und leuchtete es an.

Es war eine alte graue Schiebermütze.

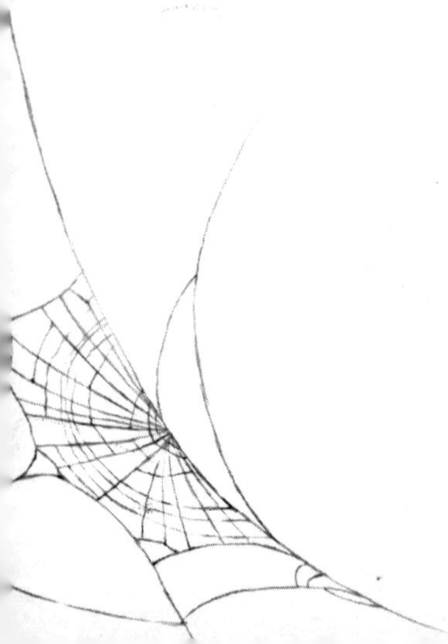

7

Leo

Imkes Gesicht im Schein der Taschenlampe war blasser als sonst, oder vielleicht war sie blass geworden, als sie die Mütze gesehen hatte. Ihre dunklen Sommersprossen zuckten nervös, und ihre kurzen schwarzen Haare schienen sich zu sträuben wie das Fell einer Katze.

»Er ist hier«, flüsterte sie. »Irgendwo.«

»Vielleicht hat er einen trockenen Schlafplatz gesucht«, sagte ich. »Nachts, als es angefangen hat zu regnen.«

»Oder er sitzt in einer Elfenhöhle und wühlt in Gold und Diamanten«, sagte Imke und grinste etwas bemüht.

Aber wir wussten beide, dass etwas nicht in Ordnung war. Ference hätte die Schiebermütze nie freiwillig hiergelassen. Wenn er gekonnt hätte, hätte er sie geholt.

Vielleicht hatte er sich verirrt und nicht zu der Mütze zurückgefunden.

»Du hast nicht zufällig Brotkrumen dabei?«, fragte ich. »Oder Kreide? Damit wir eine Spur machen können?«

Imke suchte in ihrer Segeljacke. »Bändsel«, sagte sie und zog eine große Rolle rote geflochtene Plastikschnur aus einer der Taschen. »Geht genauso.«

»Na, zur Not«, sagte ich.

So krochen wir weiter, und weil das Bändsel natürlich nicht ewig lang war, schnitt Imke mit dem Seglermesser, das auch in ihrer Tasche steckte, kleine Stücke von dem Rot ab, die sie hinter uns in den Gang streute. Zu meiner Enttäuschung kam aber gar keine Gabelung mehr, obwohl ich diesmal genau guckte.

Dafür machte der Gang plötzlich eine scharfe Biegung, und dann endete er. Im Nichts.

Nein, nicht ganz im Nichts. Er endete als Loch in der Wand einer weiteren Höhle, an ihrem oberen Ende, und beinahe wäre ich kopfüber hineingefallen. Imke hielt mich gerade noch fest. Einen Moment lang saß ich nur da und keuchte vor Schreck. Dann beugte ich mich vorsichtig vor.

Die Höhle, in die wir hinabblickten, war viel, viel größer als die andere. Riesig.

Ich knipste die Lampe aus. Dort unten gab es anderes Licht. Das Licht einer Kerze.

Die Wände waren unregelmäßig und zerklüftet, auf dem Boden lagen große Felsbrocken, und die Schatten, die die Kerze warf, machten sie auf merkwürdige Weise lebendig. Als wimmelte es dort unten von riesigen Trollen und kleinen Wesen, die hierhin und dorthin huschten. Ich spürte, wie Imke sich an mich drückte. Oder vielleicht war ich es, der sich an sie drückte.

Es war alles so verwirrend, dass ich zuerst nicht einmal begriff, wer die Kerze angezündet hatte.

Da mussten Menschen sein. Und da waren Menschen. Imke zeigte stumm.

Unterhalb unserer Wand lag eine Menge Geröll, und am Fuß dieses Geröllberges saß jemand. Jemand Erwachsenes. Die Kerze hatte er auf einen Stein geklebt. In der hinteren Wand gab es noch mehr Felsspalten, die irgendwohin führten oder auch nicht, und von oben tropfte langsam Wasser in eine kleine Mulde. Leider ohne richtige Tropfsteine, vermutlich tropfte es nur, wenn es draußen stark regnete.
Eine zweite, kleinere Gestalt kauerte ein Stück weit entfernt auf einem Felsvorsprung, die Arme um die Knie geschlungen, den Kopf daraufgelegt.
Es war Ference.
Schlief er? Ich sah sein braunrotes Haar im schwachen Kerzenlicht, und sein Gesicht war so dreckig wie meistens. Er sah aus, als wäre ihm sehr kalt. Ich merkte, dass ich selbst fror, und auch Imke neben mir zitterte. Die Sonne erreichte das Innere des Felsenhügels nie, es war wie ein natureigener Kühlschrank.
Vielleicht, dachte ich, würde keiner von uns diesen Kühlschrank je wieder verlassen. Ich schloss für ein paar Sekunden die Augen, um klar zu denken. Wie lange war Ference schon hier? Und wer war die andere Gestalt, die ihn hier festhielt – auf irgendeine Weise? Konnten wir umdrehen, ohne dass der dort unten uns bemerkte und daran hinderte? Und – wollten wir umdrehen? Wir waren gekommen, um Ference zu finden, und wir hatten ihn gefunden …
Als ich die Augen wieder öffnete, bewegte sich die Gestalt, und das Licht fiel auf sie: Es war ein Mann, ein gedrun-

gener, untersetzter Mann in Jeans und einer ausgeleierten Trainingsjacke, irgendwas zwischen staubgelb und zahnpastarestweiß. Er hatte einen Dreitagebart und ziemlich zerzaustes Haar; er war nicht groß, doch er sah stark aus.
»Einer von den Schatzsuchern«, wisperte Imke dicht neben meinem Ohr. »Er lässt Ference nicht hier weg.«
Jetzt sagte der Mann etwas, und seine Stimme hallte in der Höhle wider. Wir zuckten gleichzeitig zusammen. »Wir können uns hier die Köpfe eindiskutieren«, sagte er. »Es nützt nichts. Du musst …«
»Vergiss es«, sagte Ference, ohne den Kopf zu heben. Er schlief also doch nicht, oder nur halb. »Tu ich nicht.«
»Verdammt!«, knurrte der Mann. »Du bist mein Sohn! Du tust jetzt, was ich dir sage.«
»Nein«, sagte Ference.
Offenbar führten sie diese Diskussion nicht zum ersten Mal. Wieder senkte sich tiefes, kaltes Schweigen über die Höhle, und Imke drückte meine Hand. Das also war der Besitzer der Schritte im Wald. Das war der Mann, der Ference die letzten Tage über gefolgt war. Sein Vater.
Hatte Ference es geahnt?
Wie hatte sein Vater es geschafft, aus dem Gefängnis abzuhauen? Vermutlich doch mithilfe einer Waffe … die er auch jetzt bei sich trug. Mir wurde noch etwas kälter, als mir ohnehin schon war.
Ich überlegte, ob man es schaffen könnte, einen kleinen Stein zu werfen und den Vater so hart am Hinterkopf zu treffen, dass er bewusstlos wurde. Oder ob wir ihn zu dritt überwältigen könnten. Nicht sehr wahrscheinlich, ver-

mutlich. Dieser Mann würde Ference so lange in der Höhle festhalten, bis der ihm alles über den Schatz erzählt hatte. Und Ference sah ziemlich verschrammt aus. Ich fragte mich, ob sie miteinander gekämpft hatten. Ob der Vater zuschlug, wenn man ihm blöd kam. Höchstwahrscheinlich. Ich wünschte, wir hätten einen *unserer* Väter bei uns gehabt. Vielleicht war es das Beste, zurückzukriechen und sie zu holen.
Andererseits wollte ich Ference, egal wie knurrig er manchmal war, auch nicht alleine mit dem Wahnsinnigen da unten lassen. Ich sah Imke an. Hinter ihrer Stirn schien es genauso fieberhaft zu arbeiten wie hinter meiner. Und ich sah, dass auch sie Angst hatte. Nicht die Art Angst, die man im Wald spürt, wenn man sich verlaufen hat und in den Schatten etwas Unheimliches raschelt. Echte Angst. Angst, die man nur vor Menschen haben kann.

Imke

Ja, natürlich arbeitete es hinter meiner Stirn.
Leo und ich mussten irgendeinen Weg finden, Ference ein Zeichen zu geben, ohne dass sein Vater es merkte. Er – der Vater – versuchte jetzt aufzustehen, aber es gelang ihm nicht. Erst dachte ich, er wäre betrunken, doch dann sah ich, dass etwas mit seinem linken Bein nicht stimmte. Er hielt es merkwürdig steif von sich gestreckt, genau wie bei

Ference, als er gefallen war. Die Hose des Mannes war am Unterschenkel seltsam dunkel, als wäre sie dort feucht. Feucht von Blut.
»Es ist genau wie bei Ference, als er gefallen ist«, flüsterte Leo.
»Er *ist* gefallen«, flüsterte ich. »Von hier oben, wetten? Über das Geröll runter. Der kann hier nicht mehr rauf.«
Aber warum kletterte Ference dann nicht an seinem verletzten Vater vorbei und floh? War auch Ference verletzt? Oder hatte er einfach zu viel Angst vor seinem Vater? Was genau war hier geschehen?
»Verflucht, Ference!«, sagte der Vater. »Jetzt hör doch wenigstens zu. Das mit dem Geld ... das war doch bloß wegen deiner Mutter. Weil ich ihr nicht sagen wollte, dass sie meine Arbeitsstelle weggestrichen haben und ... ich meine, es war blöd, Geld zu klauen und zu betrügen und zu lügen. Aber jeder macht Fehler! Wenn du deiner Mutter sagst, dass ich jetzt ein ganz anderer Mensch ...«
Ference hielt sich die Ohren zu. »Ich will das alles nicht hören!«, rief er. »Wollte ich schon vorhin nicht! Und ich höre auch gar nichts! Ich will nichts mit dir zu tun haben und Mama genauso wenig, du bist mir also ganz umsonst durch den Wald nachgeschlichen, kapier das endlich!«
»Das war doch nur, weil du sonst nie mit mir geredet hättest!«, rief sein Vater. »Verdammt, Ference! Ich dachte, ich spreche erst alleine mit dir und ...«
Ference hatte jetzt auch die Augen zugekniffen, ganz fest zu. Da kam der Vater doch noch auf die Beine, und er hinkte quer durch die Höhle, stöhnend und fluchend. Ich sah, wie

er die Zähne zusammenbiss, und ich dachte wieder an Ference' Sturz damals. Schon wieder so eine Sache, die sich auf seltsame Weise wiederholte. Musste denn alles in diesem Wald wieder und wieder geschehen? So lange, bis … ja, bis was passierte?

»Lauf!«, wisperte Imke neben mir und drückte meine Hand, aber sie meinte natürlich Ference. Doch Ference saß noch immer mit geschlossenen Augen da, die Hände über den Ohren. Sein Vater war jetzt neben ihm, er legte ihm eine schwere Hand auf die Schulter, und vor Schreck öffnete Ference die Augen und nahm die Hände von den Ohren.

»Du kletterst jetzt da rauf!«, keuchte sein Vater. »Oder willst du, dass wir beide in dieser Höhle verhungern und erfrieren?«

»Ich lass dich nicht allein«, sagte Ference trotzig und öffnete die Augen. »Ich kann dich wirklich nicht leiden, aber du bist mein Vater, und ich lass dich nicht allein.«

»Wenn du da raufkletterst, kannst du …«

»Wir finden einen anderen Ausweg«, sagte Ference. »Du ruhst dich noch ein bisschen aus, und dann gehen wir wieder los. Eine von den Spalten muss doch rausführen aus dem blöden Hügel! Ohne dass man dazu klettern muss! Es gibt garantiert einen Weg, den man auch mit einem kaputten Bein nehmen kann!«

»Du verflixter sturer Hund!«, rief sein Vater und ließ sich auf den Fußboden gleiten. »Warum soll es so einen Weg geben? Das hier ist kein Spielplatz! Kletter jetzt da rauf und geh zu diesem Blaubeerhaus zurück. Lass den alten Idioten hier unten!«

Da fing Ference an zu weinen. Wirklich, ich sah seine Schultern zucken. Und dann passierte etwas, das ich nicht erwartet hatte; sein Vater setzte sich mühsam auf und umarmte ihn. Seine Schultern zuckten ebenfalls.
»Vielleicht ist er gar nicht böse«, wisperte Leo nachdenklich. »Nur irgendwie verkorkst. Und er weiß nichts von dem Schatz.«
Nichts, dachte ich, war in diesem Moment unwichtiger als ein Schatz.
»Du musst den alten Idioten ja nicht für *immer* alleine lassen!«, sagte Ference' Vater. »Nur für ein Weilchen. Du musst Hilfe holen, begreif das doch. Hol diese Leute aus dem Blaubeerhaus.«
»Damit sie merken, dass du draußen bist?«, knurrte Ference. »Damit sie die Polizei rufen?«
»Polizei?«, fragte sein Vater verwundert.
»Na klar!«, rief Ference. »Die rufen die Bullen, bestimmt! Und dann lochen sie dich sofort wieder ein. Ich verrate dich nicht. Ich bin richtig, richtig sauer, weil du mir nachgeschlichen bist, aber ich verrate doch nicht meinen eigenen Vater an die Polizei! Wir müssen alleine einen Weg hier rausfinden, ohne dass jemand uns sieht!«
»Aber ... Ference«, sagte der Vater seltsam langsam. »Die Polizei darf doch *wissen*, dass ich hier bin. Ich hab meine Strafe abgesessen, und das war's.«
Da machte Ference sich von seinem Vater los und starrte ihn ungläubig an. »Du *bist* gar nicht abgehauen?«
»Das hast du die ganze Zeit gedacht? Dass ich abgehauen bin und du deshalb keine Hilfe holen kannst?«

Ference nickte. »Du bist ja noch ein viel größerer Idiot als dein Vater«, sagte der Idiotenvater, und dann weinten sie noch ein bisschen zusammen.
Schließlich räusperte ich mich. »Das ist ja alles ganz schön«, rief ich, »aber jetzt ist es genug mit dem Umarmen und Geheule. Hallo? Wir sind hier oben. Und wir haben ein Seil. Na ja, mehr ein sehr langes Bändsel. Aber man kann sich daran festhalten und vielleicht ... raufklettern?«

So begann die Rettungsaktion für Ference' Vater, und sie war ziemlich umständlich und dauerte ziemlich lange. Leo und ich hielten das eine Ende des Bändsels fest, das wirklich sehr schön haltbar war, und Ference' Vater hielt sich am anderen Ende fest und hinkte Zentimeter um Zentimeter den steilen Geröllberg hinauf. Ference versuchte, ihn zu stützen. Ab und zu polterten kleine Geröllawinen in die Tiefe, wenn sie auf lose Steine traten, und es gab jedes Mal einen ohrenbetäubenden Krach.
Nach ungefähr einer Ewigkeit kroch der Vater zu uns in den Gang hinein. Ference kroch ihm nach. Bisher hatten wir nicht geredet, wir hatten zu viel mit der Rettungsaktion zu tun gehabt. Aber jetzt fing Ference an, hektisch zu erzählen – wie er alleine in den Gang gekrochen war und hinter ihm Schritte gewesen waren und er vor den Schritten geflohen wäre, und wie er dann aus dem Loch in der Wand auf das Geröll hinuntergestürzt wäre und sein Vater ihm nach, er sich aber irgendwie besser abgerollt hatte und nur etwas zerschrammt wäre, und wie sie dann eine Ewigkeit da gesessen und nicht richtig miteinander geredet

hätten, weil Ference sich ja immer die Ohren zugehalten hatte, und wie kalt ihnen war und wie hungrig sie waren und tausend Dinge, und wie kämen wir nun hierher?
»Oh, wir haben dich lediglich ein bisschen gesucht«, sagte Leo.
»Ein, zwei Tage oder so«, fügte ich hinzu.
»Ihr Blödmänner«, knurrte Ference. »Wozu wolltet ihr mich denn unbedingt zurückhaben?«
Und dann gingen wir nach Hause, wo ein Kaminfeuer wartete.

Es war das wunderbarste Kaminfeuer aller Zeiten, und es war so schön, im Warmen zu sein und trockene Kleider anzuhaben! Und Ference dasitzen zu sehen, mit einer Tasse Tee in der Hand und einem vorsichtigen Lächeln auf dem Gesicht. Und neben ihm seinen Vater auf dem Sofa liegen zu sehen und draußen den Regen gegen die Scheiben prasseln zu hören. Leos wilde Locken glänzten feucht und kringelten sich noch mehr auf seinem Kopf als sonst. Und ich dachte, dass es gut war, einen Freund mit wilden Locken zu haben, mit dem man durch Gänge in Felsen kriechen konnte. Ich fragte mich, ob Ference auch irgendwann ein richtiger Freund werden würde.
Der Riese hatte sich um das Bein von Ference' Vater gekümmert und die Wunde verbunden. Er hatte gesagt, sie sähe nicht gut aus und dass das Bein vermutlich wirklich gebrochen war. Ference' Vater würde einen Arzt brauchen. Morgen, sagte der Riese, morgen würde er ihn ins Krankenhaus bringen.

Er war sehr schweigsam, vielleicht wegen der Schmerzen, aber alle anderen redeten durcheinander. Juni und Juli sprachen darüber, dass Einhörner sich bei Regen eventuell auflösen, Tante Fee erklärte uns die ungewöhnliche Sternenkonstellation, die man leider bei dem Regen nachts nicht sah, Papa sprach vom Wetterbericht, und die Käfer unterhielten sich in den Dielenritzen über die Krümel des Abendbrots, die zu ihnen hinunterfielen.
Auf einem Stuhl hing Lukes Filzhut, der erbärmlich nach ertrunkenem Yak stank. Luke sagte, das müssten Filzhüte tun, wenn sie nass wären. Vielleicht hat seine Freundin ihn wegen des Filzhuts verlassen. Luke hatte übrigens auch die Fenster abgedichtet, mit einem Topf Leim, den er im Schrank gefunden hatte. Wobei es eher aussah wie sehr alte, zähe Blaubeermarmelade …
Am Ende quartierten wir Ference' Vater bei Ference im Zimmer auf einer Isomatte ein, aber Ference sagte, er schliefe lieber selber auf der Isomatte, weil er zur Abwechslung nicht der mit dem kaputten Bein sei. Am nächsten Morgen, sagte der Riese noch einmal, würden wir sofort dafür sorgen, dass Ference' Vater ins Krankenhaus kam.
Wenn wir gewusst hätten, was am nächsten Morgen los sein würde!

8

Leo

Oh, die Nächte im Blaubeerhaus! Diese Nächte, in denen es huscht und raschelt und Schatten unter den Sternen entlangwandern, während die Menschen in ihren Betten schlafen! Diese Nächte, in denen Sachen verschwinden und andere Sachen auftauchen. In denen der Tod und das Leben im Wald um sich greifen und drinnen, zwischen uralten Wänden, manchmal Türen klappen … leise, leise …
In dieser Nacht war es meine Tür, die klappte, und der Schatten, der hereinkam, war Avi.
Ich setzte mich auf und dachte erst, er hätte das Baby im Arm. Seine winzige Schwester, die hier im Blaubeerhaus geboren worden war. Das Mondlicht fiel auf die Schiebermütze, die er auch nachts aufhatte. Dann sah ich, dass er kein Baby trug, sondern eine zusammengerollte Isomatte, und außerdem war es natürlich Ference. Unter seinem anderen Arm klemmte eine Decke.
»Er schnarcht!«, flüsterte er. »Kann ich …?«
Damit entrollte er die Isomatte neben meinem Bett, legte sich darauf und zog die Decke über sich. Die Mütze drückte er an sich wie ein Stofftier.

»Komisch«, wisperte er. »Ich weiß immer noch nicht, ob ich ihn überhaupt leiden kann. Eigentlich kenne ich ihn gar nicht.«

Ich war zu müde, um ordentlich zu denken, aber Ference schien dringend mit jemandem reden zu müssen. Und zwar alleine, nicht wenn tausend Leute dabei waren.

»Wie lange war dein Vater denn im … na, du weißt schon?«

»Vier Jahre und ein bisschen. Dann haben sie ihn rausgelassen, wegen guter Führung oder wie das heißt.«

»Was hat er noch mal gemacht?«, fragte ich und gähnte. »Irgendjemanden betrogen oder wie?«

Ich stellte mir arme betrogene Leute mit leeren Portemonnaies vor.

»Ja, die Firma, bei der er vorher gearbeitet hatte«, sagte Ference. »Wie das genau ging, weiß ich nicht.«

Ich stellte mir einen dicken Chef mit Glatze und Anzug vor. »Eigentlich ganz cool«, sagte ich.

»Überhaupt nicht cool«, knurrte Ference. »Als die draufgekommen sind, war schon eine ganze Menge Geld weg, und sie waren wahnsinnig wütend.«

Ich stellte mir einen abgemagerten, wütenden Chef vor, der seinen letzten Anzug hatte verkaufen müssen.

»Das Geld zahlen wir bis zum Jüngsten Gericht zurück, sagt Mama«, sagte Ference.

Ich stellte mir ein Jüngstes Gericht vor, bei dem eine Menge Heiliger herumsaßen, und der Chef stand zwischen ihnen und streckte die Hand gierig nach dem Geld aus, das Ference' unglückliche dicke Mutter ihm in ihrer Handtasche brachte.

»Jedenfalls sagt er, er macht jetzt alles anders, aber das muss ich erst mal sehen, damit ich es glaube. Und wo kriegt er denn bitte einen Job her? Die Firma hat Dächer gedeckt, aber wer braucht schon Dachdecker heute?«
»Wir«, murmelte ich, aber da schlief ich schon fast wieder. »Ich frage morgen mal den Riesen und Onkel Ben …«
Und das hätte ich auch getan.
Aber am nächsten Morgen, als wir in die Küche kamen, saß dort nur Luke an einem ungedeckten Küchentisch. Er war blasser als sonst.
»Sie sind weg«, sagte er mit einem Stirnrunzeln. »Die Erwachsenen. Alle bis auf Ference' Vater. Sie sind verschwunden.«
Zuerst dachte ich, die Erwachsenen machten vielleicht nur einen Morgenspaziergang.
Auch wenn das ungewöhnlich war.
Wir deckten den Tisch und kochten Tee, Ference ging im Wald Eier finden, und Luke warf wieder mit Pfannkuchen herum. Juni und Juli schmückten den Tisch mit Efeublättern, und wir trödelten alle zusammen richtig herum beim Frühstückmachen.
Aber so lange wir auch trödelten, weder der Riese noch Onkel Ben noch Tante Fee tauchten auf. Luke versuchte, sie auf dem Handy anzurufen; die Nummern standen auf einem Zettel, den Onkel Ben an die Küchenwand gepinnt hatte. Lange, sagte Luke, würde sein Akku es nicht mehr machen. Vielleicht machten die Akkus der anderen es gar nicht mehr, jedenfalls meldete sich keiner. Als ich Imkes Blick einmal auffing, sah sie furchtbar besorgt aus. Ihre

dunklen Sommersprossen sahen aus, als hätten sie sich irgendwie ganz klein gemacht. Ich lächelte und versuchte, so auszusehen, als würde *ich* mir überhaupt keine Sorgen machen. Was ziemlich schwer war.

Schließlich gingen wir nach oben, wo Ference' Vater im Bett lag.

Er war sehr blass, und auf seiner Stirn standen kleine glänzende Schweißperlen.

»Kommst du frühstücken, Ference-Papa?«, fragte Juni vorsichtig.

»Es gibt Pfannkuchen, die nur ein bisschen auf dem Boden lagen«, sagte Juli. »Die anderen Erwachsenen … sind noch nicht da.«

»Wo sind sie denn?«, fragte Ference' Vater verwundert.

Ference legte eine Hand auf seine Stirn. »Du hast Fieber.«

»Möglich«, murmelte sein Vater. »Mir ist etwas … schwindelig. War ziemlich kalt in dieser Höhle gestern … Du bist ganz gesund, ja?«

Ference sah an sich hinab. »Denke schon«, sagte er.

»Geht sicher von alleine wieder weg«, meinte sein Vater mit einem kleinen hilflosen Lachen. »Ist ja auch von alleine aufgetaucht. Wir warten jetzt, dass die Erwachsenen zurückkommen, und dann wäre es schön, wenn jemand mein Bein ins Krankenhaus bringen könnte. Na, auf ein paar Stunden kommt es wohl nicht an.«

Und ich dachte, dass die Kälte in der Höhle nichts mit dem Fieber zu tun hatte, sondern dass es wahrscheinlich von der Wunde am Bein kam. Aber ich sagte es nicht, damit sich nicht alle noch mehr sorgten.

So lag Ference' Vater also weiter im Bett, während wir unten frühstückten.
Sieben der acht Pfannkuchen blieben übrig. Den achten teilten wir. Irgendwie war uns der Appetit vergangen.
»Ich hab's!«, rief Luke schließlich. »Natürlich, sie sind zum Bus gegangen! Sie wollen sicher sehen, ob man ihn wieder aus dem Sand fahren kann, weil der Sand vom Regen jetzt nass ist. Wir brauchen den Bus ja, um Ference' Vater in die Klinik zu bringen. Vielleicht haben sie uns einen Zettel geschrieben, und irgendeine Ratte oder eine Maus hat ihn aufgegessen.«
Das Eichhörnchen saß auf dem Schrank und guckte unschuldig.
»Ich meine, jeder ist hier mal verschwunden«, sagte ich. »Da haben die Väter wohl ein Recht, auch zu verschwinden.« Und ich lächelte wieder und versuchte, zuversichtlich zu klingen.
»Ich bin überhaupt noch nicht verschwunden«, protestierte Luke.
»Ja, und es ist auch besser, du lässt das bleiben«, sagte Imke fest. »Denn jetzt bist *du* der Erwachsene hier, jedenfalls der einzige Erwachsene, der rumlaufen kann.«

Der Wald war nass vom Regen, alles glänzte und gleißte, als hätte jemand Diamanten auf den Blättern verstreut, und wir stapften in Gummistiefeln durch das Grün, um einen großen Strauß Frühlingsblumen für den Küchentisch zu pflücken. Der würde da stehen, wenn die Erwachsenen mit dem Bus wiederkämen, das wäre doch schön.

Aber die Erwachsenen kamen nicht.
Wir brachten Ference' Vater Pfannkuchen in die Dachkammer, wir schaukelten auf der sehr langen Schaukel, wir machten unsere Runde zum Baumhaus und zum See, doch kein Riese und kein Onkel Ben und keine Tante Fee tauchte auf.
So wurde es Abend, weil es ja immer irgendwann Abend wird, egal was passiert. Es war ein stiller und bedrückter Abend, ein Abend voller Schatten, die alle aussahen wie Monster.
Luke kochte auf dem Gasherd Suppe aus einer Menge Gemüse, die nicht zusammenpassten, und die Küche war gemütlich wie immer, aber draußen schlich schon wieder der Wind ums Haus. Die Regenwolken waren zurückgekommen.
»Wir könnten eigentlich weiterlesen«, wisperte Imke.
»In was?«, fragten Juni und Juli im Chor, denn natürlich hatten sie es trotzdem gehört.
Imke sah sich in der Runde um und seufzte. Jetzt, da die Erwachsenen nicht da waren, saßen wir dichter zusammen, sogar Juni und Juli schienen sich in unserer Nähe sicherer zu fühlen. Draußen war etwas, irgendetwas, das wir nicht erklären konnten und das mit dem Verschwinden der Eltern zu tun hatte. Denn sie waren garantiert nicht nur auf einen zu hohen Baum geklettert wie Juni und Juli damals, oder hatten sich in einem Himbeerlabyrinth verlaufen wie Imke und ich. Denn so was tun Erwachsene nicht, auch wenn sie sich ab und zu mit dem Hammer auf den Daumen hauen.

»Also … wir lesen ein Buch«, begann Imke zögernd. »Ein … Buch über Sachen, die wirklich passiert sind. Hier, im Blaubeerhaus. Leo hat es auf dem Dachboden gefunden.«
»Tatsächlich?«, fragte Luke. »Oder ist das jetzt ausgedacht?«
Imke und ich sahen uns an. Dann sahen wir Ference an. Ference nickte kaum merklich.
Wir sollten es ihnen erzählen, hieß das. Jetzt muss es sein. Denn vielleicht, das spürten wir alle drei, hatte das Verschwinden unserer Eltern irgendetwas mit dem Tagebuch zu tun. Vielleicht, auf eine Weise, die bisher noch keiner von uns begriff.
»Es ist echt«, sagte ich deshalb. »Die alte Lene hat es geschrieben, es ist ihr Tage- und Nachtbuch.« Die Augen von Juni und Juli glänzten dunkel vor Spannung.
»Was steht drin?«, fragten sie gleichzeitig. »Was über das Einhorn und die Elfen?«
»Nicht … direkt«, sagte ich. »Es steht was vom Krieg drin und von kranken Leuten und von lauter Sachen, für die ihr eigentlich noch zu klein seid.«
»Prima!«, riefen Juni und Juli. »Dann wollen wir das hören!«
»Ich mache Feuer drüben im Kamin«, sagte Luke.
Da schüttelte Ference entschieden den Kopf. »Nein«, sagte er. »Wir lesen oben weiter. In Lenes Kammer. Bei meinem Vater.«

Imke

Ich trug eine Schale Suppe und ein Stück Brot die Treppe hinauf, und Leo trug eine Kerze, und ich kam mir ganz altmodisch vor, weil ich als ältestes Mädchen das Essen zu dem Kranken brachte. Ich kam mir, um ehrlich zu sein, vor wie Lene.

Ference' Vater lag genau so im Bett, wie ich es mir bei Avis Mutter immer vorgestellt hatte, nur dass Avis Mutter vermutlich nicht so unrasiert gewesen war.

Er setzte sich auf und legte die Hände um die Suppenschale.

»Warum ist es bloß so kalt hier?«, fragte er.

»Du hast Schüttelfrost«, stellte Ference fest. Wir schleppten eine Menge Decken an, obwohl er sowieso glühte. Dann saßen wir auf dem Fußboden, in unsere eigenen Decken gewickelt, draußen ging der Wind ums Haus, und Leo schlug im Schein der Kerze das alte Schulheft auf.

15. April 1945
Jetzt ist alles anders.
Ich sitze noch immer im Blaubeerhaus und schreibe, aber das Blaubeerhaus ist ein anderes geworden, es sind andere Geräusche darin und andere Stimmen, und ich höre sie über mir, denn eigentlich sitze ich unter dem Blaubeerhaus.
Die Geräusche sind lauter als sonst. Stiefelschritte,

Türenknallen, Möbelrücken. Die Stimmen sind rau und tief und fremd. Keiner lacht.
Hier unten ist es so kalt wie im Winter. Wir haben Decken mitgenommen und Mäntel, aber alles konnten wir in der Eile natürlich nicht runterschaffen.
Es geschah vor drei Tagen, kurz nach dem Feuer im Dorf. Wir waren draußen im Frühling, Avi und ich, und Avis Mutter saß im Garten dick eingepackt auf einem Stuhl. Auf Jentes Arm schlief das Baby, das jetzt übrigens Rebecca hieß. Eines der Pferde graste am Rand des Kräutergartens. Drinnen waren Mama, Esther und die alte Rosel dabei, die Küche nach dem Winter blank zu scheuern, und sie sangen dabei und lachten, und alles war schön. Zu schön. Da hätte uns wohl klar sein müssen, dass etwas passieren würde.
Es war das Pferd, das zuerst etwas merkte; es hob den Kopf und zuckte mit den Ohren, und dann floh es ganz plötzlich in den Wald. Beinahe im gleichen Moment kam das zweite Pferd ums Haus herumgeprescht, aber dieses Pferd hatte einen Reiter, nämlich Jakub.
»Ins Haus!«, rief er, noch ehe er absaß. »Alle ins Haus! Sofort!«
Da machten wir, dass wir ins Haus kamen, obwohl keiner etwas verstand, und Jakub schrie die Frauen an, sie sollten aufhören zu scheuern, und dann entschuldigte er sich, weil er geschrien hatte. Samuel öffnete die beinahe-unsichtbare Kellertür unter der Treppe.
»Nehmt warme Sachen mit und alles Essen, was ihr tragen könnt«, sagte Jakub. »Sie kommen, ich habe sie

gesehen, ich bin geritten wie ein Wilder, um rechtzeitig hier zu sein.«

»Wer denn? Die Russen? Die Amis? Die Franzosen?«, fragte Mama. »Man hat ja keine Ahnung, was überhaupt los ist …«

»Keiner von denen«, sagte Jakub, und seine Stimme war hart und glatt. »Deutsche. Manche haben Uniformen an, aber sie sehen schlimm aus, und manche nicht, aber sie haben alle Waffen. Das sind die Letzten. Die nicht kapieren, dass es aus ist mit dem Krieg. Die suchen sich ein letztes Quartier, das sie noch gegen den Feind halten können, das sind die völlig Übergeschnappten.«

»Wenn sie übergeschnappt sind, sind sie vielleicht nicht mehr gefährlich?«, fragte ich.

Aber Samuel sagte: »Wenn sie übergeschnappt sind, sind sie noch gefährlicher«, und Jakub nickte. Wir warteten, bis alle anderen im Keller waren. Ich wollte nicht dort hinunter, denn es war nicht klar, ob wir jemals wieder raufkommen würden, jedenfalls lebend, weil sie uns vielleicht fanden oder wir verhungern würden, wenn sie zu lange blieben. Deshalb wartete ich mit Avi vorn im Flur, und wir sahen aus dem Fenster in den Wald, um das Grün in uns aufzusaugen, einen Vorrat an Frühlingsgrün.

»Wir sollten uns vom Blaubeerhaus verabschieden«, sagte ich und sah mich um, und es gab so viele kleine Dinge und wunderbare Ecken und Winkel, von denen ich wusste, dass ich sie vermissen würde. Die Eckbank in der Küche und die alte blau-weiße Vase auf dem Kaminsims in der Stube und das Nest der Siebenschläfer auf dem Schrank und die Bücher im Regal – und dann sah ich sie durchs Fenster, ich sah sie durch den Wald kommen, es waren fünfzehn oder zwanzig. Sie kamen zu Fuß, sie sahen müde aus, aber die vordersten hatten Augen, die waren so entschlossen wie Feuer in der Nacht. Und die hinteren waren noch Jungen, zwei davon jünger als wir. Sie taten mir leid, weil sie so dünn und so ängstlich wirkten. Mehr sah ich nicht, denn da hatte Avi mich gepackt und zur Kellertreppe gezogen, und kurz darauf schloss er die beinahe-unsichtbare Tür von innen.

Jetzt sitzen wir also hier, meistens im Dunkeln, mit den Kerzen muss man sparsam sein. Dieser Keller hat kein einziges Fenster. Es ist sicher Verschwendung, Tagebuch zu schreiben. Gleich werde ich auch diese Kerze löschen …

Irgendwo da draußen ist Avis Vater. Wir haben ihn zuletzt an dem Tag gesehen, bevor Avi beinahe ins Dorf geritten wäre. Wenn er jetzt zurückkommt, läuft er den Soldaten in die Arme, die das Blaubeerhaus besetzt haben. Ich bete, dass er nicht kommt.

Wenn die letzte Kerze verbraucht ist, wird es immer dunkel sein. Dann werden wir leben wie die Maulwürfe. Wir benutzen den hintersten Kellerraum als Toilette, da haben Samuel und Jakub ein Loch in die Erde gegraben. Wasser zum Waschen gibt es nicht. Das Wasser in den Eimern, das wir mitgenommen haben, ist zum Trinken da, es ist das Wertvollste, was wir besitzen.

Irgendwann werden wir das Wasser trinken müssen, das

> an den feuchten Kellerwänden herunterrinnt. Und es rinnt nur, wenn es draußen regnet.
> Über uns gehen die Schritte durchs Haus, und die Stimmen schreien Befehle. Was haben die sich zu befehlen, da oben? Wo sie doch den Krieg sowieso schon verloren haben, wenn es stimmt, was Jakub erzählt hat? Zweimal haben wir Schüsse gehört. Ich möchte nicht wissen, was das war.
> Wir kauern uns zusammen wie Tiere in einer Höhle, und Avi und ich flüstern darüber, wo wir unseren Schatz verstecken. Das ist sicher kindisch, aber es ist das einzig Lustige hier. Ich glaube, wir werden ihn

»Logisch, hier hört es natürlich auf«, sagte Leo. »Nichts mehr zu lesen.«
Ference fluchte ausführlich, und Juni und Juli sahen ihn beeindruckt an.
Ference' Vater war eingeschlafen. Er schnarchte nicht, atmete nur ganz leise, und er war noch blasser als vorher. Hoffentlich lag das nur am Kerzenlicht.
»Sie müssen aber aus dem Keller rausgekommen sein«, sagte Luke nachdenklich. »Ich war inzwischen auch da unten … Skelette liegen keine rum.«
»Brrr«, machte Leo.
»Ich frage mich, wo Avis Vater abgeblieben ist«, meinte Luke. »Irgendwie habe ich das Gefühl, der taucht noch auf. In dem Tagebuch.«
In diesem Moment erlosch die Kerze. Ich fürchte, ich klammerte mich vor Schreck an Leo fest.

»Mist«, sagte Ference. »Ich hol eine neue.«
Ich ging mit ihm hinunter in die Küche, damit er nicht auch noch verschwand. Eine Weile suchten wir im Dunkeln herum, zogen Schubladen auf und fanden eine Menge Besteck, aber Kerzen fanden wir keine.
»Das war dann wohl die letzte«, sagte ich und befahl meiner Stimme, nicht zu zittern. »Müssen wir eben morgen weiterlesen, wenn es hell ist.«
»Aber ...«, sagte Ference.
Dann setzte er sich auf einen Küchenstuhl, stützte die Arme auf die Lehne und legte den Kopf darauf. Ich sah ihn nur undeutlich, als klobigen Schemen, und sogar Ference als Schemen sah in dieser Nacht unheimlich aus.
»Ich finde diesen Schatz«, murmelte er. »Ich finde den verfluchten Schatz, du wirst sehen.«
»Vielleicht«, sagte ich und schloss die letzte Schublade. Sie schloss schlecht, weil sich etwas dahinter verklemmt hatte, und ich griff mit dem Arm ganz weit hinein und zog es heraus: Es war ein Stück Papier. Ziemlich zerknittert. Ich ging zum Fenster, aber ich sah auch dort fast nichts; der Mond verbarg sich hinter den Wolken. Als fürchtete sich auch der Mond vor dem, was draußen im Wald in solchen Nächten geschah, in denen Leute verschwanden.
Das Papier in meiner Hand war übersät mit Linien und einzelnen Worten und etwas wie Pfeilen.
»Ference«, sagte ich langsam. »Komm mal her.«
Er kam, zögernd, und sah mir über die Schulter.
Draußen ging der Schatten des Dachses spazieren. Der Wind zerriss die Wolken. Da wurde es für Sekunden ein

wenig heller. Auf das Papier war an einer Stelle eine Mundharmonika gezeichnet, ganz am Rand. Oder eine Treppe von oben.
Die Schrift daneben kannte ich, auch wenn das Licht nicht zum Lesen ausreichte.
»Eine Karte!«, wisperte Ference. »*Die* Karte! Lenes und Avis Schatzkarte. Die alte Lene muss sie später hier versteckt haben. Nachdem sie zurückgekommen war.«

9

Leo

Mitten in der Nacht wachte ich auf, und es fiel mir plötzlich ein.
Nämlich, dass wir keine Kerze brauchten. Weder, um weiterzulesen, noch, um die Karte anzusehen, die Imke und Ference gefunden hatten.
Dass wir Taschenlampen hatten. Mit Ersatzbatterien. Wir hatten es allesamt vergessen, weil wir uns zu sehr in Lenes und Avis Welt hineingelebt hatten, wo es nach fünf Jahren Krieg keine Taschenlampen mit Batterien mehr gegeben hatte. Ich lag eine Weile da und dachte an die Lampe, die Luke für mich mit einem Kescher aus dem Plumpsklo gezogen hatte – was ich ihm hoch anrechnete. Dann holte ich sie aus dem Schrank, wo etwas aufflog und eine Runde im Zimmer flatterte. Ich erstarrte. Doch es war nur eine ganz kleine Fledermaus. Ich öffnete ihr das Fenster, und sie flog hinaus und freute sich sicher, dass jemand sie aus dem Schrank befreit hatte. Denn höchstwahrscheinlich hatte sie sich aus Versehen dort hineingehängt.
Ich knipste die Taschenlampe an und lauschte.
Es war ganz still im Haus. Ich stellte mir vor, wie es gewe-

sen war, als die Soldaten hier geschlafen hatten, und ich schlich hinunter und wanderte von Zimmer zu Zimmer. Dabei leuchtete ich durch meine hohle Hand, sodass das Licht rot und seltsam wurde und man es fast nicht sah. Und in diesem Licht fand ich einen der Soldaten auf Tante Fees Bett. Es war einer von den ganz jungen, er hatte ein dreckiges Gesicht, sah ziemlich mager aus und ... schlief fest. Und da wusste ich, dass ich dies alles nur träumte. Ich hatte nur geträumt, dass ich aufgewacht war, und ich träumte nur, dass ich hier stand.

Ich kniff mich, ziemlich fest. Es tat weh. Aber ich wachte nicht auf.

Mein rotes Licht tastete übers Bett, beleuchtete das Gewehr, das der Soldat neben sich gelegt hatte, seine schmutzigen, zerschrammten Füße ... Ich glaubte nicht, dass dieser Soldat noch kämpfen wollte. Ich glaubte auch nicht, dass er Lust hatte, versteckte Juden zu erschießen, die er vielleicht im Keller fand. Aber die älteren, die in den anderen Zimmern schliefen, die zwangen ihn wohl.

Der Soldat bewegte sich im Schlaf, und ich erstarrte und knipste die Taschenlampe aus. Dann murmelte der Soldat etwas, und da erkannte ich seine Stimme. Es war kein Soldat. Es war Ference.

Und ich träumte überhaupt kein bisschen.

Aber warum schlief Ference in Tante Fees Zimmer?

Und wieso lag ein Gewehr neben ihm im Bett? Mir wurde plötzlich eiskalt. Ich machte die Lampe wieder an. Doch, es war ohne Zweifel ein echtes Gewehr; schwarz und schwer und tödlich. Es sah ziemlich alt aus, vielleicht hatte er es

irgendwo im Haus gefunden. Vielleicht war es nicht geladen.
Er hielt etwas in der Hand, nicht seine Mütze, sondern ein Stück Papier. Die Karte. Imke und er hatten uns allen von ihrem Fund erzählt, ehe wir schlafen gegangen waren. Ich konnte nicht erkennen, was auf der Karte stand, Ference' Finger verdeckten das meiste.
Aber auf einmal war ich mir nicht so sicher, ob ich überhaupt etwas erkennen wollte.
Auf einmal war ich mir bei nichts mehr sicher.
Ich verließ das Zimmer rückwärts, Schritt für Schritt, und dann schloss ich die Tür. Im Haus knarzte jetzt das alte Gebälk. Aber war es nur das Gebälk? Oder ging jemand darin umher?
Ich wollte hinübergehen in das Zimmer, in dem Betti und der Riese und der kleine Mattis schliefen, doch natürlich schliefen sie nicht dort, denn Betti war zu Hause, und der Riese … ja, wo war der Riese? Wo waren Onkel Ben und Tante Fee?
Ich sah durchs Flurfenster in die Nacht hinaus – vielleicht war es dasselbe Fenster, durch das Lene und Avi die Soldaten hatten kommen sehen. Ja, dachte ich, dort draußen war etwas. Etwas, das Onkel Ben und den Riesen und Tante Fee geholt hatte.
Etwas oder jemand wartete zwischen den Bäumen und wusste, wie allein wir waren im Blaubeerhaus. Aber, dachte ich dann, und mir wurde noch kälter, musste das Etwas draußen sein? Es konnte genauso gut *im* Blaubeerhaus lauern.

Wussten wir denn, dass Ference' Vater wirklich Fieber hatte? Wussten wir denn, dass er wirklich offiziell aus dem Gefängnis entlassen worden war? Was, wenn das alles nicht stimmte? Okay, der Riese hatte das Bein verbunden und gesagt, es würde nicht gut aussehen, aber vielleicht war es in Wirklichkeit doch nicht so schlimm, wie er gedacht hatte.
Und Ference? Was hatte das Gewehr neben ihm wirklich zu bedeuten? Wusste er, wie man damit schießt?
Er hatte die ganze Zeit über diesen Schatz finden wollen. Er wollte nicht, dass wir ihn fanden. Vielleicht hatte sein Vater ihn zu etwas überredet, das er sonst nicht getan hätte.
Mir war plötzlich kalt. Ich musste mit Imke und Luke sprechen. Ich schlich die Treppe wieder hinauf und oben durch den Flur, die Taschenlampe in der Hand wie eine Waffe. Ich fragte mich, ob man mit einer so kleinen Taschenlampe jemanden bewusstlos schlagen oder umbringen konnte. Wahrscheinlich nur, indem man ihn zwang, sie zu essen.
Ich stand vor Imkes Zimmer und griff nach der Klinke. Und auf einmal war ich mir sicher: Ich würde nur ein leeres Bett vorfinden. Das, was die Eltern geholt hatte, hatte auch Imke geholt … Ich drückte die Klinke langsam hinunter.
In diesem Moment regte sich etwas hinter mir, etwas atmete, und ich fuhr herum.
Da war jemand. Eine Gestalt, nur zu erahnen in der Nacht. Ich ließ die Türklinke los und hetzte den Flur entlang. Die Gestalt kam mir nach, ihre Schritte waren unnatürlich laut auf dem Boden hinter mir, und dann hatte ich das Ende

des Flurs erreicht. Ich wirbelte herum, die Taschenlampe in der erhobenen Hand – und schlug mit aller Kraft zu.
Die Gestalt fiel zu Boden.
Die Taschenlampe leider auch.
Ich hörte ihr Glas klirren, sie erlosch, und einen Moment lang sah ich gar nichts. Dann stöhnte der auf dem Boden leise und fragte: »Leo? Bist du das?«
»Ference?«, flüsterte ich.
»Ja«, sagte Ference, und jetzt hatten sich meine Augen ein bisschen ans Dunkel gewöhnt. Ference hielt das Gewehr in der Hand. »Hast du ein Glück, dass das Ding nicht losgegangen ist«, sagte ich, betont ruhig, so als käme ich auf keinen Fall auf den Gedanken, er könnte damit auf mich schießen wollen.
»Das ist doch nicht geladen«, flüsterte Ference und rappelte sich auf. »Ich habe es nur, weil ...« Er stockte. »Da ist jemand, der Leute holt«, flüsterte er dann. »Eure Väter und eure Tante. Ich habe das Gewehr auf dem Dachboden gefunden, und ich fand, es ist besser, man hat eine Waffe. Falls einer kommt und einen holen will. Eben dachte ich ... ich dachte, der, der eure Väter hat, ist zurückgekommen. Ich habe jemanden herumschleichen hören.«
»Das war ich«, flüsterte ich. »Ich dachte schon, *du* wärst der, der Leute entführt.«
Ference hatte ein Grinsen in der Stimme »Ein Glück, dass du mich nicht gleich ganz bewusstlos geschlagen hast. Du kannst ganz schön fest zuhauen, wenn es sein muss.«
»Worauf du dich verlassen kannst. Ference ... warum hast du in Tante Fees Bett geschlafen?«

»Weil es frei war. Und weil keiner danebenliegt und schnarcht. Ich wollte nicht schon wieder zu Imke und sie stören. Oder zu dir. Ich will euch nicht nerven.« Er sah auf seine Füße, das sah ich auch im Dunkeln. »Und außerdem weiß ich nicht, ob man ihm wirklich trauen kann«, wisperte er dann.
»Wem?«, flüsterte ich. »Deinem Vater?«
»Ja. Was ist, wenn er nur so tut, als ob er krank ist und ein kaputtes Bein hat? Ich meine, er hatte wirklich eine heiße Stirn, aber vielleicht gibt es da Tricks … Wenn er nur den Schatz finden will? Vor uns?«
»Wir sollten weiterlesen«, sagte ich. »Und den Schatz gleich heute Nacht finden. Mit Taschenla… oh.« Ich sah auf die Scherben der Lampe hinunter.
»Imke hat auch eine«, meinte Ference. »Ich hatte das vorhin nur vergessen, weil im Buch alle bloß Kerzen haben.«
Und da fand ich, dass wir erstaunlich häufig die gleichen Sachen dachten.
Und wir gingen Imke wecken.

Imke

Als Leo und Ference mich weckten, faselten sie etwas von einem Entführer und einer Taschenlampe und einem Gewehr, und es dauerte, bis ich irgendetwas verstand.

Ich holte meine Taschenlampe aus der Nachttischschublade.
»Jetzt gucken wir uns die Karte endlich an«, sagte Ference und hielt sie hoch, aber da schrie draußen etwas. Es schrie von oben, vom Dachzimmer, wo die alte Lene früher gewohnt hatte. Und ich dachte: Jetzt weiß ich, was es bedeutet, wenn in Büchern steht, Leuten würde das Blut in den Adern gefrieren.
Ference fasste das Gewehr fester, das er mit sich herumschleppte. Leo fasste meine Hand.
»Los«, sagte er grimmig. »Gehen wir hoch. Man kann ja denken, das Gewehr wäre geladen, sieht ja keiner, dass es das nicht ist.«
Als wir im Flur waren, schrie es von oben noch einmal, sehr schrill, beinahe wie ein Weinen. Das Schreien drang einem durch Mark und Bein und wieder zurück, und ich war froh, dass Leo meine Hand noch immer hielt. Ich wäre überall lieber gewesen als in diesem Flur.
»Ein Baby«, flüsterte Ference.
»Das Baby«, flüsterte ich, »aus Lenes Tage- und Nachtbuch.«
»Aber wie …?«, begann Leo. Da waren wir schon auf dem Weg die schmalen Stufen hinauf. Obwohl ich alles lieber getan hätte, als diese Stufen hinaufzusteigen.
Die Schreie klangen jetzt wütend, etwas fiel um oder wurde geworfen. Der Lärm drang aus dem Zimmer, in dem Ference' Vater angeblich schlief. Und ich dachte, dass ich an jeden Ort der Welt lieber gegangen wäre als in dieses Zimmer. Aber wir mussten. Wir mussten dort hinein. Wir mussten das retten, was schrie.

Wir zählten ganz leise bis drei, dann klinkte Ference mit dem Gewehrlauf die Tür auf und zielte in das Zimmer. So wie er dastand, die Schiebermütze schief auf dem Kopf, das Gewehr in den Armen, das er kaum halten konnte, weil es schwer war, sah er aus wie ein Held in einem Film. Ich riss mich von seinem Anblick los und leuchtete mit der Taschenlampe in Lenes alte Kammer.

Da war kein Baby.

Ference' Vater saß aufrecht im Bett und starrte uns an, dann hob er langsam die Hände.

»Wer«, fragte ich langsam, »hat da geschrien?«

Ference' Vater zeigte auf den Fußboden, und ich ließ das Licht der Lampe wandern.

Da sahen wir es auch: Dort saßen, für den Moment schreckstarr durch unser Eindringen, zwei pelzige Dinger mit langen Schwänzen. Sie waren ineinander verkeilt wie kleine Jungen auf dem Schulhof. Als sie merkten, dass wir nicht vorhatten, ihnen etwas zu tun, rollten sie weiter über den Boden und begannen wieder zu fauchen und zu kreischen. Sie hörten sich wirklich an wie wütende Babys. Na ja, bis auf das Fauchen.

»Marder«, erklärte Ference' Vater müde. »Die beiden haben sich in den Kopf gesetzt, hier zu balgen, und solange ich nicht aus dem Bett komme, kriege ich sie nicht verjagt …«

Ference ließ das Gewehr sinken und lehnte es an den Türrahmen.

»Ja, wir … dachten gleich, dass es Marder sind«, sagte er beiläufig. »Wir wollten nur mal sehen, ob wir dir helfen können, sie loszuwerden.«

Dann jagten wir die Marder hinaus, was nicht so einfach war, und als wir damit fertig waren, waren Luke und Juni und Juli auch aufgewacht.
»Also, jetzt kann wohl keiner mehr einschlafen«, sagte Luke. »Okay. Ich mache Kakao, und wir lesen weiter.«
»Und sehen uns diese Karte an«, sagte Ference.

So saßen wir kurz darauf an dem alten Küchentisch, warm in unsere Pullover gepackt, und tranken Kakao und fanden im Taschenlampenlicht den nächsten lesbaren Eintrag.
Ich las vor.

17. April 1945
Nun ist wieder alles anders.
Denn gestern tauchte plötzlich Elia auf, Avis Vater. Er war einfach da, obwohl er nicht die Treppe heruntergekommen sein kann, und wir erschraken alle. Die alte Rosel murmelte etwas davon, dass es womöglich nur der Geist von Elia war.
Avis Vater umarmte seine Frau und seinen Sohn und strich der kleinen Rebecca über die Wange und sagte lange nichts.
»Ihr müsst jetzt kommen«, sagte er dann. »Ich habe die Soldaten oben gesehen. Sie glauben immer noch, sie könnten gegen irgendwen kämpfen, sie reparieren ihre Waffen und planen einen Angriff auf das Dorf, wo schon die Russen sind. Völlig verrückt. Irgendwann finden sie uns hier, also kommt.«
Und als wir fragten, wohin wir denn kommen sollten,

da führte er uns in den kältesten Kellerraum. Dort war das Regal wieder weggeschoben und dahinter das Loch in der Wand. »Da hinein«, sagte er. »Ich habe Tag und Nacht gearbeitet, aber jetzt bin ich durch.«
»Wohin ... führt denn ... dieses Loch?«, fragte Mama vorsichtig.
»Zu einem besseren Versteck als diesem«, sagte Avis Vater und lächelte. Er sah sehr erschöpft aus. »Zu einem Versteck mit einem Ausgang in die Welt. Wir können den Ausgang erst benutzen, wenn wirklich alles vorbei ist, der Krieg und überhaupt alles. Aber das dauert sicher nur noch ein paar Tage. Wochen höchstens. Es gibt Wasser in dem Versteck und mehr Licht als hier, und es ist ausgeschlossen, dass uns jemand dort findet.«
»Nehmt alles Essen und alle Decken mit, die ihr tragen könnt«, sagte Jente.
Das taten wir. Und Avi und ich nahmen einen bestimmten Koffer mit, was keiner merkte, weil er so aussieht wie alle Koffer. Wenn die Erwachsenen gewusst hätten, dass wir den Koffer mit dem Schatz mitnehmen und nicht vernünftigerweise den mit den Kleidern, dann hätten sie sicher gesagt, das wäre Unsinn. Sie haben ja schon vor einer Weile verkündet, wir sollten die Dinge, die angeblich wertvoll sind, vergessen. Es gibt, sagt Mama immer, nur noch zwei Sachen, die etwas wert sind: Essen und warme Kleider. Wir hatten den Koffer mit dem Schatz schon statt des Kleiderkoffers mit in den Keller geschmuggelt. Natürlich ist es kindisch,

diesen Koffer zu verstecken. Es ist ein Spiel, das letzte Spiel unserer Kinderzeit, die eigentlich längst vorbei ist. Denn mit fünfzehn ist man wohl kein Kind mehr. Deshalb haben wir auch endlich die Karte fertig gemalt. Ich lege sie erst mal hier in das Tagebuch, vielleicht verstecke ich sie irgendwann später, oder ich vererbe sie meinen Enkel- und Urenkelkindern, wenn das hier lange vorbei ist.

Avis Vater schob das Regal von innen wieder vor das Loch in der Wand, es ist ein Regal mit einer Hinterplatte, und so sieht man nichts von dem Loch.

Dann krochen wir mit unserem Gepäck im Licht einer einzigen Kerze den Gang entlang. Es roch moderig und erdig darin, es roch nach Wald, und ich atmete den Geruch tief ein.

Einmal kamen wir hoch, das war neben dem kleinen See, in dem Avi und ich alle Sommer gebadet haben. Da machten wir Rast, während der Mond auf uns schien, wir wuschen uns und tranken vom Wasser des Sees, aber die Erwachsenen sagten, wir könnten nicht hier oben bleiben, noch nicht.

Ich fand, Avi und ich könnten im Wald bleiben und im Baumhaus wohnen. Aber Mama sagte, wir müssten zusammenbleiben, und ein Baumhaus wäre zu gefährlich, vor allem wenn dort ein Mobile hängt, das Musik macht.

Als uns niemand beobachtete, öffneten wir den Koffer und nahmen drei von den alten bunten Trinkgläsern aus dem Gutshaus heraus, die warfen wir hinunter in

den See, als Andenken an diese Rast. Es war wie ein Versprechen, wiederzukommen und sie an einem fernen, schönen Sommertag heraufzuholen.
Dann hörten wir jemanden durch den Wald gehen, und Avis Vater sagte, die Soldaten hielten nachts Wache, um das Blaubeerhaus herum. Also stiegen wir wieder in den Gang hinunter, dessen Ausgang unter einem Busch liegt, gut getarnt.
Und nun sind wir hier, und wir haben immerhin Wasser und etwas Licht und mehr Platz. Aber ich sehne mich nach draußen.
Nach der Luft und dem Rauschen der Bäume und danach, wieder mit Avi alleine herumzuwandern, nur wir beide. Hier sind zu viele Menschen, alle sitzen so sehr aufeinander, dass man dauernd streitet.
Wir haben den Koffer übrigens gut versteckt. Es liegen vier große Steine darüber. Wenn wir den Ausgang in die Welt endlich benutzen dürfen, werden wir weit weggehen und uns nicht umdrehen, und ich wünsche dem, der den Schatz findet, viel Glück.

10

Leo

»Die nächste Seite ist leer«, sagte Imke. »Als wäre das so eine Art Absatz, nach dem was ganz anderes kommt.«
Ference breitete die Karte auf dem Tisch aus.
»Die ist jetzt wichtiger«, flüsterte er. »Hey, hier sind sogar Meter-Angaben. Wie weit der Eingang im Keller von welcher Wand entfernt ist …« Er sah uns der Reihe nach an. »Was ist? Kommt ihr?«
»Da ist kein Loch in der Wand«, sagte Imke. »Wir haben doch alle Wände abgesucht. Und alle Regale weggeschoben.«
»Ich gucke trotzdem nach«, erklärte Ference trotzig und stand auf. »Jetzt gleich. Ist doch möglich, dass morgen wieder irgendwer verschwunden ist. Das weiß man wohl nie, bei diesem Haus.«
Da sagten wir, wir kämen alle mit, weil wir ihn nicht alleine im Keller herumkriechen lassen wollten. Luke holte den Zollstock, mit dem der Riese bei Reparaturen alles ausgemessen hatte (das meiste verkehrt), und wir gingen zusammen durch die fast-unsichtbare Tür unter der Treppe. Und ich dachte wieder an das Unerklärliche, das

irgendwo lauerte und das unsere Eltern mitgenommen hatte.
Aber im Keller war es nicht. Zum Glück.
Wir zählten im Taschenlampenlicht Kellerräume und maßen und rechneten und maßen wieder.
Schließlich sagte Ference. »Hier muss es sein!«, und er nahm das Gewehr und fing einfach an, damit auf den Putz an der Wand zu klopfen. Der Putz fiel ab. Ference nickte zufrieden und klopfte weiter; er klopfte den Putz auf einem großen Stück Wand komplett ab, mit einer Kraft und einer Wut, die beeindruckend war.
Vielleicht war es die ganze angestaute Wut darüber, dass sein Vater seine Arbeit verloren hatte und im Gefängnis gewesen war und dass seine Mutter eine unglückliche Topfpflanze war und das Blaubeerhaus jemand anderem gehörte, und überhaupt.
»Du machst das Gewehr kaputt«, stellte Luke fest.
»Ja«, sagte Ference nur.
Und auf einmal war da ein Riss in der Wand. Senkrecht, von oben nach unten, unter dem Putz. Ein breiter Riss, eher wie ein Spalt. Ference stand keuchend da und starrte ihn an. Der Schweiß rann in kleinen Bächen an seinem Hals hinunter, die Mütze war ihm vom Kopf gerutscht, seine roten Haare waren grau vor Staub, und langsam breitete sich ein Lächeln über sein Gesicht.
»Na also«, sagte er ruhig, packte das Gewehr wieder und klopfte den Riss entlang.
Nach einer Weile löste Luke ihn ab, und Ference ließ ihn, weil er vermutlich nicht mehr konnte.

Der Riss bog oben nach rechts und dann wieder nach unten, und als er ganz freigelegt war, konnte man den Umriss eines Rechtecks erkennen, das nicht Teil der Wand war.
Luke holte das alte Brotmesser aus der Küche, das schon Lene benutzt hatte, steckte die Spitze in den Spalt und hebelte mit aller Kraft, und das rechteckige Stück begann sich zu lockern. Er versuchte es der Reihe nach mit einer Gabel, einem Schraubenzieher und zwei Bleistiften, und schließlich fiel das Rechteck nach vorne, und wir schrien alle.
Es war nur eine dünne Holzplatte, jemand musste sie nach dem Krieg dort angebracht haben, um das Loch für immer zu verschließen.
Als der Staub sich legte, sahen wir den schwarzen Schlund des Gangs dahinter.
Ference machte einen Schritt hinein, aber Luke hielt ihn zurück.
»Ich bin der Erwachsene hier, schon vergessen?«, fragte er. »Ich bestimme, wann es losgeht.«
Imke sagte, es wäre ein Fehlschluss, dass die Erwachsenen bestimmen könnten, doch Luke wollte nur, dass wir ein paar Dinge mitnahmen.
»Nehmt alles Essen und alle Decken mit, die ihr tragen könnt«, sagte er. »So hat es Lene geschrieben, oder? Wir brauchen vielleicht keine Decken, aber Proviant wäre gut, man weiß nie, und genügend Lampen und Wasser.«
»Und einen Fernseher und ein Bett und eine Badewanne«, sagte Imke und seufzte.
Wir packten dann einen Rucksack mit allen möglichen

wichtigen Dingen voll. Diesmal nahmen wir ein richtiges Seil mit, für alle Fälle. Juni und Juli kamen mit einer der Laternen, die im Haus noch herumstanden, und sagten, die wäre sicher auch gut, falls die Taschenlampen nicht mehr gingen. Am Ende lief Ference hoch zu seinem Vater. Imke und ich kamen mit, doch wir blieben in der Tür stehen.

»Wir finden jetzt den Schatz«, erklärte Ference. »Wir müssen dazu in einen Gang kriechen, unter der Erde, und es kann sein, dass er einbricht und wir nicht zurückkommen. Dann weißt du wenigstens, warum.«

Ference' Vater setzte sich auf.

»Müsst ihr den Schatz denn mitten in der Nacht finden?«, flüsterte er heiser.

»Ja«, sagte Ference entschlossen. »Falls die anderen Väter wieder auftauchen, sag ihnen das.«

»Mach ich«, flüsterte Ference' Vater. Und, als Ference schon bei uns an der Tür war: »Mir wäre es lieber, ihr würdet das nicht machen. Wir brauchen keinen Schatz, weißt du.«

»Leb wohl«, sagte Ference, schloss die Tür und atmete tief durch.

»So, Lene«, sagte er mit etwas belegter Stimme. »Wir kommen.«

Und wir kamen. Der Gang war nur am Anfang so hoch, dass man darin gehen konnte, danach musste man kriechen. Es war seltsam, auf allen vieren hier unten entlangzukrabbeln, es fühlte sich an, als lastete die Schwere des

ganzen Erdreichs auf einem. Ich stellte mir vor, wie Lene und Avi und ihre Eltern durch diesen Gang gekrochen waren. Und wie viel mehr Angst sie gehabt hatten als wir.
Lene hatte geschrieben, sie wollte fortgehen, wenn alles vorbei war. Fortgehen und nie wiederkommen. Warum war sie zum Blaubeerhaus zurückgekehrt? Warum hatte sie den geheimen Gang so sorgfältig verschlossen? Hätte es nicht gereicht, nur das Regal wieder davorzuschieben?
Sie hatte nicht gewollt, dachte ich, dass irgendwer den Gang jemals wieder benutzte.
Warum?
Was erwartete uns am Ende des Gangs?
Ich war der Letzte in der Reihe, vor mir krabbelten Juni und Juli, die darauf bestanden hatten, mitzukommen, obwohl Luke es ihnen verbieten wollte. Hinter mir kam niemand mehr.
Obwohl ich das Gefühl nicht loswurde, dass doch jemand da war, in der Dunkelheit. Die alte Lene. Oder die junge Lene.
Dies war das Ende ihrer Geschichte, jedenfalls das Ende der Geschichte ihrer Kindheit. Und es war das Ende unserer Geschichte mit dem Schatz, das spürte ich. Die alte Lene wollte dieses Ende nicht verpassen.
Aber war das hinter mir wirklich die alte Lene – ein guter Geist, ein Geist der Erinnerung? Oder war es etwas ganz anderes? Das unheimliche, unerklärliche Ding, das Etwas, das Dunkle, das die Eltern geholt hatte? Ich versuchte, mir einzureden, dass das Unsinn sei, doch es ging nicht. In meinem Nacken spürte ich den kalten Atem eines Wesens, das

nicht ganz von dieser Welt war, eines Wesens, das nur aus Nacht bestand.
Sein Atem lähmte mich, ich kam nicht mehr voran, und auf mir lasteten Tonnen von Erdreich, die ich plötzlich spürte. Ich bekam keine Luft mehr. Die anderen waren schon weit voraus, ich sah den schwachen Lichtschein ihrer Lampen kaum noch; ich versuchte, schneller zu kriechen, doch das Ding hinter mir lachte und hielt mich an den Beinen fest.
Da ließ ich mich flach auf den Bauch fallen und rollte mich herum, um dem Ding in die Augen zu sehen. Es war nichts da. Nur Schwärze. Vielleicht.
»Leo?«, rief Imke von vorne. »Leo, kommst du?«
»Ich … ja, ich komme!«, rief ich zurück. »Ich musste mich nur … etwas ausruhen …«
Und ich rappelte mich hoch und krabbelte auf allen vieren weiter, um die anderen wieder einzuholen.
Nach ungefähr einer Ewigkeit, als mir die Knie und Hände aufgescheuert waren vom Kriechen, rief Lukes Stimme gedämpft von vorne: »Hier ist ein Ausgang! Aber es geht noch weiter!«
Wir nahmen den Ausgang trotzdem, wir mussten zwei Meter senkrecht nach oben, und Luke kletterte voraus und half uns anderen hoch. Es war, wie durch einen Schornstein zu klettern.

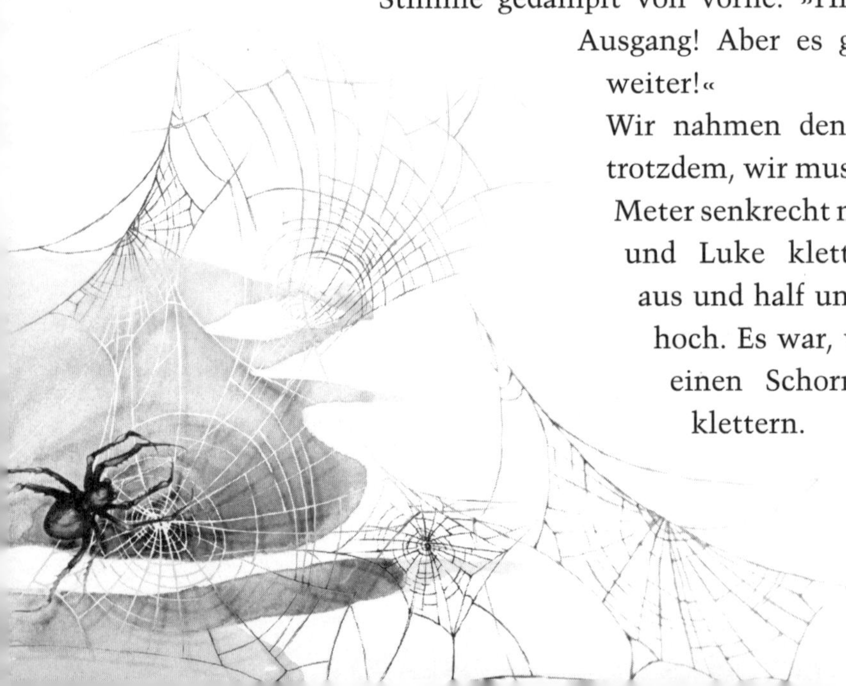

Als wir die Äste des Strauchs beiseitebogen, unter dem der Gang herauskam, lag vor uns Imkes See im Mondschein. Es war alles genau so wie damals.
Ich atmete gierig die frische Luft, die nach dem abgestandenen, muffigen Geruch im Gang wunderbar war, und ich dachte, dass ich nie so erleichtert darüber gewesen war, ins Freie zu kommen.
Wir ließen unsere Füße ins Wasser hängen und lauschten auf die Nachtgeräusche des Waldes.
»Hier spielen immer die Hasen«, sagte Imke. »Ich hab sie gesehen, von da drüben, vom anderen Ufer ... Ich dachte, sie haben hier ihren Bau. Aber sie benutzen den alten Geheimgang. Es sind also quasi Geheimhasen.«
Über uns schrie ein Käuzchen. Einen Baum weiter sang ein Nachtvogel.
Ich dachte an den Riesen, der versucht hätte, diesen Vogel in seinem Bestimmungsbuch zu finden und ihm einen komplizierten Namen zu geben.
»Franz«, murmelte ich, nur so für mich. »Der Vogel heißt Franz.«
»Guck mal«, sagten Juni und Juli im Chor. »Da drüben!«
Da sahen wir auf der anderen Seite des Mondscheinsees das Einhorn stehen. Es stand da und sah zu uns hinüber, es wirkte noch weißer als weiß im weißen Mondlicht, und es hatte eindeutig vier Beine und ein Horn.
»Es weiß, wohin wir gehen«, sagte Juli. »Es weiß alles. Immer schon.«
Das Einhorn neigte den Kopf, als wollte es grasen, überlegte

es sich anders und verschwand im Wald. Ference zuckte die Schultern.
»Lasst uns wieder runter und weiterkriechen«, sagte er.

Imke

Der Gang war endlos. Ich glaube, in meinen Haaren sammelten sich die Erdkrümel des halben Waldes, und in Leos wilden Locken sowieso. Bei unserer Pause hatte er sehr blass ausgesehen. Ich glaube, Leo hat ein Problem mit engen Gängen unter der Erde, aber ich habe es nicht gesagt. Wir haben ihn nach der Pause in die Mitte genommen, damit er nicht wieder versucht, verloren zu gehen, Luke machte das Schlusslicht.
Wir krochen im Halbschlaf vorwärts, und ich wünschte mich trotz aller Abenteuer zurück in mein Bett im Blaubeerhaus, wo die Mäuse und Siebenschläfer gemütlich in den Schränken träumten. Dann wurde der Gang plötzlich höher und weiter, plötzlich konnte man stehen, und Ference zog mich auf die Beine.
»Guck dir das an!«, flüsterte er und pfiff durch die Zähne. »Die Höhle! Die Höhle, in der mein Vater über das Geröll runtergefallen ist! Äh, ja, und ich auch.«
Doch als ich nach oben leuchtete, war über dem Geröllhaufen kein Loch in der Wand.
»Nein, warte«, sagte ich langsam. »Es ist eine *ähnliche*

Höhle. Es ist nicht die Höhle, in der du deinen Vater gefunden hast.«
»Und es ist nicht der Platz, an dem Lene zuletzt Tagebuch geschrieben hat«, sagte Leo. »Da gab es Licht. Hier gibt es kein Licht. Draußen scheint der Mond, aber er scheint nicht hier rein. Die sind damals noch weitergegangen.«
Wir liefen alle Wände ab und untersuchten sie genau, aber es war wie beim Keller, da war nichts. Nichts außer einer Menge Fledermäuse, die wir aus Versehen aufscheuchten und die ultraschallkreischend über unsere Köpfe flatterten und sich beschwerten, weil sie unter Naturschutz standen und man sie trotzdem belästigte.
»Die Karte sagt, da geht es weiter«, murmelte Ference. Er hatte das alte Papier auf den Knien und zeigte jetzt in eine Richtung, in der es eindeutig nicht weiterging. Da war nichts als ein großer Haufen Steine. Die Höhlen in diesem Berg schienen alle voller Geröll zu sein, man hätte sie ruhig mal aufräumen können.
Juni und Juli gähnten.
»Die Elfen haben hier kleine Betten zwischen den Felsen«, sagte Juli.
»Vielleicht lassen sie uns da schlafen«, meinte Juni. Sie breiteten ihre Jacken über ein paar Gesteinsbrocken, die vor Jahren oder Jahrzehnten hier aus der Wand gestürzt waren, und kringelten sich darauf zusammen wie kleine Tiere. Dann gähnten sie noch einmal, im Chor, und schlossen die Augen. Luke seufzte. »Die haben Nerven«, sagte er und sah sich unruhig um.
»Nerven, Nerven, Nerven«, sang das Echo. Vorher hatte

ich nicht gemerkt, dass da ein Echo war, doch jetzt kam es mir sehr unheimlich vor.
Und ich fragte mich, ob wir eigentlich alleine hier waren. Oder ob da noch jemand war, der uns beobachtete, durch irgendeinen verborgenen Spalt. Jemand, der sehr genau wusste, wo Papa und der Riese und Tante Fee steckten.
»Wir … machen erst mal eine Pause und lesen das Ende vom Tage- und Nachtbuch, ehe wir umkehren«, sagte ich möglichst fröhlich. Luke stellte die Laterne auf einen Felsen.
»Macht die Taschenlampen aus«, befahl er. »Wir sollten Batterien sparen. Wir müssen noch den ganzen Weg zurück.«
»Ich gehe nirgends hin zurück«, fauchte Ference, »bevor ich den Schatz gefunden habe.«
Leo schlug das alte Schulheft auf. Es gab nur noch wenige beschriebene Seiten, die wir nicht gelesen hatten.
»8. Mai 1945«, las Leo. Er las leise, Luke und Ference und ich beugten uns ganz nahe zu ihm, um ihn zu hören. Vielleicht hatte auch Leo das Gefühl, dass wir nicht alleine in diesem Berg waren.

Nun sind wir seit drei Wochen hier, und langsam habe ich es satt. Natürlich, von oben fällt etwas Licht herein, natürlich, es ist nett von dem Bach, dass er an einer Seite durch die Höhle fließt. Natürlich, es ist ein wunderbares Versteck, das Avis Vater für uns gefunden hat. Aber ich wollte nie ein Höhlenmensch sein, und ich will es auch

jetzt nicht. Es hat rein gar nichts Romantisches an sich. Wir können nicht einmal ein Feuer machen, weil jemand den Rauch sehen würde, der oben aus dem Berg käme.
Alle husten wieder, als wäre es tiefster Januar. Die feuchte Kälte des Bergs kriecht einem tief in die Knochen, während draußen der Frühling überquillt vor Leben.
Nachts klettern Samuel, Jakub und Elia über den Einstieg oben hinaus, da, wo die Strickleiter hängt. Sie gehen einzeln, sie versuchen, die Lage auszukundschaften, und jedes Mal kehren sie mit derselben Nachricht zurück: Die Soldaten sind noch immer im Blaubeerhaus, sie patrouillieren noch immer im Wald. Vielleicht sind dies gar nicht die letzten Soldaten, vielleicht ist der Krieg kein bisschen zu Ende, und Jakub hat im Dorf die falschen Sachen gehört.
Ich vertraue es nur diesem Heft an, aber auch Avi und ich schleichen uns nachts hinaus. Wir kriechen durch die Spalte südlich in der Höhle, durch die die Erwachsenen nicht passen und die wir ihnen nicht zeigen werden, wir kriechen hinaus, wenn sie schlafen.
Wir kennen nur noch den Nachtwald.
Als gäbe es keinen Tagwald mehr.
Wir kennen die Tiere der Nacht besser denn je, die Dachse und die Füchse und die Wildkatzen und die Marder und die Eulen. Eines Tages können wir vielleicht nur noch im Dunkeln sehen, wie sie.

Wenn ich das Baby tagsüber auf den Armen halte, erzähle ich ihm ganz leise von unseren kurzen, ängstlichen Ausflügen. Und wir träumen, Avi und das Baby und ich, von der Zukunft und dem Sommer draußen auf dem Sonnenhügel.

»So«, sagte Leo. »Es geht weiter mit … wartet … mit dem 30. Mai 1945.«

Es erscheint mir jetzt verrückt, dass ich die Tasche mitgenommen habe. Die Tasche mit meinen Sachen und dem Tagebuch und der verdammten Karte. Es wäre vielleicht besser, wenn es dort geblieben wäre. Wenn ich das Tagebuch nie mehr lesen könnte. Aber es ist wohl nötig, dass ich auch den letzten Rest noch aufschreibe, damit ich damit durch bin und alles vergessen kann.
Ich bin wieder im Blaubeerhaus. Allein. Die Soldaten sind weg.
Sie haben vieles kaputt gemacht und anderes nicht. Ich habe ein altes Gewehr gefunden und in den Schrank gestellt, man weiß nie, wann man ein altes Gewehr braucht.
Es kommt mir vor, als wäre ich jahrelang fort gewesen.
Es ist schwer, aufzuschreiben, was ich jetzt aufschreiben werde, aber ich tue es trotzdem.
Beim letzten Mal, als ich in dieses Heft schrieb, tobte draußen ein Gewitter. Wir hörten den Regen und den Donner nur von ferne und sahen manchmal die Blitze in dem Loch oben aufleuchten. Es war Abend, ich konnte gerade noch so sehen, was ich schrieb. Und dann, als ich

mit dem Schreiben fertig war, schlug der Blitz in einen Baum auf dem Hügel ein. Etwas stürzte dort um, mit einem lauten Krachen, oben vor dem Licht, es fiel quer über die Öffnung. Das muss der Baum gewesen sein. Und er muss tief zwischen den Felsen gewurzelt haben, anders kann ich es mir nicht erklären. Er hat irgendetwas losgerissen mit seinem Sturz.
Denn der ganze Hügel geriet mit einem Mal in Bewegung.
Es ging alles sehr schnell und dauerte doch ewig.
Mama war die Erste, die schrie. Sie zeigte nach oben, dorthin, wo der erste Stein sich von der Decke löste. Ihre Augen waren groß und dunkel vor Angst, und ich wollte zu ihr laufen, aber auf meinen Armen schlief die kleine Rebecca. So ging ich langsam mit ihr rückwärts. An meinem Ellenbogen hing, sinnlos, die Tasche mit dem Tagebuch, die ich immer mit mir herumtrage. Mehr Felsbrocken stürzten in die Tiefe, und jemand schrie, dass wir hier rausmüssten, aus der Höhle raus. Die Ersten versuchten, den Gang zu erreichen, durch den wir vor drei Wochen gekommen sind. Aber in ihrer Eile fielen sie übereinander, und ich weiß nicht, ob überhaupt irgendwer es in den Gang schaffte.
Der zweite Ausweg, die Strickleiter und das Loch in der Decke, waren zu nichts mehr gut. Denn von dort kamen die Felsbrocken.
Es war wie eine Lawine, eine Lawine aus Steinen und Erde und Staub, und ich versuchte, Avi zu finden in dem Durcheinander …

»Hallo?«, rief jemand leise.
Leo verstummte und ließ das Heft sinken. Er hatte am Ende vor Aufregung lauter gelesen, und nun war es plötzlich sehr still.
»Hallo-o-o?«, klang es in der Stille. »Ist da wer?«
»Wer, wer, we-h-heeer«, rief das Echo. Doch das erste Rufen, das war nicht das Echo gewesen, das war eine menschliche Stimme gewesen.
Leo stand auf und zeigte stumm auf den Geröllhaufen.
Die Stimme, jetzt versuchte sie es noch einmal, kam *aus dem Geröllhaufen*.
»Wer ... wer ist da?«, wisperte Leo, in einer seltsamen Umkehrung der Frage von hinter-dem-Geröll. »Ist das der ... der die Eltern geholt hat?«

Ich schüttelte langsam den Kopf. Und auch Ference schüttelte den Kopf.

»Avi«, flüsterte er.

»Lene«, flüsterte ich.

Obgleich es natürlich unmöglich war.

Wir begannen zögernd, die Steine wegzuräumen. Manche waren zu groß, wir zerrten und zogen zu zweit an ihnen, und wir schrammten uns die Finger blutig. Juni und Juli wachten auf und sahen uns verwundert zu, und wir arbeiteten weiter, rascher und rascher jetzt.

»Wir kommen!«, rief ich schließlich. »Haltet aus! Wir holen euch da raus!«

Leo strich sich das verklebte Lockenhaar aus der Stirn. »Das tun wir«, sagte er entschlossen. Dann schaffte Luke den letzten großen Steinbrocken beiseite, und wir standen vor einer schmalen Öffnung in der Höhlenwand.

Juni und Juli krochen zuerst hindurch, ehe wir sie daran hindern konnten.

Ich kroch ihnen nach.

Da war eine zweite Höhle, hinter der ersten. Dieser Berg besaß wirklich eine Menge Höhlen, er war durchlöchert wie ein Schweizer Käse, und bei so vielen Löchern war es wohl kein Wunder, dass ab und zu Teile der Höhlen einstürzten.

Irgendwie, dachte ich, schien dies nicht unbedingt der beste Platz, um eine Nacht dort zu verbringen.

An einer Seite der Höhle floss ein Rinnsal vorüber, und von oben fiel Licht durch ein kleines Loch, über dem schon lange kein Baum mehr lag. Mondlicht.

In der Mitte der Höhle aber standen drei Menschen, die offenbar gerade aufgesprungen waren und mit wildem Erstaunen um sich blickten:
Papa, der Riese und Tante Fee.

11

Leo

Sie blinzelten alle drei ins Licht wie Maulwürfe. Bestimmt hatten sie eine Taschenlampe gehabt, aber die Batterien hatten wohl schon vor Längerem den Geist aufgegeben.

Ich war mit ein paar Schritten in der Mitte der Höhle und umarmte den Riesen. Er roch schrecklich, ungefähr so wie jemand, der einen Tag und zwei Nächte lang in einer Höhle verbracht hat, aber es war trotzdem wunderbar, ihn zu umarmen. Er drückte mich fest an sich, und er flüsterte immer wieder: »Gott sei Dank, Gott sei Dank, Gott sei Dank«, obwohl Gott nichts ist, was wir in unserer Familie häufig benutzen.

»Leo«, sagte er schließlich und wuschelte mir durchs Haar, »wie habt ihr uns gefunden?«

»Oh, wir … haben euch gesucht und gesucht«, sagte ich, was stimmte, wir *hatten* sie gesucht, nämlich gestern. Ich konnte ja schlecht sagen: Wir haben euch zufällig gefunden, eigentlich suchen wir gerade etwas ganz anderes.

»Was tut ihr denn hier?«

»Wir beschäftigen uns damit, verschüttet zu sein«, sagte Onkel Ben tapfer.

Imke, Juni und Juli ließen ihn gerade nach ihrer eigenen Umarmung wieder zu Atem kommen. Nur Tante Fee war von niemandem umarmt worden. Da tat Luke das, und weil er viel stärker und größer ist als Tante Fee, hob er sie ein bisschen hoch, und sie kreischte wie ein junges Mädchen. Ich glaube, sie war am glücklichsten von allen, dass wir aufgetaucht waren.

»Wasseradern!«, stieß sie aus. »Überall Wasseradern! Der ganze Hügel ist quasi durchwässert! Kein Wunder, dass die Felsen herunterkommen!«

»Wir haben versucht, das Geröll beiseitezuräumen«, erklärte der Riese. »Aber wir wussten nicht mehr genau, an welcher Stelle der Durchgang zur anderen Höhle liegt ... Es ist so *viel* Geröll heruntergekommen ... Und dann hatten wir kein Licht mehr und haben im Dunkeln geräumt. War wohl nicht so effektiv.«

Ich sah mir seine Hände an, die blutig und zerschrammt waren, noch mehr als unsere, und ich fand, dass auch mein Vater sehr tapfer war.

»Aber wie seid ihr hierhergekommen?«, fragte Luke.

»Ist ... noch jemand hier?«, fragte Imke.

Wir sahen uns um, plötzlich war es wieder unheimlich.

»Nein«, sagte Onkel Ben. »Wir sind ganz alleine gekommen. Es war, weil ... also, Leo, deine Mutter hat am Telefon mit deinem Vater gesprochen. Und sie hat erzählt, dass ihr einen Schatz sucht und ihn nicht findet, und dass ihr ganz enttäuscht seid deswegen.«

»Da haben wir gedacht, wir helfen ein bisschen nach«, sagte der Riese.

»Ihr habt doch nicht …?«, begann ich.
»Doch«, sagte der Riese kleinlaut. »Ich fürchte, genau das haben wir getan. Wir sind nachts losgegangen, als ihr geschlafen habt, um einen Schatz zu verstecken.«
»Moment«, sagte Imke. »Wie seid ihr in den Berg hineingekommen?«
»Na, durch so eine Spalte zwischen zwei Felsen«, sagte Onkel Ben. »Und dann dachten wir, wir würden uns verirren, weil es mehrere Gänge gibt, aber siehe da, das ist nicht passiert.« Er grinste. »Wir … haben ein bisschen in dem Geröll gegraben, das schon da war, und das war wohl keine gute Idee. Irgendetwas hat sich dabei gelockert. Dann kamen plötzlich eine Menge Steine und Staub runter, und der Eingang der Höhle war weg. Tja.«
»Schön«, sagte Luke. »Jetzt ist er wieder da. Gehen wir. Sämtliche Schätze können morgen gesucht werden, ihr seid zu kalt und dreckig und kaputt, um länger hierzubleiben.«
Der Riese nickte.
Aber gleich darauf stellten wir fest, dass er nicht durch den Durchschlupf passte, den wir freigelegt hatten. Einer der Steine, die heruntergekommen waren, war richtig, richtig groß – so groß, dass auch alle Erwachsenen zusammen ihn nicht wegschieben konnten.
Auch Onkel Ben kam nicht durch, und Tante Fee, die sagte, sie würde es sicher schaffen, blieb beinahe stecken. Wir zogen sie dann lieber auf dieser Seite des Lochs an den Füßen zurück.
»Ich verstehe das nicht«, murmelte sie, »strenge Rohkost-

diät, seit Wochen. Und nur linksdrehendes Obst. Ich müsste doch abgenommen haben …«
»Und da oben?«, fragte Luke und zeigte. »Da oben« klaffte das Loch in der Decke, das schon Lene beschrieben hatte, das Loch, durch das tags Sonnenlicht schien.
Es war eigentlich kein Loch, sondern eher ein schmaler Felskamin, eine Art senkrechter Spalt. Er sah relativ breit aus. Aber er war auch relativ weit oben. So ungefähr zehn Meter.
»Wenn man ein Trampolin hätte«, sagte der Riese nachdenklich, »könnte man vielleicht so hoch hüpfen …«
»Man braucht kein Trampolin«, sagten Juni und Juli im Chor. »Man braucht nur Elfenflügel.«
»Ach so«, sagte der Riese und strich nachdenklich durch seinen roten Bart.
Ference stellte unseren Rucksack auf einen Felsbrocken. »Jetzt essen wir erst mal alle was«, sagte er praktisch. Aber wir aßen nicht alle etwas.
Wir sahen zu, wie die drei Verschütteten aßen. Sie hatten den ganzen letzten Tag nichts gegessen, dies war schon ihre zweite Nacht in der Höhle, und ihre Augen strahlten, als sie unsere belegten Brote sahen. Der Riese aß ganz aus Versehen sogar ein Brot mit Leberwurst (das hatte Imke geschmiert), obwohl er eigentlich keine toten Tiere isst, auch keine verleberwursteten.
Nie hätte ich gedacht, dass es solchen Spaß machen könnte, seine eigenen Eltern zu retten. Ich meine, nicht dass ich ihnen wünsche, häufiger verschüttet zu werden, aber häufiger retten würde ich sie gerne.
Imke goss Tee aus der Thermoskanne in Becher, und ich

schnitt große Scheiben von dem Käse ab, den wir auch im Rucksack hatten, und sie waren so glücklich darüber, dass es eine wahre Freude war.
Ference beteiligte sich nicht an der Fütterung der Verschütteten, er saß ein wenig abseits, die Karte auf den Knien, und murmelte vor sich hin. Man sah auch von hier aus, dass das Kreuz, das den Schatz markierte, zu groß war, es war über die ganze Höhle gemalt. Doch wo genau der Schatz nun lag, das hatten Lene und Avi nicht eingezeichnet. *Es liegen vier große Steine darüber …* Es gab Hunderte von großen Steinen!
Imke schlug das alte Schulheft auf der letzten Seite auf. Für einen Moment hatte ich Lenes Geschichte ganz vergessen, und nun schämte ich mich beinahe dafür.
»Ja, lies weiter!«, sagte ich. »Lies das Ende!«
Luke und die anderen nickten feierlich. Und Imke las.

… ich versuchte, Avi zu finden in dem Durcheinander, und meine Augen fanden ihn. Für einen Moment sahen wir uns an. Dann kam ein Teil der Lawine genau zwischen uns herunter, Staub wirbelte auf, ich sah gar nichts mehr, spürte nur die Felswand hinter mir und fand darin, eher zufällig, den Spalt, durch den wir in den Nächten heimlich ins Freie geschlüpft waren. Ich rief. Ich versuchte, zu rufen. Hierher! Hierher! Doch die Geröllawine war zu laut. Ich konnte immer noch nichts erkennen, vor mir waren nur Staub und Bewegung und zerrissenes Licht und viel Dunkelheit, Schreie und Chaos. Dann traf mich ein Stein am Kopf, der Schmerz war

scharf wie ein Messerstich, und ich spürte, wie mir schwindelig wurde. Das war der Moment, in dem ich feige war. In dem ich voller Angst nur noch an mich dachte.
Ich schlüpfte in die Felsspalte, die hinter mir war. Ganz alleine. Während ich hineinschlüpfte, schrie ich ein letztes Mal, sie sollten herkommen, aber ich drehte mich nicht mehr um, ich quetschte mich durch den Felsen ins Freie, stolperte ein Stück vorwärts den steinigen Abhang hinunter, durch Dornen und Gestrüpp. Meine Beine liefen von selbst durch die Nacht, bis ich hinfiel. Ich fiel auf den weichen Waldboden, und erst dabei merkte ich, dass ich noch immer meine Tasche und das Baby festhielt.
Avis winzige Schwester.
Ihr war wie durch ein Wunder nichts geschehen bei meinem Sturz, sie schrie nicht einmal, öffnete nur verwundert die kleinen Fäuste und schloss sie wieder. Danach gähnte sie und begann, an meiner Schulter etwas zu trinken zu suchen.
Ich ließ sie an meinem kleinen Finger saugen, und sie schlief wieder ein.
Dann machte ich ihr ein Bett aus Moos zwischen den Wurzeln der Buchen, und ich zog meinen Pullover aus, um sie zuzudecken, denn die Frühlingsnacht war kalt. Schließlich ging ich zurück zu den Felsen, die Tasche an mich gedrückt. Ich weiß nicht einmal, warum ich die Tasche mitnahm, vielleicht wollte ich nicht ganz allein sein. Es donnerte und blitzte noch immer, ferner jetzt,

und es hatte begonnen zu regnen. Mein Kopf dröhnte vor Schmerz. Aber abgesehen davon war es still.
Kein menschlicher Laut drang aus dem Hügel. Ich fand die Spalte, durch die ich gekommen war. Ich rief. Niemand antwortete.
Ich saß lange dort, zwischen den Brombeersträuchern und den Maiglöckchen, die gerade noch nicht blühten. Ich fühlte, wie das Blut warm mein Gesicht hinunterlief, von da, wo der Stein mich an der Schläfe getroffen hatte. Irgendwann rief ich nicht mehr.
Und ich kroch nicht zurück in die Spalte. Ich wusste, was ich finden würde, und ich wollte es nicht finden. Ich war zu schwach. Gott, vergib mir, ich war zu schwach. Ich fing an zu beten, so wie ich es bei Avi und den anderen gehört hatte.
Sch'ma Israel ... Höre, Israel ...
Aber es gab nichts zu hören. Das Gebet war nur ein letzter Abschiedsgruß. Jetzt, dachte ich, waren Avi und die anderen vielleicht schon weit weg, im Land ihres Volkes. Sie mussten sich vor niemandem mehr verstecken, weil sie andere Gebete hatten als wir. Es war, dachte ich, sicher warm dort, denn es gab Wüsten, das steht ja in der Bibel, und es gab auch jede Menge zu essen, weil überall Früchte auf den Palmen wuchsen. Es war ein Paradies.
Früher war der Wald ein Paradies gewesen, dieser dumme, grüne, kalte deutsche Wald. Mein Paradies und Avis Paradies. Jetzt war ich alleine darin, ich wusste es. Und dann wurde alles schwarz um mich.

Das Baby, dachte ich noch, Avi, ich habe das Baby gerettet. Aus Versehen.
Das Baby ist der einzige Mensch, der geblieben ist von den Versteckten aus dem Blaubeerhaus. Der einzige Mensch, der geblieben ist von eurer Familie.
Als ich wieder zu mir kam, schien die Sonne durch die Zweige, und die Vögel sangen. Ein paar Maiglöckchen waren aufgeblüht. Mir war noch immer schwindelig, und als ich aufstand, musste ich mich übergeben. Aber ich schaffte es, bis dorthin zu gehen, wo ich das Baby zwischen Moos und Farn gebettet hatte.
Es war nicht mehr da. Nicht einmal mein Pullover war da, nur ein paar einzelne braune Wollfäden hingen im Gestrüpp. An diesem Tag hasste ich die Füchse und die Raubvögel des Waldes, die Avis Schwester geholt hatten. Obwohl es natürlich nicht ihre Schuld ist. Sie sind Raubtiere. Sie sind nicht böse wie die Menschen, die Kriege machen.
Sie sind nur sie selbst.

Ich bin dann zum Blaubeerhaus zurückgewandert, sehr langsam. Ich glaube, ich hoffte, dass die Soldaten mich einfach erschossen. Aber das Blaubeerhaus war leer.
Und so bin ich immer noch hier.
Später habe ich erfahren, dass am Tag des Gewitters, am Tag, an dem die Höhle einstürzte, der Krieg ganz offiziell vorüber war. Am achten Mai. Einen Tag zu spät für uns.

1. Juli 1945
Wie seltsam.
Als ich heute draußen war, um endlich den Garten umzugraben und ihn wieder nutzbar zu machen, stand bei der Birke ganz hinten eine Gestalt.
Ich dachte zuerst, es ist jemand aus dem Dorf. Aber es war Avi.
Er stand da und grinste mich an, dann lief er voraus in den Wald. Er war nicht mager und blass, er war wieder braun gebrannt und kräftig wie in unserem ersten Sommer zusammen im Wald. Und er war zehn. Ich muss mir wohl einbildet haben, dass wir älter geworden sind. Denn als ich an mir herabsah, merkte ich, dass auch ich plötzlich wieder jung war. Auch ich bin allerhöchstens zehn. Ich bin ihm nachgerannt, zwischen die Bäume hinein.
Für immer zehn zu sein – was für ein wunderbarer Gedanke. Wir haben so viele Jahre vor uns, zusammen im Blaubeerhaus.

Imke schloss das Schulheft.
»Ich heul nicht«, sagte sie und wischte sich die Nase mit dem Ärmel ab.
»Ja, ich auch nicht«, sagte der Riese und nahm mich in die Arme. Dicke Riesentränen liefen über seine Backen und kullerten in den roten Bart.
»Es ist doch alles gut geworden für Lene«, sagte ich leise und strich ihm über die Wange. »Sie hat es sich eben so ausgedacht, dass es gut war. Sie ist vielleicht ein bisschen verrückt geworden … Sie hat das wirklich geglaubt, oder?

Dass Avi wieder da war und dass sie für immer Kinder geblieben sind?«
Imke nickte. »Aber ich denke, sie war glücklich damit. Sie war glücklich im Blaubeerhaus, die ganzen Jahre, mit Avi zusammen. Ich meine, okay, Avi war nicht wirklich da, klar. Nur ... ist es nicht egal, ob etwas da ist? Elfen und Einhörner und so?«
»Das Einhorn *gibt* es«, sagten Juni und Juli im Chor.
»Und die Elfen genauso«, sagte Juli. »Wenn ihr zu blind seid, um die zu sehen, seid ihr selber schuld.«

Imke

Ja, meine blöden kleinen Schwestern. Da ist alles so furchtbar tragisch, und sie faseln von Elfen. Ich hätte sie fast gehauen. Und ich sah mir das Geröll an und fragte mich, an welcher Stelle der Höhle die Versteckten aus dem Blaubeerhaus darunter begraben lagen.
Die Höhle war ja nicht ganz eingestürzt, ein großer Teil von ihr war erhalten geblieben.
»Wie eine Kirche«, sagte ich leise. »Die Höhle ist wie eine Kirche. Eine Gedenkstätte für die Leute aus dem Blaubeerhaus. Vielleicht ... können wir einen Altar machen.«
»Mit Blumen und so!«, riefen Juni und Juli begeistert.
»Ja«, sagte Papa. »Aber erst mal wäre es vielleicht doch ganz schön, hier rauszukommen. Die Spalte, durch die

Lene damals mit dem Baby gekrochen ist, gibt es wohl nicht mehr, die ist auch verschüttet.« Er seufzte.
Ich sah nach oben, wo das erste Morgenlicht durch den Felskamin fiel.
Und da erinnerte ich mich an das Seil in unserem Rucksack.
»Es ist ganz einfach!«, rief ich. »Einer geht außen rum und findet oben das Loch! Und dann lässt er das Seil runter, und wir können euch alle raufziehen!«
»Imke, du bist phänomenal«, sagte der Riese.
Luke sagte, er ginge. Er kroch zurück durch den Spalt, mit dem Seil, und wir begannen zu warten. Weil wir unsere Eltern nicht schon wieder alleine lassen wollten.
Ference tigerte ruhelos in der Höhle auf und ab, er hob hier einen Stein auf, schob da einen Brocken Geröll beiseite, murmelte und fluchte. Er suchte noch immer den Schatz.
Schließlich blieb er stehen und grinste schief. »Was wolltet ihr eigentlich als Schatz vergraben?«, fragte er und sah die Erwachsenen an.
»Ach, nur so ein paar Schokoladentafeln«, sagte Papa. »Wir wollten sie in einen alten Koffer tun, den wir im Blaubeerhaus gefunden haben, unter dem Bett, wo Betti und der Riese schlafen.«
»So ein riesiges, klobiges Ding«, meinte der Riese und lachte. »Ich habe es zufällig entdeckt, gerade als wir losgehen wollten und ich meine Schuhe suchte. Über dem Koffer lag eine alte Decke, ziemlich schimmelig, deshalb haben wir ihn wohl bisher nicht gesehen. Jemand hat ihn

sorgfältig mit WINTERKLEIDER beschriftet, vielleicht Lenes Mutter. Wir wollten die Schokolade zwischen den alten Kleidern verstecken, das wäre doch spannend geworden.«
»Wollten?«, fragte ich.
»Habt ihr nicht?«, fragte Leo. »Also: die Schokolade versteckt?«
»Ja, da kamen wir nicht mehr dazu«, sagte Tante Fee kleinlaut. »Wir haben erst gegraben, und dann kam dieses Geröll runter ... Das hat dann den Koffer und die Schokolade begraben. Da lag sie noch neben dem Koffer.«
»Warum habt ihr die Schokolade nicht wieder ausgegraben, um sie zu essen?«, fragte Ference. »Wo ihr doch sonst nichts hattet?«
»Da vorne würde ich lieber nicht graben«, meinte der Riese. »Sonst kommt wieder irgendwas runter.«
Er zeigte auf eine Stelle am Rand des Geröllhaufens, ein paar Meter entfernt von der Spalte, durch die Luke eben hinausgekrochen war.
»Quatsch«, knurrte Ference. »Was jetzt nicht runtergekommen ist, kommt nicht mehr.«
Und ehe ihn jemand daran hindern konnte, war er bei den losen Steinen und begann, sie wegzuräumen. »Ference!«, sagte ich. »Nicht –!«
»Komm weg da, Ference!«, rief Papa.
Aber es war zu spät.
Ference war nicht mehr zu stoppen, er arbeitete jetzt wie ein Besessener, es war wie im Keller mit dem Gewehr und dem Putz im Keller. Es ging, dachte ich, nicht um die Scho-

kolade, er musste nach dieser ganzen elenden Suche einfach irgendetwas finden, sonst drehte er durch.
Dann lief ein Knirschen durch die Höhle, und wir sprangen alle zurück. Tante Fee schrie.
Nein, wir sprangen nicht alle zurück, Leo nicht, Leo sprang vorwärts. Er packte Ference und riss ihn mit sich, weg von dem Knirschen, und sie landeten beide auf dem harten Höhlenboden. Aber nichts geschah, kein Stein rollte irgendwo herunter.
»Idiot!«, knurrte Ference zu Leo und rappelte sich auf. »Weißt du, was das Geräusch eben war? Das war der Koffer.«
»Koffer?«, fragten wir alle.
»Ja, Koffer«, sagte Ference grimmig. »Er ist gar nicht weit unten. Ich habe daran gezogen, da hat er auf dem Boden ein Knirschgeräusch gemacht.«
Da traten wir vorsichtig näher, und wirklich, dort lag der Koffer. Nur die Schokoladentafeln waren wohl noch immer unter irgendwelchen Steinen begraben. Aber durch das Geröll, das auf ihn gefallen war, war eine Schnalle des Koffers aufgesprungen. Ference rupfte an der anderen Schnalle.
»Will nur mal sehen«, murmelte er. »Nur so …«
Und dann löste sich das Scharnier, und Ference klappte den Koffer auf.
Oben lag ein altes Mädchenkleid, aus festem braunem Stoff, mit langen Ärmeln: so eines wie die, die Juni und Juli im Blaubeerhaus gefunden hatten, nur wärmer. Winterkleider eben.
Ference seufzte.

Er zog das Kleid weg – und dann machte er ein ganz komisches Geräusch, so als hätte er etwas sehr Großes oder Giftiges verschluckt.

Denn unter dem alten braunen Mädchenkleid glänzte etwas.

Da lagen, sorgsam zusammengerollt und teilweise in rotes Seidenpapier gewickelt, Schmuckstücke über Schmuckstücke, eine ganze Sammlung an Ketten und Armreifen und ein paar langweilige Silbergabeln und noch mehr Schmuck.

All die Dinge, von denen Lenes Mutter und Avis Eltern gesagt hatten, die Kinder sollten sie vergessen, weil im Krieg nur noch Kleider und Nahrungsmittel wirklich einen Wert hatten. Vielleicht hatten die Erwachsenen ein paar Dinge mitgenommen – ein Schmuckstück hier, eine Brosche da, etwas, um es später zu verkaufen. Aber den Großteil hatten sie dagelassen. Gold und Juwelen kann man nicht essen, sie hatten recht gehabt.

Dies also war Lenes und Avis Schatz.

»Da haben die beiden wohl die Koffer verwechselt«, sagte Leo sachlich. »Sie haben irgendwo hier den Kleiderkoffer vergraben. Und der Schatzkoffer stand siebzig Jahre lang unter einem Bett im Blaubeerhaus.«

12

Leo

Ference untersuchte den Schatz so vorsichtig, als könnte er zu Staub zerfallen. Wir ließen ihn. Wir sahen nur zu. Und ich dachte, dass wir das ganze Zeug bei einem Museum abgeben mussten und dass wir Ference das besser nicht jetzt sagten.

Schließlich zog er die Hand aus dem Koffer und hielt etwas hoch. Ein festes Stück Papier. Eine Urkunde.

Er gab sie Onkel Ben, und Onkel Ben entzifferte ein Weilchen im Laternenflackerlicht daran herum.

»Das ist die Besitzerurkunde für das Gutshaus«, sagte er schließlich. »Das beim Dorf, dieses große, ihr wisst schon. Das hier war die Urkunde von Avis Eltern. Darüber, dass das Haus und die Felder daneben ihnen gehören. Komplett mit Siegel. Hier, das Siegel trägt das Zeichen des Gutshauses, so eine Art misslungenes Einhorn und einen Laubkranz ...«

»Das Baby hätte das alles erben können«, sagte Imke leise.

»Ja, so ein Mist«, sagte ich ärgerlich. »Hätte das Baby nicht wenigstens überleben können? Die kleine Dings? Rebecca?«

Der Riese zuckte die Schultern. »Das Leben ist kein Disneyfilm.« Er schnäuzte sich. »Wirklich, du hast recht. So ein Mist.«
Aber Ference lächelte breit. Sehr breit. »Ich ...«, begann er.
»Hey?«, rief da jemand von oben, und das Echo hatte ordentlich zu tun mit der Vervielfältigung des Wortes: »Hey, hey, heeee-eeee-ey.«
Wir sahen alle nach oben, und dort war Lukes Umriss in dem Lichtloch aufgetaucht. Sekunden später baumelte ein Seil zu uns herunter.
»Ich hab es oben an einem Baum festgemacht, der zwischen den Felsen wächst!«, rief er. »Ich hoffe, der hält euch aus und es kracht nicht wieder alles ein, wenn ihr euch hochzieht ...«
Es krachte aber nichts.
Die Väter kletterten selbst hoch, und wir klatschten für sie, und uns zogen sie. Auch Tante Fee. Sie sagte, sie hätte gerade einen kleinen Schwächeanfall in den Armen, und sie müsste doch mehr Yoga machen, damit ihre Arme gestärkt würden.
Es war wunderbar, in so einer Schlaufe durch die Höhle nach oben zu schweben, es fühlte sich an wie das Ende eines Abenteuerfilms: Die Helden werden aus dem dunklen Schlund des kalten Berges befreit.
Als Letzten zogen wir Ference hoch. Er hielt den wieder geschlossenen Koffer im Arm.
Wir hatten Luke, dem Befreier, eine Menge zu erzählen.

Der Morgen wurde immer heller, als wir durch den Wald zurück zum Blaubeerhaus wanderten. Wir trugen den schweren Koffer abwechselnd.
Ich schlief beinahe ein beim Gehen, so müde war ich, schwer und müde wie jemand, der zu viel gegessen hat, aber ich hatte nur zu viele wirre Erlebnisse gegessen.
Und vielleicht zu viel Vergangenheit.
Imke nahm meine Hand und drückte sie, und dann standen wir vor dem Haus. Es erhob sich so blau wie immer zwischen dem Grün des Waldes, blau gestrichen und pflanzenberankt und tierbewohnt und alt und freundlich.
Doch vor dem Blaubeerhaus stand ein Auto.
Ein kleines, grünmetallisches Auto, so ein Grün, das zu cool für den Wald ist und ein bisschen unpassend, aber immerhin grün. Ein Auto mit einem Hamburger Kennzeichen.
»Das ist … *unser* Auto«, sagte Imke langsam.
Da flog die Vordertür auf, und heraus stürzten Tante Flores und Betti mit dem kleinen Mattis im Arm und umarmten uns und sagten lauter Dinge wie »Ein Glück!« und »Wo wart ihr bloß?« und »Was ist mit dem Bus passiert, der steht mitten im Wald?« und »Wie seht ihr denn aus?«.
Mattis, stellte sich heraus, war wieder quietschfidel, er streckte uns seine Ärmchen entgegen und lachte ganz fürchterlich darüber, wie dreckig und abgerissen wir waren nach unserem Höhlen-Abenteuer.
Flores hatte Betti und Mattis mitgenommen zum Blaubeerhaus. Sie hatten vorher versucht, uns anzurufen, aber keiner war an irgendein Telefon gegangen.
Als sie den VW-Bus im Wald gesehen hatten, hatten sie

gedacht, uns hätte mindestens ein wildes Tier gefressen. Aber von wilden Tieren, die Leute fraßen, wollte ich nichts mehr hören an diesem Tag, nicht mal im Spaß, weil ich immer und immer an Avis Babyschwester denken musste.
Als Betti mich schließlich losließ, merkte ich, dass da noch eine Person war, die auch jemanden umarmte, eine dünnere und etwas kleinere Person. Diese Person umarmte Luke.
»Ach ja, und Lara haben wir auch mitgenommen«, sagte Tante Flores. »Sie hat mich angerufen, sie wollte unbedingt herkommen. Keine Ahnung, ich glaube, sie hat mit Luke was zu klären.«
Doch weder Luke noch Lara sahen im Moment aus, als hätten sie irgendetwas zu klären. Sie umarmten sich nur weiter, Lara hatte ihre dünnen blassen Finger in Lukes Rastalocken gekrallt, und ich guckte lieber wieder weg, für den Fall, dass sie hier und jetzt anfingen zu knutschen.
Ja, und dann kam noch jemand aus dem Haus.
Etwas mühsam und auf einen Besen gestützt, weil er wohl nichts Besseres gefunden hatte.
Das war Ference' Vater. Er sah nicht gut aus, er sah immer noch aus, als hätte er Fieber und müsste dringend ins Krankenhaus. Jedoch sehr erleichtert darüber, dass Ference heil und gesund war. Wir waren nur eine Nacht lang weg gewesen, dachte ich, aber es kam mir vor wie eine halbe Ewigkeit.
Ference und sein Vater trafen sich in der Mitte, der Vater mit dem kaputten Bein und dem hinderlichen Besen, Ference mit dem Koffer. Es war eine Szene wie im Film, wo

ganz leise Geigenmusik erklungen wäre und alle Jungs im Kino abgekotzt hätten, weil es so kitschig war.
»Ich hab ihn«, sagte Ference mit etwas heiserer Stimme. »Ich hab den Schatz.«
Ference' Vater nickte. Er schien auf eine Erklärung zu warten.
»Ja, es ist nämlich zufällig unser Schatz«, fügte Ference hinzu.
Da wartete ich auch auf eine Erklärung. Aber zuerst erklärte Ference seinem Vater, etwas verworren und etwas hektisch, was wir auf den letzten Seiten von Lenes Heft gelesen hatten. Wie Lene aus der Höhle entkommen war und das Baby gerettet hatte, und wie das Baby dann doch noch verschwunden war. Ference' Vater hörte sich das alles an und nickte nur sehr ernst.
»Und wieso …?«, begann er am Ende.
Ference holte tief Luft.
»Die Oma«, sagte er dann. »Also … weißt du, was die mir geschenkt hat? Vor einem Jahr oder so? Ich wollte es erst gar nicht haben, das blöde Ding. Hab's dann doch genommen, damit sie nicht traurig ist. Sie hat gesagt, sie hätte es schon, seit sie ein Baby war, und sie wollte es mir unbedingt schenken. Wie alte Leute eben manchmal so sind.«
Und er griff in seine Hosentasche und zog eine kleine Kette hervor. Als er sie hochhielt, glänzten ihre winzigen, feinen Glieder im Morgenlicht. Das Kettchen war gerade lang genug für den Arm eines Babys. Und daran hingen eine silberne Ente und eine winzige silberne Rassel.
»Auf der Ente ist unten ein Wappen drauf«, sagte Ference

leise. »So ein misslungenes Einhorn mit Waldlaub drum rum. Hat bisher niemand so genau angeguckt, was?«
Ference' Vater zuckte die Schultern. »Nicht so richtig. Die ... die Oma ... die hat doch immer erzählt ... aber das kann ja nicht sein, oder?« Jetzt war seine Stimme genauso komisch heiser wie die von Ference. Als müsste er gleich heulen, aber nicht vor Traurigkeit, sondern vor Verwirrung. »Sie hat immer erzählt, sie wäre im Wald gefunden worden, als Baby, gerade als der Krieg aus war. Und dass ihre Eltern gar nicht ihre Eltern gewesen wären, sondern

sie nur mitgenommen haben. Ganz ehrlich, ich hab ihr das nie so richtig geglaubt. Und die Großeltern, an die kann ich mich nicht mehr erinnern ... Sind beide früh gestorben. Na, sie hat sich immer eine Menge Sachen ausgedacht, meine Mutter. Wie ich klein war schon.«
»Bloß dass bei der Oma gar nicht *alles* ausgedacht war.« Ference zuckte die Schultern. »Irgendeiner hat sie im Wald gefunden und mitgenommen. Und hat nicht gewusst, dass da noch ein Mädchen in der Nähe ist. Da war nämlich noch eine. Die Lene. Aber das erklär ich dir nachher richtig.«
»Ja, mach das«, sagte Ference' Vater. »Ich verstehe nämlich gerade gar nichts.«

»Ich auch nicht«, sagte Betti.
»Wie wäre es, wenn wir in der Küche ein großes Frühstück für alle machen?«, fragte Luke, der es irgendwie geschafft hatte, sich kurzzeitig von Lara zu lösen. »Dann können alle allen alles in Ruhe erklären.«
Und das taten wir.

Das Blaubeerhaus sah nach ein paar Stunden mit zwei Müttern ganz anders aus.
Sie hatten sofort damit begonnen, es zu vergemütlichen; auf der Eckbank in der Küche lagen zwei neue flauschige Decken, und an der Wand hing jetzt ein riesengroßes Foto vom letzten Jahr – davon, wie wir alle vor dem Blaubeerhaus herumstanden und am letzten Ferientag doof an der Kamera vorbeiguckten. Es duftete nach Kaffee und aufgebackenen Brötchen und nach Tante Flores' Parfüm und Bettis Schafsmilchseife und leider auch nach etwas zu viel Deo von Lara. Zum Glück bestand niemand darauf, dass wir uns vor dem Frühstück wuschen. Wir saßen einfach so dreckig und erdig am Tisch, wie wir waren, und stopften Brötchen um Brötchen in uns hinein.
Und die ganze Geschichte von Avi und Lene wurde noch einmal erzählt.
Am Ende sagte Lara: »Also das Baby … ist das jetzt richtig … das Baby ist gefunden worden von Leuten, die da vorbeikamen, warum auch immer, und dann haben sie es sozusagen adoptiert, und es ist später die Oma von – wie heißt du?«
»Ference«, knurrte Ference. »Wie Terence mit F.«

»… von Ference geworden«, sagte Lara. »Und ihr seid deshalb die Letzten von der Avi-Familie.«
»Moment«, sagte Ference' Vater. »Muss ich jetzt zum Judentum übertreten? Das ist mir zu kompliziert. Oder sind wir quasi sowieso Juden?«
Betti lachte. »Ich glaube, das ist ziemlich egal. Die Frage ist nur: Wer erbt *noch* alles?«
»Na, ihr könnt den Plunder im Koffer haben«, sagte Ference großzügig zwischen zwei Bissen Blaubeermarmeladenbrötchen. »Das Gutshaus gehört ja uns, wie es aussieht. Und die ganzen Felder da auch, das reicht wohl. Ihr könnt ja den Schmuck und das alte Silberbesteck verkaufen und von dem Geld das Blaubeerhaus reparieren lassen. Dann kann man mal Strom und fließend Wasser hier rauslegen und Telefon und so.«
»Oh ja«, seufzte Tante Fee. »Eine warme Dusche … und abends ab und zu fernsehen …«
Sie merkte, dass alle sie anstarrten. »Ich meine natürlich, Dokumentationen über Mineralien und Naturkräfte«, sagte sie rasch. »Lauter bildende Sachen. *Ich* kann gut auch ohne Fernseher in der Natur leben, ich ja.«
Betti und Onkel Ben unterdrückten einen plötzlichen Hustenanfall.
»Gertrude«, sagte Betti. »Du bist unverbesserlich.«
»Gertrude?«, fragte der Riese perplex.
»Ja, eigentlich heißt sie nicht Fee«, sagte Onkel Ben. »Als Kind hieß sie Gertrude. Steht in ihrem Pass.«
»Ich gehe mal in den Garten, meditieren«, sagte Tante Fee beleidigt, ging aber nicht.

»Nein, es erben noch ein paar andere Leute«, sagte Ference' Vater ernst. »Ich habe sechs Geschwister, und sie haben alle eigene Familien. Ich glaube, die meisten haben Schulden. Außerdem ist gar nicht sicher, dass das Gutshaus uns nach so langer Zeit wirklich noch gehört.«

Da schwiegen alle eine Weile. Schließlich sagte Ference kleinlaut: »Dann bekommt jeder nur ein kleines Stück von diesem verdammten Schatz?«

Sein Vater nickte.

Und alle sahen betreten aus.

Aber Imke stand auf, kletterte auf die wackelige alte Eckbank und verkündete mit ausgebreiteten Armen: »Liebe Leute, leider gibt es kein Geld, um das Blaubeerhaus zu reparieren. Aber wenn sie Ference' Vater im Krankenhaus wieder zusammengeflickt haben, kann er das Dach heil machen, weil das sein Beruf ist. Ansonsten bleibt das Blaubeerhaus so, wie es ist: ohne Strom, ohne Wasser, ohne Telefon und ohne Fernseher.«

Und da jubelten wir alle.

Mattis patschte mit beiden Händen in die Blaubeermarmelade und bekam das halb zahme Eichhörnchen zu fassen, das auf dem Tisch vorüberhuschte. Und es wurde ein sehr blaues Eichhörnchen. Jedenfalls, bis es sich putzte.

Aus

Nee, doch nicht

Hallo, hier ist noch mal Imke.
Es ist nämlich noch etwas passiert.
Nämlich waren Mama und Tante Betti den ganzen Nachmittag lang weg, sie sagten nur, sie gingen spazieren, der Riese ging ein Stück mit, und als sie wiederkamen, sahen sie sehr geheimnisvoll aus. Mama und Tante Betti scheinen inzwischen richtige Freundinnen zu sein.
»Wir haben nachgedacht«, sagte Tante Betti zu uns – wir waren gerade dabei, Lara die Riesenschaukel hinter dem Garten zu zeigen.
»Wir haben über Lenes Geschichte nachgedacht. Und darüber, dass sie geschrieben hat, alle wären unter dem Geröll begraben worden. Alle außer ihr.«
»Kommt mal mit«, sagte Mama, und so verließen wir widerstrebend die Riesenschaukel an ihrem hohen Ast. Ich hatte eigentlich gar keine Lust, schon wieder an traurige Dinge zu denken.
Wir holten die anderen beim Blaubeerhaus ab, und Mama und Tante Betti führten uns genau in die Richtung, in der der Felsenhügel lag. Da hatte ich noch weniger Lust, weiterzugehen.
Mama legte einen Arm um mich. »Komm, Imke«, bat sie. »Bitte. Es ist wichtig.«

Leo und ich sahen uns an und zuckten die Schultern.
Ference ging voraus, die Schiebermütze tiefer ins Gesicht gezogen als sonst.
Ich trödelte auf dem Weg, pflückte hier eine Blume, fand dort ein paar Walderdbeeren, beobachtete da einen Vogel, den der Riese bestimmen konnte und der eigentlich Irmgard hieß …
Schließlich erreichte unsere kleine Prozession den Felsenhügel aber leider doch. Wir kletterten Mama und Tante Betti nach, auf den Hügel hinauf – ich hätte gar nicht gedacht, dass Mütter so gut klettern können, ich meine, über diese ganzen kantigen Felsen und dann durch die Brombeeren.
»Hier seid ihr rausgekommen, ja?«, fragte Betti.
Der Riese nickte. »Habe ich euch doch vorhin gezeigt. Was ist denn jetzt? Ich muss zurück zum Blaubeerhaus, den morschen Balken im Flur abstützen. Der sieht aus, als würde er bald brechen und …«
»Sch!«, machte Betti nur. »Das Blaubeerhaus hat so lange gehalten, jetzt hält es auch noch diese drei Minuten. Schaut.«
Sie zeigte nach vorne, wo man nichts sah. Nichts außer Brombeerbüschen. Sehr viel mehr und dichtere Brombeerbüsche als die, durch die wir uns bisher gekämpft hatten, eine ganze Stacheldrahtmauer aus Brombeeren. Ference hatte ja schon früher erzählt, dass man hier nicht weiterkam.
»Wenn man aus diesem Loch zwischen den Felsen klettert«, begann Mama. »Zum Beispiel, nachdem eine Ge-

rölllawine drinnen heruntergekommen ist. Zum Beispiel, nachdem man lange gewartet und der Staub sich gelegt hat. Zum Beispiel, wenn einem nichts passiert ist, weil man sich an die andere Seite der Höhle geflüchtet und flach gegen die Wand gedrückt hat.«
»Wenn, wenn, wenn«, sagte ich genervt. »Ja, was ist denn dann? Das ist doch total unrealistisch! Sie hätten doch Lene wiedergefunden.«
»Wenn man nach einem oder mehreren Tagen aus diesem Loch geklettert *wäre*, nachdem man erst den Baumstamm wegräumen musste, der darüberlag«, fuhr Tante Betti fort, »dann hätte man sich zur anderen Seite wenden können. Hier, durch die Brombeeren. Weil man gewusst hätte, dass auf dieser Seite vielleicht noch Soldaten herumlungern.«
Sie und Mama gingen voraus durch die Büsche, durch die ein Wildwechsel führte. Vielleicht war es ein neuer Wildwechsel. Vielleicht war er schon siebzig Jahre alt und wurde immer noch von den Rehen benutzt. Das konnte niemand wissen.
Der Riese hatte den kleinen Mattis auf seine breiten Schultern genommen, damit die Brombeerdornen ihm nichts anhaben konnten, und er ritt da oben wie ein König. Wir Übrigen wurden zerkratzt. Der Wechsel war wirklich schmal und nicht für Menschen gedacht.
»Psst!«, machte Papa plötzlich. »Da drüben!«
Wir folgten seinem Blick, und dort stand ein Tier in den Brombeerbüschen. Vermutlich auf einem anderen Wildwechsel. Nur der Hals des Tieres ragte heraus. Doch es war nahe genug, um es ziemlich genau zu sehen.

Sicher trug der Wind unseren Geruch nicht in die Richtung, sonst wäre es längst geflohen.
»Ein Hirsch«, flüsterte Papa. »Ein Hirsch mit nur einer Geweihstange. Das ist ziemlich selten.«
»So einer ist doch auch auf unserem Wappen«, flüsterte Ference. »Gab es wohl damals schon. Wird bestimmt vererbt, so von Hirsch zu Hirsch, was?«
»Das ist kein Hirsch«, sagten Juni und Juli im Chor. »Das ist unser Einhorn.«
»Seht ihr die Elfen nicht«, fragte Juli erstaunt, »die um seinen Kopf fliegen?«
Da floh das Tier doch noch, floh in weiten Sprüngen über die Brombeerfelsen und verschwand im Unterholz, wo keiner mehr sagen konnte, ob es ein Hirsch oder ein Einhorn war.
Wir wateten weiter durch die Büsche, und ich dachte, dass es sicher lohnend wäre, in den Herbstferien herzukommen und Brombeeren zu pflücken, dann aber mit Ganzkörperschutzanzug. Möglicherweise könnte ich Leo und Ference Segelklamotten dafür leihen.
»Hier«, sagten Betti und Mama in diesem Moment und blieben stehen.
Vor uns fiel der Hügel sanft ab in ein lang gestrecktes Tal, durch das sich ein glitzernder Bachlauf wand.
Er sah aus wie ein Band aus Juwelen, blau und wunderschön. Um ihn wucherte der grüne Wald, aber direkt am Ufer lief der Wildwechsel weiter, zwischen Schilf und niedrigem Frühlingsgras. Oder war das dort unten kein Wildwechsel? War es ein Pfad?

»Wenn man zum Beispiel geglaubt hätte, Lene und das Baby wären verschüttet worden«, sagte Tante Betti. »Und wenn man sie daher nicht gesucht hätte …«
»Dann wäre man hier hinuntergestiegen«, sagte Mama. »Und dort entlanggegangen. Weg vom Blaubeerhaus und den Soldaten. Weg vom Dorf. Weg von allem, was war.«
Leo fasste nach meiner Hand. Ich hatte gar nicht gemerkt, dass er neben mir stand.
Der Pfad war ja im Grunde zu schmal, um nebeneinanderzustehen. Dennoch trat jemand auf der anderen Seite neben mich, sodass unsere Schultern sich berührten. Ference. Er hatte Avis alte graue Schiebermütze abgenommen und hielt sie vor sich, feierlich, wie jemand, der in einer Kirche betet. Höre, Israel.
Er sah nicht mich an, er sah in die Ferne, dorthin, wo der Pfad und der blau glitzernde Bach am Ende des Tals zwischen den Bäumen verschwanden. Sein sommersprossiges Gesicht leuchtete. Und auch auf Leos Gesicht lag ein Leuchten. Seine spitze Mausenase zuckte.
Er räusperte sich.
»Und das ist das Ende der Geschichte«, sagte er dann, so laut, dass alle es hören konnten. »Sie hatten ihre Tränen verbraucht und gingen den Pfad hinunter, Jente und Elia und Lenes Mutter und Jakub, der so wild reiten konnte wie der Teufel, und die alte Rosel, die sich auf Esther stützte, und Sarah und Samuel, die sich an den Händen gefasst hatten. Sie wussten nicht, dass der Krieg zu Ende war, aber es mag sein, dass sie es auf geheime Weise ahnten.

Ihr Gepäck war leicht, sie hatten beinahe nichts mitgenommen aus der Höhle.
Sie gingen an dem kleinen Bach entlang und fühlten die Sonne auf ihrer blassen Haut, und sie husteten noch immer und waren nicht sicher, ob sie es schaffen würden, das Ende des Waldes heil zu erreichen. Sie versuchten, daran zu glauben.
Sie würden irgendwo herauskommen, sie würden irgendwo hingehen, in irgendeine Stadt, zusammen, um nach dem Krieg wieder ein Leben anzufangen. Sie würden niemals zurückkehren. Aber sie würden das Blaubeerhaus auch niemals vergessen.
Das Blaubeerhaus nicht und Lene Franzberger nicht, die mit ihnen dort gewohnt und so vieles mit ihnen erlebt hatte.
Avi ging als Letzter.
Er hatte nicht geweint. Er würde den Erwachsenen helfen, draußen etwas Neues zu beginnen, weil Erwachsene manchmal Hilfe brauchen, mehr Hilfe, als sie denken. Er würde selbst ein Erwachsener werden und irgendwann Kinder haben, vielleicht in einem Land ohne Krieg. Das war zwar nicht sehr wahrscheinlich, jedoch möglich.
Er drehte sich kein einziges Mal um.
Er brauchte sich nicht umzudrehen. Nicht nach denen, die verloren gegangen waren. Er trug sie in sich, seine winzig kleine Schwester und Lene Franzberger.
Lene.
Für ihn würde sie immer zehn Jahre alt sein, so alt, wie sie in jenem wunderbaren Sommer gewesen war, in dem

sie sich kennengelernt hatten. Und sie würde für immer mit ihm durch den Wald seiner Träume rennen und Füchse zähmen und Himbeeren finden und Baumhäuser bauen und Elfen sehen.

Für immer.«